유령이
신체를
얻을 때

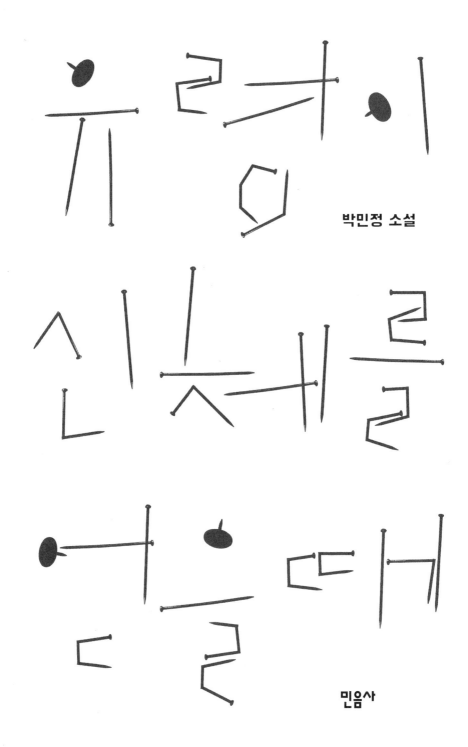

박민정 소설

민음사

차례

·

·

·

Y는 여자의 얼굴을 알아봤다. 여자는 Y의 이름을 부르고 있었다. 여자의 입에서 흘러나오는 자신의 이름이, Y는 낯설었다. 그 이름은 Y의 아명이었다. 그날도 여자는 익숙한 듯 Y의 이름을 불렀다. 그날을 생각하자 눈자위가 욱신거렸다. 아직도 여자가 부르는 Y의 이름은 오래전 Y의 이름 그대로였다. 체르니 40번 연습곡 교본을 받은 날, 피아노 학원 가방을 옆구리에 끼고 달려가던 그날과 아무것도 달라지지 않은 듯했다. Y의 이름자는 바뀐 지 오래였다. 결국 이름이 바뀐 것은 아니었다. Y는 문득 어머니가 원망스러웠다. 어머니는 노상 울기만 했다. 나약하게 흐느끼며 아무것도 바꿔 주지 못했다. 어머니는 Y의 이름도 바꾸지 못했다. 한자만 바뀐 새 이름을 들고 온 어머니에게 이게 다 무슨 소용이냐고, Y는 따져 묻지 못했다. 그때 Y는 겨우 열네 살이었다. 집에 돌아온 지 1년이 지난 후였다.

아무것도 달라지지 않은 채, 조금도 바뀌지 않은 채 Y는 여자와 마주쳤다.

Y는 그로부터 몇 해가 지났는지 헤아려 봤다. 여자와 마주치는 일을 상상하지 못했던 건 아니었다. 오래 살아남는다면 언젠가는, 그렇게 생각해 본 적도 있었다. 그래도 아직은 아닌 것 같았다. 너무 이른 듯했다. Y는 냉정하게 생각하려 애썼다. 15년 만이었다. 그동안 Y 자신에게는 나름대로 많은 일이 있었다. 몇 개의 공립학교와 몇 개의 사립학교를 졸업했고, 몇 명의 남자와 진지하게 사귀어 보기도 했다. 옛 남자 친구들을 한꺼번에 떠올릴 때 Y는 자신만의 특별한 분류법을 사용해서 그들 유형을 정렬했다. 그건 오직 Y만 가질 수 있고, Y만이 사용할 수 있는 분류법이었다. Y의 이름이 익숙한 기색을 감추지 못하던 녀석. 네가 바로 그 Y가 맞느냐고 캐묻던 녀석. 심지어 그 경험에 대해 소상하게 이야기해 달라던 녀석. 그런가 하면 분명 Y를 알아보면서도 끝내 모르는 척하던 녀석. 그 경험과 유사한 어떤 화제도 입에 올리지 않던 녀석. 그들 모두 분명 Y의 얼굴을 한 번쯤은 본 녀석들이었다. 부모님과 함께 앉은 거실에서 Y의 안위를 걱정하고, 걸상에 앉아 《소년일보》 1면에 대문짝만하게 실린 Y의 사진을 보며 혀를 찼을 것이었다. 그해 뉴스 앵커들 모두 입을 모아 말했다.

"Y 양이 무사하게 돌아오기를 바랍니다. 전국의 모든 어린이들이 한마음으로 바라고 있습니다."

Y는 여자의 얼굴을 알아봤다. Y는 자신이 알아보는 것이 오래전 대면한 그 여자인지, 보도 속 몽타주인지 잠시 헷갈렸다. Y는

15년이라는 시간을 헤아려 보기 시작했다. 그간 계절이 거듭 바뀌었다는 사실이 믿기지 않았다. 여전히 겨울이었다. 횡단보도 저편에서 여자는 Y를 부르고 있었다. 옛 친구를 부르듯 친근하게, 만면에 웃음을 달고. Y는 털모자를 눌러쓴 여자의 얼굴이 조금 늙어 보인다고 생각했다. 그러자 갑자기 모든 것이 분명해지는 것 같았다. 시간은 흘렀고, 그 여자가 나타났다. 사실은 그것으로 충분했다. 횡단보도 이편에서 Y는 여자를 알아보고 저편에서 여자가 Y를 부르는 장면. 다시 시작이었다. Y는 여자의 목소리를 좇으며 생각했다. 오늘, 이 사실에 대해서 이야기해야겠다.

●

R의 말은 Y의 기억 속 문장과 흡사했다.

"그거 알아? 주검이 발견되는 순간 살인이 시작된다는 것. 주검이 없다면 살인은 증명되지 못하고, 증명되지 못한 살인은 일어나지 않은 것이나 다름없어."

"너무 사변적이야."

J는 코웃음을 치며 그건 선생님이 해 줄 말이야, 라고 덧붙였다. R은 요즘 법의학에 관련된 책을 읽고 있다고 했다. 무척 재미있으니 너도 한 번 읽어 봐, R은 J에게 말했다. Y는 재미라는 단어를 발음하는 R이 낯설었다. 405호에서의 세 번째 만남이었다. 두 번의 만남을 통해 R과 J는 이미 말을 놓는 사이가 된 것 같았다. 그들은 프로그램을 마친 후 개인적인 시간을 가졌는지도 몰랐다.

"오늘은 무슨 이야기든 해 줄 건가요?"

별안간 R이 Y에게 말을 걸었다. Y는 화들짝 놀라며 고개를 들었다.

"네?"

"왜 그렇게 놀라요?"

R은 빙긋 웃었다. J가 R의 말을 받았다.

"오늘은 듣고 싶어요. Y 씨의 이야기를."

Y는 고개를 끄덕였다.

"어떻게 시작해야 할지 몰라서. 제 이야기를 남들 앞에서 한다는 것에 좀처럼 익숙해지지 않아서요. 오늘은 할 수 있을 것 같아요."

이곳에서 Y가 한 말 중에 가장 긴 말일지도 몰랐다. R과 J는 눈을 빛냈다. J는 Y의 손을 잡으며 명랑하게 말했다.

"정말요? 기대할게요."

Y는 미소를 지으며 J의 손을 슬쩍 뺐다. R과 J는 Y가 알아들을 수 없는 화제로 즐겁게 이야기하기 시작했다. Y는 다시 혼자 남겨졌다. 손에 J의 온기가 남아 있었다. Y는 손을 책상 밑으로 숨겨 거듭 말아 쥐었다. Y의 오랜 습관이었다.

Y의 손가락은 가늘고 길었으며, 여자가 가위로 자르던 소시지를 닮았다. 이렇게 잘라 버릴 거야. 네 예쁜 손가락도. 여자는 웃으며 말했다. 문구용 가위의 칼날을 Y의 눈앞에 흔들어 보이며. 그건 Y의 학원 가방에 들어 있던 물건 중 하나였다. 손잡이에 붙은 견출지에는 Y의 이름이 쓰여 있었다. Y는 피아노 레슨에 조금도 필요 없는 그 물건이 왜 거기에 있었을까, 오래 생각했다. 여자는 Y의 가

위로 간단하게 자른 싸구려 소시지를 달걀에 부쳤다. 여자가 Y를
위해 차려 준 첫 식사였다.

Y는 여전히 그런 것을 기억했다.

405호의 담당 선생은 첫 만남에서 이렇게 말했다.

"그러니까 그런 것들, 어차피 잊지 못할 그런 것들을 이 자리에
서 이야기하는 거예요."

·

체르니 40번 연습곡 교본을 받는 날은 Y도 오랫동안 기다린 날
이었다. 원장이 말한 대로 이제 '40번의 세계'에 들어가는 것이었
다. 피아노 연주를 전공하거나 그것을 직업으로 삼는 사람이 되지
않더라도, 체르니 40번에 입문한다는 것은 영영 '피아노를 매우
잘 쳤던 아이'로 남는다는 것을 뜻했다. 다음 주부터 40번을 치게
될 거랬어, 원장의 말을 전하자 Y의 어머니는 무척 기뻐했다.

"엄마는 네가 계속 피아노를 치는 걸 바라지는 않았는데."

'40번의 세계'에 들어가지도 못한 채 초등학교를 졸업하는 일이
일어나지 않아서 더욱 기쁘다는 뜻이었다. Y는 손가락 마디에 시
퍼렇게 내려앉은 멍을 내려다봤다. 원장이 시도 때도 없이 플라스
틱 자를 세워 내려친 흔적이었다. 일단 체르니 40번을 얻었으니 이
제 언제든 그만둬도 체면이 설 것 같았다. Y는 얼마 후에 중학생이
된다는 사실도 기뻤다. 중학교에 입학하면 정규 과목이 아닌 다
른 과외 활동은 모두 중단할 것이기 때문이었다. 어머니는 콧노래
를 부르며 운전을 했다. 룸미러 앞에 달린 곰인형이 달랑달랑 움직

였다. Y는 피아노 학원에 가는 내내 그것을 쳐다봤다. 작은 기타를 메고 있는 곰인형이었다. 연주하지도 못할 거면서 폼 잡기는, Y는 그걸 볼 때마다 그렇게 생각했다.

어머니는 피아노 학원이 있는 상가 건물 앞에 차를 세웠다.

"딸. 오늘도 최선을 다해서. 알지? 오늘은 외식할 거야. 체르니 40번 입문을 축하하는 의미로 케이크에 불도 붙일 거야."

어머니는 차에서 내린 Y의 뒤에 대고 계속 떠들었다. Y의 기억에, 그때 어머니는 Y의 이름을 부르지 않았다. 피아노 학원은 3층에 있었다. 상가 안은 늘 어둑어둑했다. Y는 철제 계단을 올랐다. 2층 층계참 벽에는 화병 하나 덩그마니 그려진 액자가 걸려 있었다.

그 액자 앞에 여자가 서 있었다. 털모자를 눌러쓴 젊은 여자였다. 화장기 없이 퉁퉁 부은 얼굴이 초췌했지만 당시 Y의 눈에도 여자는 무척 젊어 보였다. 여자는 익숙한 듯 Y의 이름을 불렀다.

"네가 Y구나? 학원에 가는 중이니?"

Y는 경계심에 몸을 바짝 움츠렸다. 여자는 빙긋 웃으며 Y의 어깨를 짚었다.

"원장 선생님 친구야. 오늘도 최선을 다하렴."

Y 생각에 여자의 말은 어딘지 부자연스러웠다. 마치 문장을 통째로 연습하기라도 한 것처럼. Y는 고개를 까딱해 보이고는 여자를 지나쳤다.

어쩐 일인지, 어머니는 나타나지 않았다. 피아노 레슨이 끝난 후 30분이 넘도록 Y는 어머니를 기다렸다. 어둑어둑한 상가 건물 안 철제 계단에 앉아서 Y는 어머니의 말을 곱씹었다. 오늘은 외식하고 케이크에 불도 붙일 거야. Y의 가족에게는 흔해 빠진 일상이었다. Y는 어머니가 나타나지 않은 이유를 한 달 후에야 알게 되었다. 그 이유란 것도 너무 흔한 것이었다. Y를 기다리며 이웃 아주머니와 나누던 대화가 길어진 까닭이었다. 어머니는 엄청난 죄라도 지은 것처럼 그 사실을 고백했다.

굳이 차로 이동하지 않아도 되는 거리였다. 학원에서 집까지는 Y의 걸음으로도 20분 정도밖에 걸리지 않았다. Y는 가방을 옆구리에 끼고 달리기 시작했다. 횡단보도 앞에서 Y는 멈췄다. Y는 숨을 고르며 운동화 끝을 내려다봤다. 그때, 길 저편에서 여자가 Y를 불렀다. Y는 고개를 들어 그쪽을 봤다. 붉은 등이 켜진 신호등, 옆에 털모자를 눌러쓴 여자가 손을 흔들고 있었다. Y는 여자를 알아봤다.

서울 톨게이트를 벗어날 때까지, 여자가 운전하는 차 안에서 Y는 자신이 가고 있는 곳이 집이 아니라는 사실을 깨닫지 못했다. 집에 가는 길이 그토록 멀어질 줄이라고는 정말 몰랐다. 다만 조금 멀어지는 중이라고 생각했다. 여자는 한 시간이 넘도록 계속 달렸다. 조수석에 부동자세로 앉은 Y는 여자가 뭔가 말해 주기를 기다렸다. 지금 가는 곳이 집이 아니라면, 그곳이 어디인지. Y는 학원 가방을 움켜쥐었다. 겨우 고개를 돌려 창밖을 보니 갓길에 시들시들한 풀이 무성했다. 여자는 Y를 낯선 곳으로 데려가는 중이었다.

"이름이 참 예쁘구나. 그렇지?"

Y는 여자의 말에 심장이 멎는 것 같았다. 차에 올라탄 이후로 처음 듣는 여자의 음성이었다. Y는 침을 꿀꺽 삼켰다.

"어른이 물어보면 대답을 해야지. 그렇지?"

여자는 소리 내며 웃었다. Y는 기어 들어가는 목소리로 겨우 네, 하고 대답했다.

"우리 아이 이름도 네 이름처럼 예쁘게 지어 주려고 해."

여자는 뜻 모를 말을 했다. Y는 갑자기 견딜 수 없이 두려웠다.

울어도 돼요?

Y는 여자에게 묻고 싶었다. 그렇게 묻는 대신 Y는 그렁그렁한 눈으로 여자를 쳐다봤다. 여자는 조금 짜증스러운 표정으로 청테이프를 찢어 Y의 입을 막았다. 한 손으로 운전대를 돌리는 여자의 손놀림이 익숙했다.

•

J는 오늘도 울먹였다. Y는 그런 J를 이해할 수 없었다. 그런 J라기보다는, 그런 종류의 사람들을 이해할 수 없다는 것이 더욱 맞는 표현일 터였다. 고작 30분 전에 소소한 이야기를 하며 박장대소하던 J였다. J는 마치 지금 주어진 역할에 합당한 인물로 변신하기로 한 듯 울고 있었다. Y는 그 모양새가 너무 진부하다고 생각했다. J의 이야기는 구성 자체가 극적이었으며, 끊임없이 이어질 이야기를 궁금하게 했다. 당시 자신이 느꼈던 감정이나 여전히 느끼고 있는 감정에 대해서는 직접 토로하지 않았다. J는 단지 자신이 느끼는 바, 서러움과 원망과 환멸 같은 감정을 이야기 곳곳에 적절하게 배치한 울음으로 대신했다. 이쯤 되면 울음이 터지겠구나, Y가 내심 짚는 지점마다 정확하게 J는 울음을 터뜨렸다. Y는 문득 팔짱

을 끼고 앉아 J를 지켜보는 자신이 너무 심술궂다고 느꼈다. R도, 405호 담당 선생도 더할 나위 없이 안타깝다는 듯 J를 굽어보고 있었다.

Y는 J의 이야기에 공감할 수 없었다. J가 털어놓는 내용 자체가 아니라, J의 태도가 Y에게는 와 닿지 않았다. 자신이 겪은 일을 완벽하게 객관화한 듯한 R의 태도도 그랬다. R은 마치 연구 사례를 발표하듯 덤덤하게 아내가 살해당하던 순간을 진술했다. 여기가 세미나장은 아닌데, Y는 생각했다. R과 J는 상반된 진술 양상을 보였다. Y는 그들의 태도가 불편했다. Y는 문득 자신에게 그들의 태도를 판단할 자격이 있는가, 생각했다. 그렇다면 나는. 나의 태도는 올바른가. 두 차례의 프로그램에서 Y는 침묵했다. 돌아가는 길에 Y는 자신이 그들의 비밀을 강탈한 것 같다는 느낌을 받았다. R과 J가 털어놓은 과거의 피해 사례를 Y는 듣기만 하고 말하지 않았다. 그건 좀 불공정하다는 생각도 들었다. Y는 중학생 시절부터 거듭 심리 치료 프로그램에 참여했지만, 집단으로 하는 것은 처음이었다.

Y가 내릴 수 있는 결론은 집단 상담은 자신에게 맞지 않는다는 것뿐이었다. 지금은 Y도 자신의 몫을 해야 했다. 자신을 위해서든 그 자리를 위해서든 뭔가 이야기해야 한다는 걸 Y도 알고 있었다.

Y, J 그리고 R. 세 인물이 겪은 사건의 공통점은 없었다. 그들은 그저 모두 피해자일 뿐이었다. 아동 유괴 사건의 피해자인 Y와 근친 강간 사건 피해자인 J, 괴한들에게 살해당하는 아내의 모습을 지켜봤던, 피해자 R. Y는 여러모로 자신이 405호의 피해자 연합에 적당하지 않은 인물이라고 생각했다.

"그 여자가 나타났어요, 오늘."

아직 Y가 말할 차례는 아니었다. Y는 뭔가에 홀린 듯 무심코 말했다. Y를 제외한 사람들 모두 경악했다.

"오늘요? 정말입니까?"

상담 선생은 갑자기 따지듯 물었다. Y는 고개를 끄덕였다. Y의 이야기는 이제 서두를 찾은 것처럼 보였다.

·

Y는 겨울방학을 하루 남겨 놓고 학교로 돌아왔다. 뒷문으로 들어서는 Y를 보고 반 아이들이 소리를 질렀다. 여자애들이 Y의 몸을 만지며 호들갑을 떨었다. 다친 덴 없어? 이젠 괜찮아? 남자애들은 마냥 낯선 표정으로 Y를 쳐다봤다. 매우 부주의하게도, Y의 책상 위에는 흰 국화꽃이 그대로 놓여 있었다. 납치되기 전 마지막으로 사용한 자리였다. 흰 국화꽃이 놓인 그 자리가 바로 자신의 자리라는 걸 Y는 알 수 있었다. Y는 말없이 그 자리에 앉았다. 반 아이들 중 누구도 거기에 앉은 Y의 마음을 알아차리지 못했다. 그런 자리에 Y를 앉게 한다는 것이 어떤 일인지, 그게 얼마나 잔인한 일인지 늦게라도 깨달은 애가 없었다. 아이들에게는 교실 한구석에 국화꽃이 놓인 그 상황이 익숙했다. Y가 없는 동안 교실에는 계열도 없고 갈래도 없는 집단 추모의 스펙터클만 넘쳐흘렀다. Y는 책가방을 선뜻 벗지 못했다. Y의 주변에 구름처럼 왕왕 모여들던 아이들이 전부 제자리로 돌아갔다. 눈이 휘둥그레진 담임이 달려와 꽃다발을 치울 때까지 Y는 책가방을 벗지 못했다.

여자는 체포되자마자 Y를 죽였다고 진술했다. 그때 Y는 속옷만 입은 채 국도변에 버려져 있었다. Y를 발견한 노부부는 텔레비전이나 신문은 일절 보지 않는 사람들이었다. 도심의 전광판에 점퍼를 뒤집어쓴 여자의 얼굴과, 딸이 죽었다는 말에 주저앉아 오열하는 어머니의 모습이 비치고 있었다. 여자는 임신 중이었다. 그것도 7개월째에 접어들고 있다고 했다. 만삭에 가까운 임신부가 어린아이를 유괴해서 살해했다는 보도에 모두 경악했다. 보도의 문맥은 전부 '임신부'에 초점을 맞추고 있었다. "Y 양 결국 살해당해…… 수색 작업 돌입" 그런 문구도 전광판에 떠올랐다.

Y는 여자와 함께 지낸 보름 동안 자신에 관한 뉴스를 매일같이 시청했다. 여자는 외출할 때만 Y를 아주 가볍게 묶어 놓았다. Y가 사력을 다해 몸을 비틀면 빠져나갈 수도 있을 정도로 허술한 결박이었다. 그래도 Y는 움직이지 않았다. 여자가 묶어 놓은 대로 가만히, 미동도 없이 앉아 있었다. 여자는 매일 밤 뉴스를 틀었다. Y의 실종, 젊은 여자의 차에 타는 걸 봤다는 목격자의 진술, Y의 어머니에게 걸려온 전화 속 범인의 음성. Y와 Y의 가족에 관한 프로파일링과 극으로 만든 사건의 재구성까지 Y는 모두 지켜봤다.

"역시 넌 사랑받는 아이구나. 이렇게 모두 널 찾고 있잖니."

여자는 이렇게 덧붙였다.

"나를 기억하는 사람은 많지 않아."

그 말은 Y를 두렵게 했다. 여자는 싸늘하게 말했다.

"너희 엄마, 저렇게 우는 모습 정말 마음에 안 들어."

Y의 어머니는 화면 속에서 이렇게 말하고 있었다.

"Y를 데리고 백화점에 가서 맛있는 걸 사 주고 싶어요. 그게 제 유일한 낙이었어요."

Y는 눈을 질끈 감았다. 어머니의 말이 왠지 마음에 들지 않았다. 조금 부끄럽기도 했다. 여자는 Y의 마음을 읽은 듯 깔깔 웃었다.

"너도 창피하지? 너희 엄마가 저러는 거."

여자는 자신의 부른 배를 쓰다듬었다.

"아이를 키우기 위해서는 돈이 많이 필요해. 너희 집에 돈 많잖아. 조금만 나눠 주면 좋을 텐데. 저렇게 유난 떨지 말고."

Y는 맞는 말이라고 생각했다. 여자에게 필요한 건 오직 돈이었다. 어린 Y가 보기에도 여자의 집은 초라했고 불편해 보였다. 식탁과 면한 벽에 까맣게 핀 곰팡이나 이부자리 근처에 핀 거미줄은 뭔가 이치에 맞지 않는 모양새였다. 이런 곳에서 아이가 태어나면 안 될 것 같았다. Y는 여자가 차려 주는 반찬을 조금 미안한 마음으로 받아먹었다.

"저기…… 아줌마. 엄마가 돈을 보내 주면 저는 집으로 보내 주는 거예요?"

여자는 피식 웃었다.

"그럼 내가 너에게 다른 걸 원하겠니?"

Y의 얼굴이 붉게 달아올랐다.

범인이 전화를 건 장소를 찾아냈다는 보도가 나오자, 여자는 미간을 찌푸렸다. 경찰이 지목한 곳은 강남의 한 카페였다. 여자의 얼굴에 주름이 깊어지는 것을 보며 Y는 경찰의 지목이 틀리지 않은 모양이라고 생각했다. 여자는 Y의 어머니에게 모두 다섯 통의 전화를 걸었는데, 전부 강남의 그 카페에서 한 짓이었다. 경찰은 수사망을 좁히는 중이라고 발표했다. 전화가 걸려온 날 카페에 있었던 사람들과 그들이 소유한 차량을 추적한 결과, 범인의 소재지가 드러나고 있다고 했다. 여자는 아랫입술을 깨물며 불안해했다. Y도 불안했다. 이제 여자에게 돈은 중요해 보이지 않았다. Y는 문구용 가위의 날로 위협하던 여자의 말을 떠올렸다. 여자는 밤새 담배를 피웠다. 어두움 속에서 유일하게 반짝이는 불똥을 보며 Y는 몸을 떨었다. Y의 눈동자는 불똥이 움직이는 방향을 좇았다. 여자가 Y의 몸에 담뱃불을 지질지도 몰랐다. 여자는 그렇게 하지 않았다.

그런 식의 보도가 나간 지 하루 만에, 여자의 집에 경찰이 찾아왔다. Y는 여자가 지시한 대로 침대 밑에 들어가 있었다. Y의 가슴은 몹시 두근거렸다. 경찰이 자신을 꺼내는 즉시 울음이 터질 것 같았다. Y는 그 순간만을 기다렸다. 허름한 침대 밑으로도 경찰과 여자가 주고받는 말이 생생하게 들려왔다.

그 순간은 오지 않았다.

경찰은 Y를 꺼내 주지 않았고, 그저 돌아갔다. 여자는 부른 배를 쓰다듬었다. Y의 집에 전화가 걸려온 이틀 모두 카페에 있었던 인물은 단 열 명뿐이었다. 그중 목격자의 진술과 일치하는 젊은 여자는 여섯 명. 경찰은 임신 중인 여자를 보고 돌아갔다. 임신부라는 이유로 용의선상에서 가장 먼저 제외되었다는 이야기를 Y는 후에 들었다. 바로 그 여자가 범인이었다는 보도 말미에는 늘 비정이라는 단어가 붙었다. 볼드체로 강조된 비정은 임신한 여자에 대한 과도한 일반 상식을 드러냈다. 돌아온 지 몇 년이 지난 후 Y는 자신에 관련한 옛 보도를 스크랩해 가며 읽었다. "그녀도 한 아이의 어머니였습니다". 볼드에 이탤릭으로 꾸며진 제목을 보고 Y는 저도 모르게 코웃음을 쳤다. 그랬기 때문이었다. 여자가 배 속 생명체의 어머니였기 때문이었다. 그 아이를 키우기 위해서 자신을 납치한 것이었다. 자기 아이를 위해서 남의 아이를 죽일 수 있는 것이 동물이었다. 인간은 다만 직립보행하는 동물일 뿐이다, 어느 날의 일기에 Y는 그렇게 썼다. Y의 어머니가 자기 방식으로 Y를 사육했듯.

여자는 Y를 죽였다고 진술했다. 시체가 어디 있는지에 대해서는 함구했다. 일이 그렇게 진행되어 가고 있다는 것을 Y는 당연히 몰랐다. 오열하는 Y 부모의 모습, 작은 입술을 삐죽거리며 슬퍼하는 어린 남동생의 얼굴은 사람들을 자극했다. Y의 급우들이 국화꽃을 들고 애국 조회 시간처럼 일렬로 섰다. Y가 마지막으로 사용한 책걸상에 흰 국화꽃이 쌓였다. 담임은 그걸 가지런히 엮어 꽃다발로 만들었다. 급우들이 Y와의 추억을 이야기하며 울먹였다. 그런 모습이 방송되는 동안 Y는 국도변의 허름한 판잣집에서 노파가 해주는 밥을 먹고 까무룩 잠들기를 반복했다. Y는 자신이 죽었다는 걸 모르고 있었다. 어느 날 찾아온 노부부의 딸이 제 입을 손으로 막으며 주저앉기 전까지.

Y는 갑작스럽게 살아 돌아왔고, 어느 정도 이미 죽은 아이나 다름없었다. 자신을 낯설게 쳐다보던 남자애들의 눈빛을 Y는 오래 기억했다. 그건 흡사 무덤을 파고 걸어 나온 좀비를 보는 눈빛이었

다. Y의 어머니는 딸의 남은 생을 덤으로 받은 듯 기뻐했지만 그것 역시 좀비를 보는 눈빛과 별다르지 않았다.

그해 겨울방학 내내 Y는 심리 상담을 받았다. 오랜 심리 치유 프로그램의 시작이었다.

Y는 누구와도 그 일에 대해서 길게 이야기하고 싶지 않았다. 심리 상담은 Y의 의지로 이루어진 일이 아니었다. 어머니는 언제나 그랬듯 상담 일정을 잡아 Y에게 통보했다. Y가 상상하지도 못했던 종류의 새로운 과외활동이었다. 첫 번째 심리 상담에서 Y는 바짝 기가 죽었다. Y는 자신을 바라보는 상담 선생의 눈빛에서 30센티미터 자를 손등에 내리치던 피아노 학원 원장의 고압적인 태도를 읽었다. 당시의 상담 선생은 이렇게 질문했다.

"Y에게 나쁜 짓을 한 아줌마를 만난다면 무슨 말을 하고 싶어요?"

Y는 생각해 봤다. 아무런 말도 떠오르지 않았다. 심지어 여자가 원망스럽지도 않았다. Y는 아직 두려움에 휩싸여 있었다. 두려움이 원망으로 화할 만큼의 시간적 여유가 없었다. Y는 어떻게 말해야 좋을지 생각했다. 손목에 힘을 주고 손가락 끝을 바짝 세우듯 Y는 자세를 잡아 보려 했다. 하지만 어떤 자세를 취해야 할지 알수 없었다.

상담 선생은 그림을 그려 보라고 했다. Y가 직접 여자를 처벌할수 있다면 어떤 벌을 가하겠느냐고. 그걸 한번 그려 보라고 했다. Y는 크레파스를 쥐었다. Y는 먼저 도화지에 울고 있는 여자를 그렸다. 여자의 정수리 위에 주먹을 하나 그려 넣었고, 여자의 발밑에는 동화책에서 본 시궁쥐를 여러 마리 그려 넣었다. 여자는 Y에게 쥐어박히고 쥐들의 위협을 받으며 울고 있었다. 그림을 본 어머니는 울부짖었다. 고작 이렇게? 어머니는 가슴을 쥐어뜯었다. Y도 눈물을 흘렸지만 내심 바보 취급을 받는 것 같아 불쾌했다.

Y가 고등학교 3학년이 되던 해, 상담은 잠시 중단되었다.

·

모두 Y를 주목하고 있었다. 지금도 상담 중이었다. 아무것도 달라지지 않았다고 Y는 생각했다. Y는 상담에 관한 견해는 삭제하고 진술했다. Y의 대사가 잠시 중단될 때, 그 사이의 공간에서 R은 몇 번이고 미간을 찌푸렸다. Y가 바로 그 Y라는 것을 알고 있는 상담 선생은 눈을 감고 있었다. J는 옛 기억을 더듬으려는 듯 이마를 지그시 눌렀다. Y의 말이 끝나자마자 J가 끼어들었다.

"아, 이제 알 것 같아요. Y 씨. 신문에서 본 기억이 나요."

옛 친구를 찾은 듯 반가운 말투였다. Y는 당시의 보도에 줄곧 사용되었던 자신의 사진을 떠올렸다. 그해 여름 바닷가에서 찍은 사진이었다. 값비싼 새하얀 원피스를 입고 앙증맞은 밀짚모자를 옆구리에 낀 Y는 활짝 웃고 있었다. Y 양 결국 살해돼……. 수많은 사람들의 머릿속에 상상으로 존재하는 영정사진이었다.

"많이 달라진 것 같아요. 그 얼굴을 분명히 기억하고 있는데, 알아보지 못했어요."

Y는 입을 다물었다. J는 과장된 몸짓으로 자신의 입술을 때렸다.

"……그 여자가 나타났다는 겁니까?"

상담 선생은 낮은 목소리로 질문했다. Y는 "네." 하고 짧게 대답했다. 상담 선생은 길게 한숨을 쉬었다.

"그 여자가 맞습니까?"

Y가 고개를 끄덕이려는데 갑자기 R이 책상을 주먹으로 내리쳤다.

"그런 미친년을 봤나. 뭣하러 나타난 겁니까? 목적이 뭐랍니까?"

상담 선생은 R을 쏘아보며 진정하라고 다그쳤다.

"글쎄요. 분명 그 여자가 맞아요. 15년…… 출소한 거겠죠."

405호의 모두가 입을 다물었고, 잠시간 침묵이 흘렀다.

당시 여자는 임신 중이었고 그 사실 때문에 사건은 여러 각도로 해석되었다. 어떻게 아이를 가진 여자가 그런 짓을, 거의 모든 사람이 그렇게 말했다. 그것 때문에 여자는 더욱 비난받았다. 하지만 Y가 죽지 않았다는 사실이 알려지자 여론은 뒤집혔다. 아동 유괴 살해 사건이라면 양형을 잴 필요는 없었다. Y가 죽었다면 여자는 무조건 사형수가 되는 것이었고, 사형이 집행되지 않더라도 사형수란 이름을 갖고 무기징역을 살게 되는 것이었다. 하지만 Y는 죽지 않았다. 결국 여자는 Y를 잠시 데리고 있었던 것뿐이었다. 사람들은 여자가 임신 중이라는 사실을 달리 받아들였다. 다른 사실들이 주목받기 시작했다. 남편도 없이 혼자 살면서 아이를 낳으려 했던 사실, 여자가 보육원에서 양육된 사실, 어린 나이부터 고된 노동에 시달려야 했던 것. 사건 자체와 관계없는 온갖 서사가 등장했다.

사건 이듬해 봄에 Y와 관련된 보도는 모두 중단되었다. 마지막 보도는 여자가 교도소에서 아이를 낳았다는 내용이었다. 그것도 결국 Y를 둘러싼 사건의 일부인 셈이었다. Y는 그 기사도 스크랩했다. 그해 Y는 중학생이 되었고, 여자는 아이를 낳았다. 무너져 가는 연립주택의 반지하 방보다 더욱 모양새가 좋지 않은 곳에서.

"여자와 이야기를 나눴나요?"

상담 선생이 침묵을 깨고 물었다.

"아뇨. 모른 척했어요."

"잘하셨어요. 계속 근처에 어슬렁거린다면 신고하시고요."

J가 어깨를 떨며 울기 시작했다.

"그런 인간들이 어떻게 끝까지 살아남아서 여전히 우리를 괴롭히는 거죠?"

J가 말하는 그런 인간들은 자신의 가족을 뜻하는 듯했다. J가 의도했건 그렇지 않건 '우리'는 405호의 모든 피해자를 칭했다. R은 그 말에 공감했는지 고개를 숙이며 한숨을 푹 쉬었다. 새삼 Y는 여자가 나타났다는 사실을 이야기한 것이 이 자리에 적합한 행동이 었는지 생각했다. 오늘의 상담 시간이 끝나 가고 있었다. Y는 어머니가 있는 집으로 돌아가야 했다. 그리고 어머니에게 이야기해야 했다. 옛날처럼 털모자를 쓴 여자가 횡단보도 저편에서 자신을 불렀다는 사실을.

◆

도마에 칼을 부딪는 소리가 뚝 멈췄다. Y는 눈을 질끈 감았다 떴다. 어머니의 뒷모습 너머, 식칼을 쥔 그녀의 손이 떨고 있는 것 같았다. 어머니는 식칼을 개수대로 집어던졌다. Y는 다시 눈을 감았다. 어머니가 떨리는 목소리로 물었다.

"네가 잘못 본 건 아니고?"

"아냐. 난 그 여자를 분명히 기억해요. 내 이름을 불렀다고."

어머니는 한숨을 쉬었다.

"다시 물을게. 네가 본 것이, 그러니까 그 여자가 맞니?"

"몇 번을 말해요. 그 여자였다고."

"뭔가, 그러니까 환상 같은 건 아니었을까?"

Y는 침을 꿀꺽 삼켰다. 손가락이 덜덜 떨려 오기 시작했다. Y에게는 익숙한 증상이었다.

"엄마, 함부로 말하지 마요."

"선생에게 이야기를 들었어. 너 프로그램에서 아무런 이야기도 하지 않았다며?"

"갑자기 그런 이야기를 왜 해요? 그게 중요한 건 아니잖아요."

어머니는 앞치마를 벗어 거칠게 집어던졌다.

"너는 아직도 나를 원망하고 있구나. 엄마가 잘못했다고 생각하는 거지?"

Y는 입을 다물어 버렸다. 대화는 더 이상 이어지지 않았다. 어머니는 외투를 꺼내 입었다. 이런 순간이 올 때마다 어머니는 말없이 집을 나갔다. 그렇게 나간 어머니는 차를 몰고 몇 시간을 배회하다 돌아오곤 했다. 어머니는 아직도 종종 Y의 잠든 모습을 보러 방에 불쑥 들어왔다. Y는 어머니의 기척이 느껴지면 어김없이 잠에서 깼다. 어머니가 발치에 앉아 있다는 것이 느껴지면 눈을 뜰 수 없었다. Y는 눈을 감고 기다렸다. 자신을 바라보는 어머니의 시

선이 어서 거둬지기를. 어머니는 Y를 한참 바라보다 이마를 섬세하게 짚어 본 후 방에서 나갔다. 그제야 Y는 눈을 뜨곤 했다. 여전히 발치에 묵직한 것이 머물러 있는 듯해 Y는 몸을 함부로 움직일 수 없었다.

Y가 돌아온 후, 모든 것이 나빠졌다. Y는 더욱 소심한 아이가 되었고 어머니는 날카로워졌다. 이듬해 국가 부도 사태의 타격을 받아 아버지의 사업체가 무너졌다. Y는 공부도 별로 잘하지 못했다. 멋대로 자신을 알아보는 아이들 때문에 극심한 신경증에 시달렸다. 어머니는 모든 걸 제자리로 돌려놓겠다고 입버릇처럼 말했다. Y는 더 이상 부잣집 아이가 아니었지만, 어머니는 달마다 비싼 상담료를 치렀다. 상담 선생에게 가지 않고 하염없이 길을 걷다 돌아온 날, 어머니는 Y를 때렸다. Y를 때린 날 어머니는 칼로 손목을 그으려고 했다. 어머니에게는 Y의 몸에 손대는 것 자체가 자해나 다름없었다. Y는 그런 어머니의 마음을 알았다. Y는 그날 이후 단 한 번도, 멋대로 상담을 펑크 내지 않았다.

자꾸만 나빠졌다. Y의 아버지는 언젠가 그렇게 말했다. 아버지는 술에 잔뜩 취해 있었다.

"우리가 피해자인데."

Y는 무슨 말이 나올까 싶어 가슴을 졸였다.

"잘 되어야 하는 거 아냐? 뭐든."

아버지의 그 말을 인용했을 때, 상담 선생은 고개를 저었다.

Y가 대학을 휴학했을 때 만난 상담 선생이었다. 그녀는 Y보다 두 살 많았다.

"그건 상관없는 일이죠."

Y는 그런 식으로 말하는 상담 선생을 처음 봤다. 그녀에게만은 자신의 이야기를 털어놓고 싶었다. 그녀는 Y에게 별다른 질문도 하지 않았다. 또래답게 소소한 이야기를 나누며 Y를 편안하게 해 줬다. 그녀가 아무것도 물어오지 않았기에 오히려 좀이 쑤신 Y가 말을 꺼내곤 했다.

"미안해요, Y씨. 이 바닥 일이, 부르는 게 값이라서."

그녀는 자기 생각에도 상담료가 너무 높게 책정되었다며 사과했다. 언젠가 그녀는 이렇게 물었다.

"솔직히 말해 봐요. 그 일이 아직도 힘들어요?"

Y는 선뜻 대답하지 못했다. 그녀는 안경을 추켜올리며 다시 물었다.

"얼마 전에 남자 친구랑 헤어진 일이 더 힘들지 않아요?"

그녀는 Y의 마음을 정확하게 읽었다.

"그런데, 그런 일로 힘들어하면 안 될 것 같죠? 모든 게 그때부터 시작되었다고, 항상 이야기의 서두는 거기에서부터 시작되어야 할 것 같죠?"

Y의 눈시울이 붉어졌다. 그녀는 Y의 어깨를 감싸 안았다.

"내가 먹고 사는 일이지만 이제 그만두라고 말하고 싶네요."

Y는 누구에게도 묻지 못했던 것을 그녀에게 물었다. 그런 식의 질문은 처음이었고, 마지막이 되리라고 생각했다.

"그때…… 내가 죽었어야 했나요?"

그랬더라면, 그 사건은 깔끔하게 마무리되었을 것 같다고. 엄청 나쁜 사건으로 그만 완료되어, 더는 나빠졌을 것 같지 않다고. 그렇게 말하며 Y는 울었다.

"과도한 의미 부여는 하지 말아요. 사람은 모든 일을 기억해요. 사소한 것부터 다소 충격적인 것까지. 지겨운 말이겠지만 그저 운이 나빴을 뿐이죠."

그녀에게는 Y를 치유할 의지 같은 건 별로 없어 보였다. 그 점이 Y를 더욱 위로했다.

Y는 그 일을 기억하면서 흠칫 놀랐다.

당시 자신의 모습 역시 주어진 역할에 합당한 인물을 연기한 것처럼 생각되었다. 그녀를 만난 후 Y는 상담 프로그램을 철저하게 불신했고, 더는 그 일을 이야기하며 울먹이지 않았다. 마치 눈물을 잃어버린 듯했다. 자신의 눈물을 잃은 후 Y는 다른 사람의 눈물을 가치 없게 여기게 된 것 같았다. J의 모습을 보며 내심 비웃은 자신이 떠올랐다. R과 J의 진술 태도를 평가한 기준은 하나였다. 죽어 돌아온 사람으로서 합당한 모습을 보이고 있는가.

Y는 자신이 더욱 나빠지고 말았다고 생각했다.

·

여자는 다시 나타났다. Y가 본 것은 분명 실재하는 인물이었다. 자신의 기억과 대면하는 환상이 아니었다. 여자는 딱딱한 실체였다. Y는 여자를 만질 수도 있을 것 같았다. 눌러쓴 털모자 밑에 붉게 달아오른 볼을 후려쳐 줄 수 있을 것 같았다. 여자가 부르는 Y의 이름은, 아직도 과거의 이름 그대로였다. 이 순간을 위해 어머니는

Y의 이름을 내버려 둔 것 같았다. Y가 태어날 당시 이름을 지어 준 작명가는 사기꾼이었다며, 이토록 나쁜 이름일 줄 알았다면 그 비싼 값을 치르지 않았을 거라고 어머니는 말했다. Y는 굳이 이름을 바꿔야만 한다면, 이름의 뜻을 바꿀 것이 아니라 사람들이 부르는 소리를 바꿔야 한다고 말하고 싶었다. 아무도 자신을 아동 유괴 사건의 '희생자 Y 양'으로 알아보는 일이 없도록.《소년일보》를 구독한 동세대 모든 인간들의 친구 노릇을 하지 않을 수 있도록. Y는 어머니의 방식이 마음에 들지 않았다.

여자는 미소 지으며 Y에게 다가왔다. Y는 이제 알 것 같았다. Y는 어머니의 실수 때문에 자신이 납치되었다고 생각해 본 적이 없었다. Y는 어머니를 원망한 적이 없었다. 그러나 분명해졌다. Y는 어머니를 불신해 왔다. 아주 오랫동안. 어쩌면 그 사건이 일어나기 전부터. 하지만 Y는 어머니에게 대들지 못했다. 이제 서른에 가까운 나이가 되었지만 Y는 어머니에게 저항하지 못했다.

여자는 Y를 놀리듯 큰 소리로 이름을 불렀다. Y는 여자에게 다가갔다.

"잘 지냈어?"

Y는 여자를 쏘아보며 말했다.

"오랜만이네요."

여자는 손을 내밀었고 Y는 그것을 뿌리쳤다. 여자는 동요하지 않았다.

"많이 컸구나. 엄마는 잘 계시고?"

"당신, 왜 나타났어요?"

"너에게 용서를 빌고 싶어서."

여자가 너무 진부한 말을 했기 때문에 Y는 깜짝 놀랐다.

"……그것만은 아니길 바랐는데요."

"농담이야."

"언제 출소했어요?"

"오래전에."

Y는 여자의 말을 곱씹었다. 오래전이라면 정확히 언제를 이야기하는 것일까. 보도는 오래전에 끝났고, Y는 여자의 소식을 몰랐다.

"오래전이요?"

"그래. 내 아이를 키워야 했으니까."

여자는 멋대로 지껄이고 있었다. Y는 여자를 이해할 수 있을 것 같았다. Y는 오래전부터 여자의 많은 부분을 이해했다. 자신이 납치되어야 했던 까닭마저도. Y는 어떤 상담 선생에게도 그런 말을 하지 않았다. 그건 상식에 어긋나는 이해일지도 모른다는 생각에서였다. 그러나 끝내 이해되지 않는 점이 있었다. 체포되었을 당시, 여자는 왜 나를 죽였다고 진술했을까. 죽이지 않았으면서.

그 지점을 이해할 수 있을 것 같았다. Y는 돌아섰다. 여자는 그걸 알려 주려고 자신을 찾아온 것이었다. 여자는 평생을 걸쳐 Y의 어머니를 비웃고 있었다. 사실은 그것뿐이라고 Y는 생각했다. 여자는 단지 자신이 하고 싶은 말을 할 뿐이었다. 오늘도.

하필 겨울이었다. 겨울 횡단보도 저편에는 항상 여자가 있었다. 돌아선 Y는 어머니가 있는 집으로 돌아가야 했다.

Y의 손이 덜덜 떨렸다. 이렇게 잘라 버릴 거야. 네 예쁜 손가락

도. Y의 떨리는 손가락 안에는 아버지가 건넨 잭나이프가 있었다.

이거 없었으면 나도 죽을 뻔했어. 앞으로는 자신을 지켜 내거라. 온 힘 다해서.

칼날은 Y의 손바닥 안으로 깊게 파고들었다. 이렇게, Y 자신도 여자와 함께 어머니를 해하고 싶었다. 스스로의 힘으로.

"너 그거 아니? 난 내 아이를 지켰어."

여자는 굳이 한마디를 더 보탰고, Y의 불운은 갱신되었다.

《작가세계》 2010년 겨울호(발표 당시 「리얼타임」)

·　　　·　　　·

　K는 어느 날 돌연, 자신의 직업을 잃어버렸다.

　동네 사람들이 비로소 그를 정직하게 불렀기 때문이었다. K 또
는 K 새끼, K 자식으로. K는 자신의 그런 이름이 사무치게 낯설었
다. 그는 오랫동안 직업으로 불리던 사내였다. 그러나 이제는 J를
제외한 누구도, 그의 직업을 불러 주지 않았다. 그는 자신의 이름
을 잃은 것 같기도 했다. 술에 거나하게 취한 형제가 "어이, 좆만
한 K!"라고 그를 부르기 시작했을 때부터.

　사실은 한동안 모두가 그를 이름으로 부르고 있었는데 K 혼자
만 몰랐다. 어느 날 슈퍼 주인 여자가 동네에서 최초로, 용기 있게
일갈했던 것이다.

　"님은 무슨, 니미. 님 자 빼."

　그때 그는 그냥 '신부(神父)'가 되었다.

　어차피 동네에 신부는 한 사람뿐이라 굳이 그렇게 부르지 않아

도 된다는 의견이 덧붙여진 이후, 그는 마침내 온전히 이름으로만 불렸다. K가 직업까지 잃는 동안 소문은 열심히 성장했다. 소문의 주인공인 J도.

나의 정식 명칭은 사제가 아니었을까, K는 생각했다. 그는 더 이상 사제도 신부도 아닐 때 자신이 무엇이 될 수 있을지에 대해서 생각해 본 적이 없었다. J의 말대로 그는 '텔레비전도 볼 줄 모르는 바보'였다.

"신부님, 엄청 웃기지 않아요?"

J가 그렇게 말할 때 K는 함께 웃을 수 없었다. J는 K에게 왜 술 담배는 좋아하면서 텔레비전은 좋아하지 않느냐고 묻기도 했다. 그런 건 원래 다 같은 종류의 취미가 아니냐고 J는 따졌다. K에게는 변명할 말이 없었다. J의 얼굴이 떠오르자 K는 문득 두려워졌다. J는 곧 알게 될 것이다. K가 얼마나 많은 것들을 모르는지에 대해서.

끼이익, 하고 하필이면 그런 소리를 내면서 문이 열렸다. 모든 절차를 마친 K가 자신의 직장이자 집이었던 성당을 나서는 중이었다. 텔레비전을 안 보는 바보인 그도 이런 장면을 알고 있었다. 이런 건 이른바 '출소'에 걸맞는 풍경이었다. 문은 천천히 열렸고 햇빛 한 줄기가 그의 눈을 찔렀다. 무엇으로 보나 그것은 출소의 모양새였다. 젠장! K는 갑자기 자유로워진 것 같았다. 그는 자신의 삶에서 쫓겨난 것이었다.

K는 길바닥에 트렁크를 죽죽 끌었다. J의 아비가 박박 찢어 버린 원고마저 없으니, 챙겨 나올 짐이랄 것도 없었다. 며칠 전 J는

전화를 걸어 꼼꼼하게 K의 신체 사이즈를 체크했다. J는 속옷은 자신이 전부 마련해 놓을 테니 자주 입는 옷, 아끼는 옷가지만 챙겨 나오라고 당부했다. 수단을 제외한 자주 입는 옷, 아끼는 옷이라면 K가 가진 옷의 전부였다. 그것들을 전부 챙겨도 남들 한철 입는 옷보다 훨씬 적었다. K는 아무 때나 그 몇 개 안 되는 사복을 입고, 신부의 이미지와는 전혀 걸맞지 않는 차림새로 돌아다녔다. 정육점 남자는 늘 혀를 차며 한마디 했다.

"우리 신부님, 모르는 사람이 보면 신부님인 줄 알겠어요? 동네 건달이 아닌가 하겠네."

동네 건달로 살다가 이토록 청빈한 신부님으로 출소하다니, 생각하며 K는 텅 빈 동네를 둘러봤다. 본래가 그렇듯, 동네는 고요했다. K는 딸이 없는 곳으로 도망친 J의 아비를 생각하니 문득 가슴이 아팠다.

신부가 되지 않았다면 K에게도 지금쯤, J와 비슷한 나이의 딸이 있을지도 몰랐다. 그것은 동네 사람들이 K의 귀가 따갑도록 일러 준 말이었다. K와 J를 둘러싼 그 소문의 내용은 사실이 아니었다. 그러나 진실을 아는 사람은 J와 K 당사자들뿐이었다. 성장하기 시작한 소문을 막을 수는 없었다. J의 아비는 언젠가 쓸쓸하게 말했다.

"자식도 그렇고 소문도 그렇고 참 당혹스러울 정도로 무럭무럭 자라지요."

출소한 K는 이제 자신을 '신부님'으로 불러 줄 유일한 사람인 J를 만나러 가는 중이었다.

·

K는 맹세컨대 동네 사람들의 비밀을 관리할 생각이 조금도 없었다. 고해소에서 이루어지는 것은 다만 고해일 뿐, 거래 비슷한 그 무엇도 아니었다. 고해란 고백과 화해가 아니던가. K는 고해소에서만큼은 자신이 온전히 쓰이고 있다고 믿었다. 고해소에서만큼은, 그들의 목소리도 구분할 줄 몰랐다. 그것이 K의 철저한 윤리였다. 어떤 직업인에게나 있는 '직업윤리' 같은 것이었다고, K는 생각했다. 동네 사람들은 매일 밤 같이 어울려 술을 마셨는데 목소리를 모른다니, 말이 되냐고 따졌다. 하지만 K에게 고해소 벽 저쪽에서 들려오는 음성은 그저 나약하고 몰개성한 한 인간의 것일 뿐이었다.

K의 생각에 몇 가지 사례를 제외한, 이 소읍의 비밀들은 대개 별것도 아니었다. 신부는 세상의 사각지대에 존재하는 사람이 아니었다. 그렇기는커녕 언제나 특정한 '동네 사람들' 가운데 있었다. 오래전 K는 살인 경험도 들은 적이 있었다. 죄를 사하기 위해 그 죄의 내용에 순진하게 놀라서는 안 된다, K는 스스로를 단련했다. 누군가 웃으며 농 비슷하게 말했듯, 사제는 죄의 선수가 되어야 했다. 그런 K에게 이 동네 사람들의 몇 차례 불륜, 때때로 살의, 간혹 절도, 그런 것들은 놀랍지도 않았다. 하지만 그들은 때로는 흐느끼기까지 하며 자신의 죄를, 또는 죄라고 믿는 무엇을 털어놓았다. 그들은 자신의 죄에 대해 그토록 엄숙한 사람들이었다.

동네 사람들은 대부분 성당에 다녔다. 그것은 그들의 알뜰한 주말 소비 행위였다. 모두가 K를 알아봤고, 그는 일종의 상징이었다. 요컨대 멀지 않은 과거, K는 이 동네 사람들의 마지막 도덕이었다.

슈퍼, 약국, 정육점, 몇 개의 술집, 내과 병원 하나, 유치원, 학원 몇 개, 그리고 성당. 평균 다섯 가구가 모여 사는 연립주택 여남은 채. 몇 채의 단독주택. 과장을 조금 보태서 그것이 동네의 전부였다. 자영업자들 외에는 모두 도심으로 일을 나갔고, 아이들도 도심의 학교에 다녔다. 행정구역상으로는 서울 강남이었으나, 실체는 그냥 버려진 동네나 다름없었다. 심지어 고속도로변에 위치한 동네의 이름은 '소실부락'이었다. 몇 년 전, 처음 동네 사람들과 술을 마실 때 거나하게 취한 K는 말했다.

"잃어버린 마을인가요, 언제부터죠?"

그때 제 아비 곁에서 안주를 얻어먹던 중학생 J가 대답했다.

"신부님, 바보 아니에요?"

동네에 하나뿐인 약국을 운영하는 남자는 얼굴을 붉히며 제 딸을 꾸짖었다. 마치 저 혼자 힘으로만 수태해서 낳은 아이를 길러왔다고 해도 이상할 것이 없어 보이는 남자였다. 아내는 어디에 있을까 같은 궁금증은 생기지도 않았다. 그는 오래전 영세를 받은 사람이었다. 어딜 감히 신부님께, 그는 송구해서 어쩔 줄을 몰랐다.

J의 아비는 곧 표도 안 나는 돈과 잡다할 것도 없는 서무를 관리하는 성당의 집사가 되었다. 오직 어린 J의 되바라진 행동 때문에 그 일을 자처한 것 같았다. 그는 K보다 대여섯 살 많았지만 언제나 깍듯한 경어를 사용했다. 자신이 보는 앞에서 J가 K에게 까불거리면 무섭게 눈을 치뜨며 딸을 야단쳤다. 그러나 J는 조금도

기죽지 않았다. 오히려 제 아비가 귀여워 죽겠다는 듯 웃곤 했다. K는 동네 사람들에게 수시로 J를 칭찬했다. 그런 딸내미라면 혼자 된 제 아버지에게 얼마나 큰 힘이 되겠느냐고. 내게도 그런 딸이 있었다면, 술에 잔뜩 취한 날은 간혹 그렇게 말을 맺기도 했다.

그것이 전부였다. J에게, 뿐만 아니라 지금껏 살아오며 어떤 여자에게도 욕정 비슷한 것을 가져 본 적이 없었다. K는 그것이 무엇인지 잘 몰랐다. 그러므로 제법 나이가 든 후로는 탐도 나지 않았다. 그러나 K가 종국에 '좆 같은 새끼'가 된 이유는 그가 딸 같은 J를 건드렸으며, 그것도 오랫동안 그래 왔다는 소문 때문이었다. K는 자신이 왜 그런 사람이 되어야 하는지 알 수 없었다.

5년간 어린 J와 그의 아비를 가까이에서 봐 왔고 그들은 K의 가족과도 같았다. J는 학교에서는 걸핏하면 담배 피우다 걸리고, 패싸움하다 걸리는 문제아였다. 공부에도 별 관심이 없었다. 발랑 자빠진 강아지처럼 앙앙대며 아무에게나 덤벼 대는 까닭에 혀를 차며 욕하는 어른들도 많았다. 하지만 K가 보기에는 동네의 어떤 아이보다 똑똑하고 속도 깊은 아이였다. 아무리 제 아비 속 썩이는 짓거리를 즐겨 한다지만, 그를 생각하는 마음만큼은 보통 아이의 것이 아니었다. J의 아비는 사생활을 거의 말하지 않았고, 딸에 관한 사적인 이야기도 결코 하는 법이 없었다. 그러나 J가 마음을 다해 제 아비를 극진하게 챙긴다는 것을 K는 누구보다 잘 알고 있었다. 그들의 관계는 K가 평생 봐 온 부녀 관계 중 가장 애틋한 관계였다고도 말할 수 있었다.

자신과 J를 둘러싼 소문의 내용을 알게 되었을 때 K가 제일 먼저 걱정한 것도 J의 아비였다. J의 아비는 과묵한 사람이었다. K와 나란히 길을 걸을 때 호프집 여자가 어머! 소리를 내며 뒷걸음질을 쳐도, 그는 침묵했다. K는 그의 침묵이 공포스러웠다. 차라리 그가 먼저 말을 꺼내길 바랐다. 그래야 그 소문은 사실이 아니라고 말해 볼 기회라도 얻을 거였다. J의 아비는 끝내 침묵하며 K에게 해명할 기회를 주지 않았다. 심지어 동네 사람들의 경멸을 견디다 못한 K가 사제직에서 물러나겠다고 하자 그를 말리기까지 했다.

"신부님, 조그마한 동네의 감수성이라는 것이 본디 그렇지 않습니까?"

그렇게 말했던 J의 아비는 어느 날, 방문을 박차고 들어와 K의 원고를 전부 찢어 버렸다. J와 관련된 소문과 더불어 K에게 한 가지 죄목이 더 추가된 후였다. 도심으로 일하러 나가는 젊은 남자가 K의 멱살을 잡고 소리쳤다.

"너 이 개자식, 우리 동네 비밀 다 팔아먹으려고 했다면서?"

K는 그간 동네 사람들과 너무 많은 술을 마셨고, 너무 많은 이야기를 했다고 생각했다. 술에 취해 누구에게 그 책에 대해 말했는지 도무지 생각이 나지 않았다. K는 오래전부터 자신의 기도 경험을 픽션으로 만든 『리얼 타임 ― 비밀』이란 책을 쓰고 있었다.

K는 '비밀'이란 부제를 들은 누군가가 악의를 품고 J와 관련된 엉뚱한 소문을 퍼뜨린 것이라고 확신했다. 누군가는 반드시, 별로 도발적이지도 않은 자신의 비밀이 그 책을 통해 폭로될 것으로 오해한 것이었다.

．

    K는 J가 전화로 불러 준 주소를 찾아갔다. 경기 모처의 소도시
였다. 허름한 건물들이 누군가 장난으로 세워 놓은 담뱃갑들처럼
다닥다닥 붙어 있었다. J는 그중 한 건물 앞에 쭈그리고 앉아 담배
를 피우고 있었다. 아비의 가출 이후 J는 실제의 몇 배가 되는 시
간을 살아 버린 것 같았다. 중학교, 고등학교에 다닐 적에는 어울
리지도 않게 진한 화장을 하고 다니더니, 지금 화장기 없이 초췌한
J의 얼굴은 난데없이 남편과 사별한 여자처럼 그늘져 있었다. K가
다가가자 J는 땅바닥에 담배를 비벼 끄며 일어섰다. J는 K의 트렁
크를 잡아채며 말했다.

    "이 동네는 그 동네보다 더 한심한가 봐요. 어디서 사람 죽이고
도망 온 사람들 천지래요. 계약할 때 아무것도 안 물어봐요. 방세
낼 때 계좌 이체 같은 것도 안 한대요. 그래서 나도 쉽게 방 얻기
는 했어요."

    스무 살이 된 J는 예전보다는 훨씬 의젓한 말투를 썼다. 파리한
얼굴에 웃음기라고는 조금도 없었다. 몇 달 사이에 이렇게 변할 수
가 있을까 싶을 정도로 J는 변해 있었다.

    몇 달 전, K의 원고를 찢은 다음 날 J의 아비는 가출했다. J는 K를
찾아와 엉엉 울었다.

    "아빠가 날 완전히 버렸어요. 나한테는 이제 신부님밖에 아무도
없어요."

    J는 K와 자신이 등장하는 소문에 대해서는 신경도 쓰지 않던

아이였다. 소문이 1년 가까이 지속되고 있는데도, 과거와 다름없이 K에게 웃으며 인사를 했고 찬거리를 들고 찾아왔다. 어느 날인가부터는 J의 가족 외에 아무도 미사에 오지 않았다. 당연히 아무도 K와 술을 마셔 주지 않았다. J의 아비는 술을 한 방울도 마시지 않는 사람이었다. 차라리 같이 술 한잔했으면, 터놓고 이야기하며 대책이라도 마련해 볼 텐데, K는 그런 생각도 여러 번 했다. K는 고해소 뒤에 조그맣게 붙은 자신의 방에서 하염없이 소주를 마셨다. 가끔은 J가 찬거리를 들고 와서 아무렇지 않은 듯 떠들어 댔다.

"신부님, 나 금방 학교 졸업해요. 좋겠죠?"

K는 피식 웃으며 대답하곤 했다.

"오랫동안 금방이구나."

그 순간 K는, 자신에게 웃어 주고 자신이 웃어 줄 수 있는 유일한 아이가 파멸의 원인이 되어야 하는 까닭이 사무치게 궁금했다.

두 손으로 트렁크를 들고 낑낑대며 계단을 오르는 성장한 J의 뒷모습이 낯설었다. 언제 자랐는지, 늘 깡총하던 머리카락이 허리께에 내려와 있었다. 찰랑거리는 길고 검은 머리카락이 다 자란 여자의 그것 같았다. K는 자식의 성장이 소문의 성장만큼이나 당혹스럽다던 J의 아비를 생각했다. 생때같은 자식을 버리고 그는 어디로 간 것일까.

K는 앞으로의 일을 짐작조차 할 수 없었다. 몇 달 전 J는 엉엉 울면서 신부님은 원래 아버지가 아니냐고 따졌다. 이제 자신의 아버지가 되어 달라는 것이었다. 자신은 성인이 되었으니 돌봐줄 필요는 없고 곁에 있어 주기만 하면 된다고 했다. J는 아빠가 없어진

다음 날부터 밥도 안 먹고 있으며, 이렇게 살다가는 곧 죽어 버릴 것 같다고도 했다. K는 울고 있는 아이에게 죄책감을 느꼈다. 자신도 피해자였으므로, 이런 종류의 죄책감이 온당한 것인지에 대해서도 생각했다. 그러나 분명한 것이 두 가지 있었다. 분명한 것은 그 두 가지뿐이었다. 제 아비에게 버림받은 J가 가여웠고, 자신은 너무나도 무기력했다. 앞으로의 삶이야 어떻게 흘러가도 좋았다. 저 아이가 나를 필요로 하고 있다면. 그것이 J와 함께 살기로 마음먹은 까닭이었다. 그 자신 역시 갈 곳이 없었다.

.

기대할 여유도 없었지만, J가 안내한 방은 유난히도 좁고 궁상스러웠다. 구석에 있는 이층 침대를 제외하고는 둘이 같이 쓸 만한 물건이라고는 하나도 없었다. J는 트렁크를 열어 짐을 풀어 놓으며 저도 이런 경험은 없어 봐서, 운을 뗐다. 어떻게 하다 보니 대충 살 만한 방을 골랐다는 것이었다. 아빠가 대책 없이 자신을 버리는 바람에 돈이라고 가진 것은 별로 없다고, 금액에 맞추다 보니 이런 방밖에 없었다는 둥 이런저런 변명을 늘어놓았다. 이런 식의 경험이 없는 것은 K도 마찬가지였다. J는 K의 수단을 벽 한가운데에 걸었다.

"같이 사는 사람들에게는 여러 가지 규칙이 필요해요. 신부님은 오래 혼자 살아서 그런 것에 익숙하지 않겠죠. 이제 적응하셔야 해요."

"저걸 뭣하러 저렇게 걸어 놓는다는 거니. 장식도 아니고 말이야."

J는 대답하지 않았다. 그녀는 어느덧 K의 짐을 모두 정리해 놓고 밥을 짓고 있었다. 새삼 허기를 불러일으키는 들큼한 밥 냄새를 맡으며 K는 지그시 눈을 감았다. J는 익숙한 솜씨로 요리를 했다. 어미 없이 자란 아이답게 행동하는 품마다 의젓했다.

"신부님, 아까 보니까 묵주도 있던데. 왜 챙겼어요?"

J는 설마 매일 밤 기도하려는 건 아니겠죠, 덧붙였다. K는 담배에 불을 붙였다.

"짐이랄 것이 하도 없어서, 있는 대로 주워 담다 보니 그렇게 됐어."

"나랑 같이 사는 동안에는 절대로 기도 따위 하지 마세요."

그렇게 말하는 아이의 말투가 전에 없이 단호해서 K는 잠시 놀랐다. K와 J는 어느덧 정갈하게 차려진 밥상 앞에 마주 앉았다. J는 K에게 수저 한 벌을 건넸다.

"이건 신부님 걸로 새로 샀어요."

J가 건네준 숟가락으로 밥을 뜨며, K는 걷잡을 수 없이 목이 메었다. K는 콜록콜록 기침을 했다. J는 찬물을 따라 주었다.

"난 유치원 때부터 밥을 했어요. 밥 말고 다른 건 다 신부님이 하셔야 해요. 설거지나 청소, 이런 것들요."

K는 고개를 끄덕이며 대답했다.

"그런 것은 같이 사는 사람들 사이의 당연한 규칙이지. 얘야, 나도 사람이거든. 그런 건 굳이 적응기를 두지 않아도 되는데."

J는 K의 눈을 똑바로 쳐다보며 말했다.

"제가 말한 규칙은 그런 게 아니에요."

제 몫의 밥을 비운 J가 담배에 불을 붙이며 말을 이었다.

"규칙을 깨는 것이 규칙이에요. 단, 이건 신부님에게만 해당돼요. 전 나름대로 편리한 방법들을 익혀 왔으니 그것들을 지킬 거예요."

요컨대 J의 제안은 이랬다. K는 이제 성당에서 지켰던 규칙들을 하나씩 깨는 것이다. J의 말에 따르면, K는 하느님에게도 성당에게도 배신당한 것이었다.

"배신당한 인간들은 할 수 있는 게 별로 없어요. 믿었던 그것을 끝까지 경멸하고, 생각날 때마다 함부로 조롱하는 수밖에."

J는 벽 한가운데에 걸어 둔 수단을 가리켰다.

"저런 건 아무것도 아니에요. 커튼이나 마찬가지라고 생각하세요. 우린 이제 그런 훈련을 하는 거예요."

그래, 무엇으로든 이 삶을 견뎌 낼 수만 있다면. K는 J가 무슨 엉뚱한 제안을 하든, 그녀의 말을 따르기로 했다. 어려서부터 제 아비를 위해 밥을 지었던 아이가 하는 말이라면 뭐든 믿을 수도 있을 것 같았다. 자식뻘인 J는 K보다 더 많은 것을 알고 있을지도 몰랐다. K 자신이 소실부락의 성당 바깥에서 한 일이라고는 그저 술을 마신 것밖에 없었다.

"신부님, 우리는 소실부락, 그 한심한 동네에서 배신당한 사람들이에요. 오늘부터 하나씩, 그 천박한 인간들의 비밀을 알려 주세요. 최대한 상세하게. 그들이 말한 그대로요."

그것이 J가 말한 규칙의 본론이었다.

K는 그 인간들의 음성이 한꺼번에 몰려오는 꿈에 시달렸다. 나약하고 몰개성한 인간들의 음성, 그들이 누구인지에 대해서 K는 조금도 관심이 없었다. 그것이 K의 직업윤리였다. 하지만 고해소 너머에서 들려오는 목소리를 구분하지 못했던 것은 이상한 일이기는 했다. 몇 년간 시도 때도 없이 마주친 빤한 인간들이었다. 신부님 술자리가 있다, 하면 모여드는 인간들도 거기에서 거기였다. 거기에서 거기인 인간들 모두 성당에 온다는 것을 K는 알았다.

게다가, 그럴 생각도 없었지만 만약 K가 세상에 그들의 비밀을 폭로했을 때 가정생활에 치명적인 위협을 입을 만한 인간들이라면 더욱 빤했다. 그들이야말로 K와 밤마다 주거니 받거니 했던 인간들이었으니까. K는 J의 이마를 콩 치며 말했다. 너도 나를, 아이들의 비밀을 죄다 알고 있는 담임선생님쯤으로 생각했던 거니. 내가 하는 일은 보속을 주는 것뿐이었어. 자신의 죄에 구속당하지 말라고. 난 그 동네 누가 무슨 비밀을 가졌는지 모른다.

J의 제안이 발칙해서가 아니라, K가 기억하는 바가 없어서 그런 규칙은 지킬 수 없다고 생각했다. 누가 어떤 죄를 저질렀던 것인지, 행위 주체를 명확하게 구분할 수 없었다. 어렴풋이 기억나는 바로 누군가는 제 마누라가 등을 돌린 사이 다른 동네 여자의 치마 속에 손을 집어넣었고, 누군가는 제 아들이 막노동해서 벌어 온 돈을 다방 아가씨 품에 죄다 넣어 줬다. 더욱이 그런 한심한 인간들이 스스로 죄를 용서받고자 K를 찾아왔다. 어쩌면 그것은 죄도 용

서도 아니었는지 몰랐다. 그건, 어쩌면 게임 같은 것이 아니었을까.

게임 같은 것이 아니었을까. K는 꿈속에서 돌연 어린 시절 처음이자 마지막으로 사귄 여자애가 제안했던 고백 놀이를 떠올렸다.

……아니, 아무것도 하지 마, 그냥 들어 줘.

K는 고해소 너머 인간들의 음성, 특별히 소실부락의 비밀들과 함께 또렷하게 기억나는 한 소녀의 음성에 소스라치게 놀랐다. 열여섯의 K는 아무렇게나 내던져진 지저분한 매트리스 위에 널브러져 있었다. 아무것도 하지 마. 여자애는 자꾸 속삭였다. 여자애가 어린 K의 귓불에 자꾸만 뜨거운 김을 불어넣었다. 이렇게 들어준 것만으로 됐어. 여자애는 K의 몸을 멋대로 더듬었다. K는 몸을 꿈틀거리며 여자애를 떼어 내려고 했다. 잠깐만, 잠깐만. 여자애는 제 아비가 밤마다 자신을 강간한다며 울었다. 온몸에 벌레가 기어 다니는 것 같아. 지네나 꼽등이 같은 게 으악, 막 내 팬티 속으로 들어와. 여자애는 엉엉 울었다. K는 여자애의 볼을 쓰다듬으며 함께 울었다. 너희 아빠, 그 개 같은 자식 내가 경찰에 신고할거야. 다시는 널 만지지 못하게 해 줄게. 여자애는 소스라치게 놀라며, 안 돼, 그러지 마, 아빠가 날 죽일 거야, 소리를 지르며 K의 몸에서 떨어져 나갔다. K는 지저분한 매트리스 위에 혼자 누워 있었다. 대체 날더러 뭘 어쩌란 거지? 그것이 K 인생 최초의 고해성사였다.

결국 다들 내 입을 틀어막았던 거였군. 직업윤리라고 생각했던 것은 강요된 규칙일 뿐이었다. 오래전 살인 경험부터, 학급의 아이를 강간했다는 젊은 교사의 흐느낌까지. K는 어디까지 진실인지는 알 수 없으나 분명한 죄들을 떠올렸다. 그 죄들을 듣고도 모른 척했던 것이 나의 윤리였던가. K는 자꾸만 되뇌었다. 비밀이라고 할 만한 것이 있고, 죄라고 할 만한 것이 있었다. 그것들은 서로 별개의 것이었다.

그 소녀는 어떻게 되었을까, K는 몇 번의 유혹에도 결코 여자애를 안아 주지 않았다. K는 그것이 무엇인지 잘 몰랐다. 그저 여자애가 가엾을 뿐이었다. K는 통통한 생선의 흰 살을 닮은 허벅지를 떠올렸다. 비늘을 깨끗하게 벗겨 놓은 듯 매끄럽고 하얗던 소녀의 허벅지. 여자애가 치마를 들추었을 때 그곳에는 누군가 함부로 젓가락질을 한 듯 깊숙하게 패인 모양의 흉터가 있었다. 우리 아빠란 미친 자식이 담뱃불로 지져 놓은 거야. 내가 안 한다고 하니까. 여자애는 어린 K에게 안겨 눈물을 뚝뚝 흘렸다. K의 가슴이 흠뻑 젖었다. 차갑다, K는 생각했다.

잊고 있던 감각들이 한꺼번에 되살아나는 듯했다. 차갑고, 뜨겁고, 하염없이 아프고 가여운 느낌, 이 어린아이가, 그 개 같은 자식에게……? K는 눈을 떴다. J가 그의 가슴에 안겨 몸을 떨며 울고 있었다. 지독한 꿈이었다.

K는 J의 머리카락을 쓰다듬었다. 언제 이 좁은 자리를 비집고 들어왔던 걸까. 낮에 봤던 다 자란 여자의 모습은 어디에도 없었다. 덜덜 떨며 흐느끼는 J는 그저 아비의 품에 안긴 어린아이 같았다. 간혹 어떤 개자식들은 자기 딸에게 그런 더러운 욕정을 품는지도 몰랐다. 몇 년 전 K를 찾아와 흐느끼던, 소실부락의 또 한 명의 개자식처럼.

J는 명랑하게 떠들며 요리를 했다. 신부님이 좋아하는 반찬이 뭔지 다 안다는 것이 얼마나 다행이에요. K는 희미하게 웃었다. 네가 해 주는 것은 무엇이든 다 맛있어. 예전에 아빠 심부름 올 때는 굳이 네가 한 음식들이라고 생각지는 않았는데. 아비 이야기가 나오자 J는 입을 다물었다. 도마에 칼을 부딪는 소리가 커졌다. J는 목소리를 낮추며 말했다.

"저기 신부님, 나한테 아빠는 벽에 걸린 저 흉측한 커튼 같은 거예요. 날 버렸으니까."

K는 벽 한가운데에 걸린 수단을 바라봤다. 맥없이 달린 로만 칼라는 K의 떨어져 나간 수족 같았다. K는 자신의 동정을 무덤덤하게 바라봤다. 다시 입을 일은 없겠지, K는 생각했다. 갑자기 아찔한 상실감이 온몸을 훑고 지나가는 듯했다.

K는 마음을 다잡았다. 세상에 하나뿐인 제 아비를 잃은 아이도 있는 마당에. K는 간밤에 자신의 품에 안겨 울던 J를 생각했다. 내게도 딸이 있었다면 지금쯤 저만큼 자랐을지도 모르지. K는 한 번도 가져 보지 못한 것이 그리울 수도 있다는 사실을 새삼 깨달았다. J의 아비는 어디쯤에 수태된 아이를 데려왔던 걸까. 그는 단 한 번도 J의 어미에 대한 이야기를 하지 않았다. J의 어미에 대해 전혀 아는 바가 없는지도 몰랐다.

K가 막 사제 서품을 받고 보좌 신부로 부임했을 무렵, 고해소 너머 익명의 남자는 자신이 사랑하지 않는 여자가 임신을 해서 그

녀와 결혼을 해야 한다고 흐느꼈다.

"신부님, 그거 아십니까. 세상 모든 아비는 자기 친자식을 모른다고 합니다. 그녀가 가진 애가 제 애라고 어떻게 확신할 수 있겠습니까. 그녀는 자기 몸에 있는 아이니까 자기 아이라는 것을 확실히 알겠지요. 전 모릅니다. 아이 때문에 결혼을 해야 한다는데, 대체 그 애는 지금 어딨습니까."

J와 그녀의 아비는, 언제쯤부터 서로를 아비와 딸로 믿고 의지하며 살았던 것일까. J가 요리를 하는 동안 K는 열심히 방을 쓸고 닦았다. 좁고 궁상스러운 방이 하루 만에 환하게 살아나는 듯했다. J는 반짝반짝 윤이 나도록 잘 닦은 숟가락을 K에게 내밀었다.

"자, 신부님. 오늘부터 하나씩 말해 주세요. 소실부락 사람들의 비밀을."

K는 숟가락을 받아 들며 지난 꿈에 또렷하게 등장한 죄의 내용들을 털어놓기 시작했다.

그것은 분명히 정육점 주인 남자의 음성이었다. K가 부임하자마자 고해소를 찾아온 그는 자기 죄를 고백하면서도, 마치 제3자의 그것을 일러바치는 양 혀를 찼다.

"그러니까, 어떻게 그런 것이 인간이라고 할 수 있겠습니까? 그런 것이 인간이면 우리 신부님은 아마 인간이 아닌 다른 뭔가가 되어야 할지도 모르겠네요."

인간이 아닌 그런 것은 바로 자기 자신을 지칭하는 말이었다. 그는 자신이 동네의 모든 부녀자를 건드렸다고 했다. 그놈의 개 같은 버릇을 죽을 때까지 고칠 수 없을 것 같다고 말하며, 그는 혀를 찼다.

"그런데 이걸 어떡합니까. 나란 놈도 한심한 놈이지만 쿡 찌르면 죄다 넘어오는 그 여자들은 또 뭐냐구요. 어떨 땐 여자들이 먼저 원했다니까요. 사내 된 도리로, 하기사 이런 말씀 신부님께는 죄송하지만, 여자들이 옷 벗고 달려드는데 거절하면 그건 또 예의가 아니잖습니까."

미친 새끼, J는 뇌까렸다.

"뭐, 자랑하러 왔대요? 비밀도 아니네. 그 아저씨 그런 거 원래 유명했어요."

그도 한 아이의 아버지였으니까, 란 말을 삼키고 K는 말했다.

"유부남이었으니까, 죄라고 생각한 거지. 딴에는 용서받으려고 한 거였어."

흥, J는 코웃음을 쳤다.

"죄는 그렇다 치고, 진짜 비밀이라고 할 만한 거 없어요? 신부님과 당사자만 알고 있는 것. 그 밖에 사람들은 알래야 알 수가 없었을 만한 뭐 그런 거요."

자신을 그 동네 초등학교 교사라고 소개한 젊은 남자였다. 그는 고해소에 들어서자마자 흐느꼈다. 할 수만 있다면, 그 몹쓸 물건을 없애 버리고 싶다고 했다. 그는 대체 하느님은 왜 이런 물건을 만들어 주셨는지, 하느님이 원망스럽다고도 했다.

"그…… 저희 반 아이 중, 유독 성숙해 보이는 아이가 있었습니다."

그렇게 시작한 그의 고백은 다시금 몹쓸 물건 타령으로 끝이

났다. J는 더할 나위 없이 한심하다는 듯한 표정으로 묵묵히 밥을 먹었다.

"인간들이 진짜, 다 거기에서 거기네요. 왜 다 그런 종류야?"

K도 항상 그것이 궁금했다고 말했다. J는 숨이 넘어가도록 웃어 댔다. K도 활짝 웃었다.

•

K와 J는 매일 즐겁게 식사를 했다. K는 그렇게 하루하루 지내며 과거의 모든 것을 잊어버릴 수도 있을 것 같았다. 그들이 어떻게 이 방에 함께 머무르게 되었는지, J는 어떻게 아비를 잃었으며 K는 어떻게 직업을 잃었는지, 그들이 잃은 것이 얼마나 큰 상실인지. 지금도 소실부락의 사람들은 K와 J를 두고 제멋대로 찧고 까불 것이었다. 다름 아닌 K와 J가 자신들의 비밀을 사육하고 있는 줄도 모르고.

어느 날 K와 J는 서로 도와 가며 이불 빨래를 했다. 건물 앞 담벼락에 빨랫줄을 걸어 이불을 널고 들어온 K는 바닥에 아무렇게나 누워, 자신을 둘러싼 소문을 처음 들었을 때를 떠올렸다.

"신부님, 그런 뻔한 말씀 말고요. 솔직하게 말 좀 해 주십시오. 신부님은 아시지 않습니까. 딸 같은 여자를 보고도 그런 추악한 마음이 드는 것이 수컷이란 걸. 다른 사람은 몰라도 우리 신부님은 저를 이해해 주셔야 한다고 생각합니다."

어쩌다 동네 대학생 처녀를 짝사랑하게 되었다는 중년의 수컷은 보속을 받고 난 후에도 말 같지도 않은 소리를 늘어놓았다. K는 그의 말을 애써 무시하며 언제나처럼 말했다.

"인자하신 천주 성부께서 성자의 죽음과 부활로 세상을 당신과 화해시켜 주시고 죄를 사하시기 위하여 성령을 보내 주셨으니, 교회의 직무 수행으로 몸소 이 교우에게 용서와 평화를 주소서. 나는 성부와 성자와 성령의 이름으로 이 교우의 죄를 사하나이다."

"그딴 소리는 그만 집어치우라고!"

그것은 음성으로만 머무르지 않고 주먹이 되어 K의 턱으로 날아왔다. 그는 내과 병원 원장이었다. 문을 박차고 들어와 K에게 주먹을 날린 그는 감당할 수 없는 스스로의 기행에 놀라 숨을 헐떡였다. 그는 무릎을 꿇고 울기 시작했다.

"신부님…… 아니, 이 양반아. 우리 다 같은 인간이잖아요."

K는 직업을 잃게 된 내력을 떠올리며, 문득 J가 아비를 잃게 된 내력이 궁금했다. 1년 가까이 지속된 그따위 소문에도 아랑곳하지 않던 J의 아비가, 왜 어느 날 갑자기 딸을 버렸을까. J는 컴퓨터로 게임을 하고 있었다. 어깨를 들썩이며 피식피식 웃는 모양새를 보니 마음이 아팠다. 아직 어린애일 뿐인데. 아니, 언제까지고 아비에게 딸은 그런 존재가 아닌가.

"다 자란 척하지만 내 눈에는 그저 강보에 싸인 대학교 졸업반 아기지요."

과거 어느 교우의 말이었다. 그런 것이 바로 아비의 마음일 것이라고 K는 언제나 생각했다.

J가 워낙 되바라진 구석이 있는 데다, 남들의 시선 따위는 신경도 쓰지 않는 아이인 줄은 K도 진작부터 알고 있었다. 그러나 동

네 사람들의 경멸 어린 시선에 마음을 다친 적이 정말 한 번도 없었을까. 혹시나 제가 다니는 학교에까지 소문이 번져 들어가지는 않았을까. 또래 아이가 그 소문을 두고 J를 괴롭히지는 않았을까. 단 한 번도 해 보지 않았던 걱정이 K를 아프게 사로잡았다. K는 문득 큰 소리로 울고 싶었다. 그때 J가 몸을 돌려, 컴퓨터 화면 속 무언가를 가리키며 말했다.

"신부님, 이것 좀 봐요. 엄청 웃기지 않아요?"

K는 그것이 무엇이든 큰 소리로 웃고 싶기도 했다. 알 수 없는 감정이었다. K는 정말 큰 소리로 웃었다. 야, 그거 엄청 웃기는구나. J는 신부님이 웬일이래요, 나랑 같은 걸 보고 웃게, 하면서 웃었다. K는 언제까지고 웃을 수 있을 것 같았다.

그날 밤, 그들은 오랜만에 함께 누워 잠을 청했다. K는 J의 머리카락을 가만가만 쓰다듬었다. 딸의 기원은 어디일까, K는 한 번도 보지 못한 J의 어린 시절이 그리웠다. 문득 이런 모양새 역시 동네 사람들이 끊임없이 입에 올린 그런 종류의 것일지도 모른다는 생각이 들었다. 세상에 어떤 개자식들이 있는 것쯤은 K도 잘 알고 있었다. 그러나 지금 J와 나누고 있는 순간은, 그런 것이 아니라고 믿고 싶었다. K는 어디부터 어디까지가 죄인지, 문득 모호해졌다.

"신부님, 이제 나한테 비밀 없죠?"

J가 갑자기 물었다. 비밀이라는 단어는 그들이 언제나 갖고 노는 것이었고, K는 그 말에 거부감이 없었다. K는 당연하다는 듯 말했다.

"얘야, 내가 너에게 무슨 비밀이 있겠니?"

"그럼 신부님, 그 책 어디 있는지 말해 줄래요? 왜 안 가지고 왔어요?"

"무슨 책?"

"그 비밀이란 부제가 붙은 책 말이에요."

그것이라면, J의 아비가 남김 없이 찢어 버린 원고를 말하는 것이었다. J의 아비는 어느 날 갑자기 방문을 박차고 들어와 책상 서랍에 담긴 원고를 모두 꺼내서 박박 찢었다. 컴퓨터는 쓸 줄도 모르는 K였으니, 그렇게 원고는 모두 없어져 버린 거였다. K는 J 역시 동네에 떠도는 소문을 대강 알고 있었다는 사실에 놀라며 말했다.

"그건 누가 다 찢어 버려서 없어. 너도 그 소문을 들었니?"

"아뇨. 아빠가 말해 줬어요. 신부님이 동네를 배신하려고 한다고요."

•

소실부락의 여러 잡다한 비밀들 가운데, K의 생각에 그것은 분명히 죄였으며, 그러나 어떻게든 모른 척하고 싶은 죄였다. 그것은 K를 무력하게 만드는 죄들 가운데서도 가장 몹쓸 죄였다. 그 역시 자신이 몹쓸 아비라고 말했다. 하루가 다르게 놀랍도록 성장하는 자식을, 그렇게 말하는 순간 K는 그가 J의 아비라는 것을 알 수 있었다. 그는 몹시 흐느꼈다. 친자식이었더라도 마찬가지였을 것이라고. 그 아이가 친자식이 아니기 때문에 그런 것은 맹세코 아니라고, 그는 거듭 말했다.

"아이는 내게 그냥 이렇게 살자고 말했습니다. 이렇게 살아가는 사람들도 분명 있을 거라고, 우리만 그런 것은 아닐 거라고. 남들과 조금 다르지만, 우린 언제까지나 아비와 딸로 그렇게 오래도록 살아가면 된다고. 하지만 그게 말이나 되는 소리냔 겁니다. 몹쓸 아비지만 그래도 아비는 아비이지 않습니까?"

그것이 J가 그토록 듣고 싶어했던 소실부락의 비밀이었다. 벌써 몇 년 전, 이란 말을 듣자마자 J는 울부짖었다.

"아빠는 그때 날 버린 거예요. 어떻게 나랑 있었던 일을, 함부로 이야기할 수가 있죠? 아무리 신부님이라지만, 그렇게 까발려도 되는 거냐구요."

J는 전부 다 개자식들, 신부님도 마찬가지야, 중얼거리며 뛰쳐나갔다. K는 망연하게 주저앉아 있었다. 맞는 말이라고 생각했다. 비겁하게 흐느끼며 대체 날더러 뭘 어쩌란 거지?

K는 오랫동안 기도를 하면 한 순간에 응답을 받는다고 생각했다. 그것은 기도라는 행위 자체가 속죄를 해 준다고 여기는 것과 다름없었다. 아편과 같은 속임수였다. 나도 그자들과 다를 바가 없구나, K는 생각했다. 죄를 뉘우치고 기도하라, 는 어리석은 보속은 필요 없었다. 그자들은 죄를 고백한 것만으로 이미 속죄받았다고 여긴 것이었다. K는 고해소 너머에서 울고 있는 개자식의 목소리를 잊기 위해 노력했던 자신을 떠올렸다. 그의 죄를 감히 사하겠노라고, 말한 것은 바로 자신이었다.

J는 동이 틀 때까지 돌아오지 않았다. 고해소에서 이루어진 것은 다만 고해일 뿐이었으나, 이 누추한 방에서 이루어진 것은 다만 거래일 뿐이었다. J는 제 아비가 자신과의 삶을 한낱 비밀로 여

겼다는 것에 더한 배신감을 느낀 듯했다. K는 하염없이 담배를 피웠다.

이제는 또다시 어떻게, 살아가야 할까. 죄와 죄를 둘러싼 이야기가 없다면 인생은 아무것도 아닌 것일까, K는 생각했다. 살아가려면 그 사실을 받아들여야 하는지도 몰랐다. 반드시 죄라고 명명되는 무엇인가가 존재해야만 세상이 유지된다는 것을. 그걸 몰랐던 자신은 결국 사각지대에 있는 존재였다. 동네 사람들과 어울려 술을 마셔 댔다고 한들.

K는 쌀을 씻어 밥을 지었다. 그들의 죄로 유지된 삶이었구나. K는 반짝반짝 윤이 나게 닦아 놓은 수저를 꺼냈다. 자신을 배신한 아비의 진실이 무엇인지 알고 싶어 이토록 노력했다니, K는 입술을 깨물었다.

뜨거운 맨밥을 꾸역꾸역 입안에 밀어 넣으며 K는 자신이 삼키고 있는 것이 정확히 무엇인지 알 수 없었다. 알고 지내는 몇 년간 K는 그의 이름을 불러 준 적 없었다. 언제나, 그는 그저 J의 아비였다. 새삼 그 사실이 미안했다. J의 아비가 아니었다면, 그는 J의 연인일 수도 있었다. 그들의 관계는 그런 종류의 것이었을지도 몰랐다. 자신이 알지 못하는 진실이 너무 많았다. 그런 오해 때문에 J의 아비는 지레 겁을 먹고 달아난 것이었다. K는 흑흑, 흐느꼈다.

"신부님, 밥 먹다 말고 울긴 왜 울어요."

J의 숨결에서 찬바람이 묻어났다. J는 외투도 벗지 않고 냉장고에서 밑반찬과 찬물을 꺼냈다. 그것들을 K의 앞으로 밀어 주며 J는 말했다.

"신부님, 우리에게는 아무도 없어. 우리에게 서로가 있다고 말하면 죽여 버릴 거야."

J와 K는 같이 사는 사람들에게 필요한 여러 규칙을 다시 정했다. 그들은 쓸데없는 비밀 같은 것은 더는 가지고 놀지 않기로 했다. 함께 살면서 즐거울 수 있는 종류의 규칙이라면 무엇이든 좋았다.

그들 모두가 남의 비밀을 멋대로 사육했으며, 꾸며 낸 비밀로 한 인간의 가족이든 직업이든 잃게 만들 수가 있었다. K가 겪어 본 바 그것이 모든 동네의 감수성이었다. 소실부락과 같은 상상의 공동체는 어디에나 있고 너무나 많은지도 몰랐다. K와 J는 함께 그렇게 생각했다.

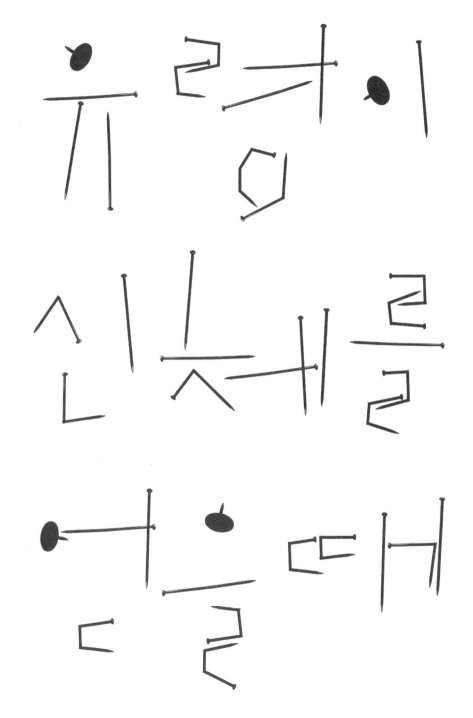

．　　　　．　　　　．

경찰이 너를 데려갔다.

물론 나를 의심하지는 않았다. 그들은 누구나 그랬듯, 내 몸에 새겨진 징후를 재빠르게 읽어 냈다. 임의동행이라는 낯선 단어를 사용하는 그들은 공무 수행 중이었다. 나의 임무 수행도 대략 끝난 것이다. 너의 진료 기록, 그 딱딱한 실체 때문에 너는 아무런 변명도 하지 못했다. 변명할 마음 같은 것이 애초에 없었는지도 몰랐다. 그들과 동행하는 너의 표정은 정말이지 아무것도 웅변하고 있지 않았으니까. 형은, 바로 그 점을 견딜 수 없다고도 했다. 결백을 주장하지 않는 여자의 뻔뻔스러움, 형은 그런 너를 부담스러워했다. 경찰 조사가 끝나면, 너는 형의 계획대로 '태아 살인 미수범'이 될 것이다. 언제나 그토록 무사하고 완벽한 것이 바로 형의 인생이었으니까.

네가 없는 이 방에서, 너에게 고백해야겠다. 너를 소개하고, 너와의 만남을 강요한 사람이 형이었다. 형은 너의 집 주소와 전화번호를 적은 쪽지를 건네며, 예의 의젓한 말투로 내게 일러 주었다. 너에게 접근해서 한 달 정도 너와 함께 살아 낼 것, 이후 너와의 관계에서는 콘돔을 쓰지 않아도 좋을 것, 무엇보다 잊지 말아야 할 것은 너의 몸속에 남은 부산물을 깨끗하게 지워 낼 것. 형은 마지막 말에 방점을 찍었다.

무엇을 말하느냐보다 어떻게 말하느냐가 더욱 중요하다는 이야기를 너도 들어 본 적 있을 것이다. 형을 통해 나는 그것을 실감했다. 다른 사람이었다면 듣자마자 '그따위 천박한 제안을'으로 시작하는 문장이 튀어나왔을 터였다. 그러나 형이었다. 나는 형의 제안을 받아들일 수밖에 없었다. 그런 제안을 하는 형의 표정이 너무나도 자연스럽고 온화했기 때문에. 형이 내게 평생 생활비를 부쳐 주겠다고 해서가 아니었다. 형이 내게 일종의 제안을 했다는 사실, 내가 형에게 도움이란 것을 줄 수 있다는 사실이 무엇을 의미하는지 너는 모를 것이다. 물론, 천박하기 짝이 없는 제안조차 세련되게 만들 수 있는 기술도 형에게는 있었다.

당시에 형이 결코 욕설을 섞지는 않았지만, 너에 대한 적의가 어느 정도인지 짐작할 수 있었다. 원치 않는 관계, 원치 않는 여자, 원치 않는 아이. 형은 비슷한 구조의 문장들을 힘주어 나열했다. 원하지 않는 관계에서 생겨 버린 아이, 형은 그것을 주로 부산물이라고 불렀다.

"그것을 아이라고 부를 수 있는 것일까."

과거에도 몇 번 형이 그런 식으로 말한 적 있었다. 과거의 여자들은 그러나 '우리 아이' 따위의 말을 주워섬기며 울부짖곤 했다는 거였다. 형은 약한 척하는 여자들의 못된 습벽을 싫어했다.

너를 만나는 반년 동안, 간혹 나와의 대화에서 형은 언제나처럼 '원치 않는 관계'라고 말했다. 네가 결코 울지 않는 여자였는데도. 형에게 들은 바에 따르면, 너는 항상 결과의 실마리를 스스로에게서 찾는 여자였다. 정도가 지나쳐 타인을 지치게 할 만큼. 그러니까 기필코 자신의 결백을 주장하는 그런 여자는 아니었다.

이상한 법이 생기지 않았다면, 우리가 만나는 일도 없었을 것이다. 형이 만난 무수한 울보 여자들과는 달리 너는 뻔뻔스러우리만치 덤덤했다. 과거, 형과 비슷한 남자들이 상상했던 최악의 디스토피아가 바로 오늘날과 같은 현실이 아니었을까. 욕설을 잘 하지 않는, 내가 알기로는 상스러운 말도 잘 하지 않는 형이 이렇게 뇌까릴 만큼이었다.

"엿 같은 법 따위."

·

형이 말한 대로, 너에게 접근하는 일은 어렵지 않았다. 형이 겪었던 3개월, 3주 그리고 2일간의 불안. 너 역시 마찬가지였을 것이다. 그 불안의 절반쯤에서 우리는 만났다. 밤마다 눈이 오던 계절이었다. 네가 사는 곳은 형의 직장, 그러니까 형이 새벽같이 출근해서 새벽에야 퇴근하는 은행과 가까웠다. 재택근무를 하며 일주일에 한 번 거래처에 다녀오는 너와 은행원인 형이 어떤 경로로 만나게 되었는지, 형이 왜 너에게 잠시 머물렀는지 알 수 있었다. 형은 언제나 생활의 편의를 위해 방을 가진 여자들을 찾았다. 나로서는 다행이었다. 형은 그런 식으로 마음 내킬 때 언제든 돌아올 수 있었다. 어린 시절에서 한 발짝도 도망가지 않은, 좁고 축축한 집으로. 우리 집으로.

형이 건넨 너의 주소지에는 연립주택 1층이라고 쓰여 있었으나, 그곳에는 아무도 살지 않았다. 30분 동안 초인종을 누르다 돌아서려는데 너와 마주쳤다. 언젠가의 네가 조심스럽게 건넸을, 형이 가지고 있던 단 한 장의 사진. 훗날 일종의 몽타주와 같은 용도로 쓰인 증명사진 속의 여자가 눈앞에 있었다. 무릎이 튀어나온 허름한 면바지를 입고, 악취를 풍기는 음식물 쓰레기봉투를 손에 쥔 채로. 하마터면 너와의 첫 만남에서 구역질을 할 뻔했다. 형이 일러준 첫 번째 사항, 너에게 접근하는 것을 미처 해내지 못했음에도.

너는 1층이 아닌 B1층에 살고 있었다. 며칠 전 우연히 길거리에서 서류 봉투를 꿰고 걷는 당신을 보았고 집요하게 뒤를 밟은 결과, 이곳에까지 이르게 되었노라고. 스스로가 생각해도 부자연스럽기만 한, 작위적인 수작을 너는 순순하게 받아들였다. B1층, 열 평 남짓한 너의 방에서. 이런 곳에 형이 잠시 살았다는 것을 믿기 어려웠다.

"반지하 방이지만 벌레 같은 건 하나도 없고 먼지도 적은 편이에요."

손으로는 앉을 자리를 가리키며 발로는 머리카락 뭉치를 치우는 너는 흡사 사람의 손을 탄 유기견처럼 보였다. 털이 숭숭 뽑혀

나간 채로 누군가를 기다리고 있는 버려진 짐승처럼, 또 다른 사람이 얼른 거두어 가지 않으면 곧 죽고 말 것 같았다. 형의 말대로라면 당시 너는 임신한 지 1개월이 조금 넘었을 터였다.

당연하겠지만 그때 나는 너에게서, 아이를 가진 여자의 어떤 징후도 발견할 수 없었다. 사실 그런 징후가 어떤 것인지 나는 알지도 못했다. 너는 싸구려 커피를 들이켰고, 담배를 피웠다. 무엇보다 옛 남자의 아이를 임신했으면서도 아무렇지 않은 듯 나를 받아들였다. 너는 잠시만 같이 살자는 나의 제안을 받아들였고, 잠결에 파고드는 나를 받아들였다.

물론, 그런 너를 이해하기 위해서 노력할 이유는 없었다. 형의 말대로 상식 밖의 여자라고 생각하면 그만이었다. 너와의 기이한 관계를 설명해 주는 것은 오직 콘돔, 그것뿐이었다. 네 방에는 콘돔이 없었고, 내가 따로 준비할 필요도 없었다. 그러니까, 네가 임신 중이었기 때문에 또 다른 임신을 걱정할 일은 없는 것이었다. 형이 처음에 말해 준 그대로였다.

시간이 지날수록 나는 두려워졌다. 너의 몸속에 있는 부산물을 처리하는 일만 남았을 때였다. 무엇보다도 형이 너에게 나를 보낸 이유는 그것 때문이었다. 음식물 쓰레기봉투를 손에 쥔 채로 버려진 짐승처럼 나를 쳐다보던 너와 내가 같이 살 다른 이유는 없었다.

·

형의 말에 따르면, 너는 형에게 아이를 낳겠다고 했다. 너는 무엇도 욕망하지 않는 얼굴로, 그 아이를 혼자 키우며 살겠다고 했다. 형은 무척이나 당혹스러웠지만 과거의 여자들에게 그랬던 것처럼 너를 윽박지르거나 달래거나 할 수 없었다. 외려 법을 등에 업은 듯 당당한 너의 태도에 기가 죽었다고 했다.

'미필적 고의에 의한 유산도 불법', 이상한 법률이었다. 수술은 물론, 의도했거나 결과를 짐작할 수 있는 신중하지 못한 행동으로 태아가 유산되었을 경우에도 임부와 그 관계자는 최대 무기징역에 처해질 수 있다는 거였다.

그것은 오래전부터 어떤 종류의 중절 수술이든 허용하지 않는 나라에서 학위를 두 개 받아 온 국회의원이 만든 법률의 마지막 조항이었다. 법률이 법안 단계에 있을 때, 심야 토론 프로그램에서 의사와 법률가들, 여성계와 인권 단체가 서로를 죽일 듯 싸워 댔다.

도저히 아이를 낳을 수 없는 지경의 여자들은 어쩌라는 것이냐, 고 누군가 소리쳤을 때 형은 웃으며 텔레비전을 껐다고 했다. 형은 그런 말도 안 되는 법안이 통과되리라고는 생각하지 못했다. 보다 엄밀하게 말하기도 했다. 사실, 그것이 법이 되어 자기 삶에 끼어들 것이라고는 꿈에도 생각할 수 없었노라고.

너의 고백 이후, 형은 네 방에서 일주일을 더 살았다. 형은 밤마다 너를 죽여 버리는 상상을 했다. 너는 언제나와 같이 이른 새벽에 일어나 밥을 지었지만 형은 먹지 않았다. 형은 엄청난 스트레스로 인해 괴물이 되어 가는 자신을 보는 듯했다.

어느 날 형은 지난 여자들을 몽땅 마음속에 불러들였다. 형의 첫 여자는 수능 시험을 마친 직후 수술을 했다. 당시에는 형에게도 충격적인 경험이었다. 파리한 얼굴로 눈물을 쏟는 여자를 업고 병원을 나오며 형은 그녀에게 나중에 꼭 너와 결혼하겠다고 말했다. 지금은 이름도 기억나지 않는 그녀였다. 그래도 그날의 공기만큼은 아직도 코끝에 생생하다고, 형은 술회했다. '부산물'이 아닌, '수정체'라는 단어를 썼을 때였다. 여자를 위해서라도 '아이'라는 표현은 쓰지 않는다고, 형은 말했다. 형은 대학 시절 자신을 붙잡기 위해 가임 기간을 속여 임신한 여자를 떠올렸고, 임신한 줄 모르고 아랫배를 걷어찼는데 그만 유산한 여자를 떠올렸다. 전부 몇 명이었는지, 얼른 떠오르지 않았다.

형은 그녀들에게 일종의 경고를 받은 듯했다. 돌연, 곳곳에서 살아가고 있는 서로 다른 여자들이 자신에게 공통의 적의를 품고 있을 것이라는 사실이 무서워졌다. 그날, 형은 황망하게 너의 방을 둘러보았다. 열 평 남짓한 공간, 언제나 그런 공간이 쓸모도 없는 부산물을 만들어 냈다. 형은 아이 같은 것을 원한 적이 단 한 번도 없었다. 마음을 다해 사랑한 여자가 간혹 있기야 했지만, 아이를 낳는 일은 별개의 문제였다. 인간의 마음이 아이를 원하지 않는데, 육체는 아이를 낳도록 만들어졌다는 엄연한 사실이 소름 끼쳤다. 너는 바닥에 웅크린 채 잠들어 있었다. 형은 너를 사랑했다고도 할 수 없었다. 네가 감히 내 아이를 낳겠다고? 형은 너에 대한 증오를 참을 수가 없었다.

너를 때리는 대신, 형은 방 안의 물건들을 집어던지기 시작했다. 그놈의 엿 같은 법만 아니었다면 아무런 죄책감 없이 너를 두들겨 팼을 것이라고, 형은 자신의 정당한 분노를 회상했다. 잠에서 깬 네가 구석에 기대 말없이 형을 보고 있었다. 형의 분이 풀릴 만큼 너를 때린다면 너는 반드시 유산하게 될 것이었다. 형은 이렇게는 살 수 없다고 생각했다. 옛날 같았으면 수술 받은 것을 눈으로 확인하고, 미역국 한 그릇 먹여 보냈을 그런 여자일 뿐이었다.

·

언젠가 형은 내게 이런 말을 했다.

어떤 사람들은 악취에 이름을 붙여 주기 위해 그것을 사랑한다. 그래, 악취에 이름을 붙여 줌으로써 그것을 먹고 사는 사람들이지. 그것이 그들에게는, 코에 못이 박히는 존재 조건이란다. 귄터 그라스라는 작가가 한 말이라고 했다. 그런 인용을 하는 형이 어찌나 의젓하고 존경스러운지 나는 하마터면 눈물을 흘릴 뻔했다. 나는 절름발이 중학생이었고, 형이 고등학교에 다니던 시절이었다.

너를 만나기 훨씬 전, 아니 네가 있는지도 모를 때, 그러니까 너 같은 것은 정말 어떻게 되어도 좋았을 시절이었다. 형이 얼마나 온화하고 똑똑했는지, 절름발이인 나를 얼마나 위해 주었는지. 병신에게 병신이라고 부르지 않는, 병신으로 하여금 스스로 인간일 수도 있다는 희망을 주는, 형은 그리도 남과 달랐다는 것을 너는 결코 모를 것이다. 인간을 만들고 싶은 프랑켄슈타인 박사의 심정, 형이 나에게 가진 마음은 아마 그런 것이었을지도 모른다. 간혹 아버지가 술병을 거꾸로 쥘 때, 어머니의 담뱃불이 내 왼쪽 다리를 향할 때, 엉엉 울며 그것을 막아 주는 사람은 형뿐이었다.

"이런 병신 새끼가 어디서 눈을 똑바로 뜨고 쳐다보는 거지?"

모두가 나를 병신이라고 불렀다. 나를 병신이라고 호명하지 않는 사람은 오로지 형뿐이었다. 형은 항상 내 어깨를 잡아 흔들며 말했다.

"실체가 아닌 말 따위는 중요하지 않아. 넌 병신이 아니야."

하루 종일 부동산 사무실에 나가 있던 아버지와 어머니도 날마다 내게 병신이라고 했다. 아버지의 공인중개사 자격증은 점점 과거의 유산이 되어 갔다. 부모의 방식이 더는 세상에 통하지 않는다고 했다. 당시의 법은 사회에 보다 정의로운 방식으로 바뀌었다고 했으나, 그것이 우리에게는 가난을 의미하는 일이었다. 손님이 한 명도 없는 날이 이어졌다. 부동산 사무실은 그 자체로 빚이었다. 부모는 밤만 되면 술에 잔뜩 취했다. 너를 보면 내 억장이 무너진다, 며 어머니는 엉엉 울었고 아버지는 가늘게 뜬 눈으로 나를 노려보았다.

나는 그들을 이해해야만 했다. 늘 허공에 놓여 있던 왼발, 그와 마찬가지로 날이 갈수록 기묘하게 뒤틀려 가던 왼쪽 눈. 나의 몸에서 재빠르게 병신의 징후를 읽어 내던 수많은 사람들, 나는 고개를 똑바로 들 수 없었다. 결코 남들과 같아질 수는 없다는 두려움, 그것이 나에게는 코에 못이 박히는 존재 조건이었다.

너는 결코 모를 것이다. 나의 두려움을 자유로 바꾸어 준 단 하나의 사람이, 바로 형이었다는 것을. 형이 수능 시험을 보기 하루 전날, 아버지는 언제나와 같이 취해 있었다. 형은 새벽이 되도록 독서실에서 돌아오지 않았다. 아버지는 가늘게 뜬 눈으로 나를 노려보았다.

"너는 왜 남들처럼 못하는 거냐."

무엇을? 지금이라면 그렇게 물었을지도 모르겠다. 나는 다리를 절었지만 남들처럼 학교를 다녔고, 성적도 나쁜 편은 아니었다. 남들과 같을 수는 없어도 남들처럼 못하는 것은 아니라고. 아버지에게 하지 못한 대답이었다. 그날 이후, 형이 내게 가르쳐 준 것이기도 했다.

아버지는 입가에 비죽 웃음을 흘리며 말했다.

"네가 다른 아이들처럼 할 수 있는지 어디 시험을 해 보자꾸나."

겨우 세 칸 높이 계단이었다. 장난감 같은 세 개의 블록이 그러나 철조망처럼, 견고하게 내 눈앞을 막아서고 있었다. 아버지는 내게 어서 뛰어내려 보라고 했다. 어서, 어서. 아버지의 눈이 전에 없이 다정했다. 눈을 질끈 감았다. 그러나 발이 떨어지지 않았다. 교복을 입고 학교를 다니는 중학생인데, 그저 양쪽 발의 위치가 조금 다를 뿐인데. 그러나 나는 세 개의 블록을 넘어서지 못하고 바지에 오줌을 싸 버렸다. 숨죽여 우는 나를 보는 아버지의 눈에 날선 경멸이 스쳤다.

그날 아버지는 내게 반성문을 쓰라고 했다. '나는 병신'으로 시작하는 문장이어야만 했다. 아버지는 손수 첫머리에 '나는 병신'을 적어 주었다. 단 한 줄이어도 좋다고 했다. 그것을 붙들고 있을 때 형이 독서실에서 돌아왔다. 형은 무엇을 고민하고 있느냐고 물었다. 나는 '나는 병신'으로 시작해야만 하는 반성문을 보여 주었다. 형은 씩 웃었다. 형은 다시 무엇을 고민하고 있느냐고 물었다. 대답을 하기도 전에 형은 연필을 쥔 나의 손을 잡았다. 형과 내가 함께 쥔 연필이 단 하나의 문장을 만들었다.

"나는 병신이 아니다."

너는 결코 모를 것이다. 형이 이를테면 아이, 병신, 과도 같은 상투어로부터 얼마나 자유로운 사람인지. 그날 아침 형은 수능 시험을 보러 갔다. 형은 잠에서 덜 깬 나를 가만히 업어 주었다. 며칠 후, 첫 여자를 그렇게 업었을 것이다.

•

한 달 정도 너와 살아 낼 계획이었다. 사실상 형이 지시한 내용도 그랬다. 그런데 두 달이 가까워지도록 나는 손을 쓰지 못했다. 형의 불안은 더욱 심해져 가는 듯했다. 형은 가끔 전화로 물었다. 나의 일상, 그리고 너의 일상에 대해서. 아직도 부산물을 처리하지 못하고 무얼 하느냐는 식의, 천박한 질문을 하지는 않았다. 형은 나직하게 물었다. 너와 무엇을 하며 하루를 보내느냐고. 간혹, 이렇게 말하기도 했다. 임신한 여자와 함께 살게 해서 미안하다고. 미안할 것은 없다고 말하며 나는 웃었다.

네가 컴퓨터 앞에서 빨간 펜을 입에 물고 원고 뭉치와 씨름하고 있을 때 나는 형의 질문을 떠올렸다. 나는 너와 무엇을 하고 있는 것일까. 너는 변함없이 밥을 짓고 돈을 벌고 있었다. 나는 너의 방에서 네가 해 준 밥을 먹고 텔레비전을 봤다. 밤이 되면 너의 몸속에 파고들었다. 문득 두려워졌다. 부산물을 처리하지 못할까 봐 두려운 것이 아니었다. 너의 방, 이 열 평 남짓한 공간에 오게 된 이유를 잊게 될까 봐 두려웠다.

형의 계획대로라면 너는 내게 얻어맞을 짓을 하고, 나는 너를 두들겨 패 줘야만 했다. 하루는 금방 지나갔다. 아무런 이유 없이 너를 때릴 수는 없었다. 구실을 만들어야 했다. 그런데 그 구실이라는 것이, 좀처럼 생기지 않았다. 너를 사랑하기라도 해야 하는 것일까, 생각했다. 만약에 내가 너를 사랑한다고 믿는다면, 너는 옛 남자의 아이를 임신하고도 뻔뻔하게 나와 함께 사는 여자가 되는 것이었다. 네가 임신한 사실을 들추어내서 너를 때린다면. 어느 날 생각이 이쯤에 미쳤을 때, 나는 가만히 너의 배를 노려보았다. 이곳에 온 이유를 잊지 말아야 했다. 너는 원고를 뚫어져라 보며 글자를 고쳐 내고 있었다. 갑자기 너라는 사람이 궁금했다.

"너는 왜 나랑 같이 사는 거냐?"

나도 모르게 그것도 다리 병신이랑, 이란 말이 튀어나올 뻔했다. 너는 나를 쳐다보았다. 너는 아무런 단서도 읽어 낼 수 없는 눈빛으로 대답했다.

"네가 좋으니까."

네 말을 믿지도 않았지만, 단지 그것뿐이라면 너는 정말 상식 밖의 여자였다. 형의 아이를 임신하고, 그 아이를 낳아 키우겠다고 한 너였다. 그런데 어느 날 갑자기 찾아온 정체도 모르는 또 다른 남자를 설마, 사랑하는 중이라고? 갑자기 너의 진심도 궁금했다.

"여태껏 사랑하는 사람이 없었던 것은 아니지? 나 이전에."

너는 내 말에 대답하지 않고 계속 글자만 고쳐 댔다. 나는 왼발로 너의 어깨를 툭툭 건드렸다.

"야, 솔직하게 말해 봐, 너 다른 남자와도 같이 살았었지?"

너는 키득거리며 내 왼발을 감싸 쥐었다.

"다른 남자도 있었지. 바로 얼마 전까지만 해도. 그래, 그 사람과 같이 살았어. 자기가 다니는 회사가 가깝다는 이유 하나로 여기에 살았던 사람. 그 사람은 나를 사랑하지 않았고, 나 역시 그랬던 것 같아. 어느 날인가부터 내게 손찌검을 하기 시작했어. 되먹지 못한 사람이었지. 얼른 이 방에서 나갔으면 좋겠다고 생각했어. 나를 보기만 해도 끔찍하게 여길 수 있도록, 뭔가 구실을 만들어야 했는데. 마침 이상한 법이 생긴 거야. 낙태도, 고의적인 유산도 모두 범법이라는 법 말이야. 그래서 그 사람에게 아이를 가졌다고 거짓말을 했어. 그 사람, 입버릇처럼 자기는 일곱 명 정도의 아이, 부산물이라던가, 를 죽였다고 말했지. 경험이 많은 사람이라서 그런지 크게 놀라지는 않았지만, 무척이나 당혹스러운 표정을 짓더라. 나는 그 사람에게 책임지지 않아도 좋다고 했어. 그래, 사실 책임질 것이 없었지. 나는 임신하지 않았으니까. 그 사람은 몇 번이고 주먹을 쥐었다 폈다 했어. 나를 때리고 싶었을 거야. 임신한 여자를 때려서 유산시킨 경험도 있다고 말한 사람이니까. 하지만 세상이 달라졌지. 경찰이 그걸 알게 되면, 그 사람은 꼼짝없이 범법자가 되는 것이겠지? 물론 폭력을 쓰는 남자랑 같이 살고 있었던 나 역시 범법자가 되는 것이고. 나는 그냥 죽은 듯이 아이를 키우겠다고 했어. 고민하는 듯하더니 그 사람, 며칠 후 돌연 사라져 버렸어. 그게 끝이야."

너는 덤덤한 표정으로 말을 이어 갔다. 그것이 형에 관한 이야기란 말인가. 네 몸속에 부산물 같은 것은 없다는 소리였다. 믿기지 않았고, 물론 믿을 생각도 없었다.

다만 지금 내가 있는 곳은 어디인가, 그것이 잠시 궁금했다.

되먹지 못한 사람이었지, 네가 뱉은 말의 무게에 눌려 나는 잠시 아무 말도 못했다. 너는 아무 일도 없었다는 듯 다시 원고 뭉치를 쳐다보고 있었다. 형의 말이 떠올랐다.

"이 일에서 가장 중요한 것은, 너나 나나, 그녀가 피해자가 아니라고 생각하는 것이다. 그녀는 피해자가 아니다. 마땅히 전개되어야 하는 일을 법의 테두리 바깥에서 하는 것일 뿐이야."

그런 형의 진지함을, 너는 전적으로 비웃고 있는 것이었다. 너에게 그럴 자격이 있을까. 나는 너에게 물었다.

"그 사람에게 아이를 가졌다는 거짓말을 했다고? 아이를 갖지도 않았으면서?"

너는 고개를 끄덕이며 말했다.

"다 지난 일이야. 그런 건 묻지 마. 나는 너를 사랑하고 있어."

그 말을 하던 네가, 언제나 허공에 떠 있는 나의 왼발을 쓰다듬지 않았더라면. 나의 왼발은 내 코에 박힌 못이었다. 너를 사랑하고 있어, 그것은 내게 욕설과도 같았다. 너와 사랑 같은 것을 하려고 여기에 온 것이 아니었다. 남들과 같을 수는 없어도 남들처럼 못하는 것은 아니라고, 형은 언제나 내게 말했다. 가령, 너에게 접근하는 일, 너와의 관계에서 콘돔을 쓰지 않았던 일, 남들처럼. 그리고 형이 자신을 갑, 나를 을, 이라고 칭하면서 정식으로 제안한 마지막 사항.

나는 너의 아랫배를 걷어차기 시작했다. 나의 왼발과 오른발이 동등하게 허공에서 움직였다. 욕지기가 치밀었다. 너 같은 것이, 고작 버려진 짐승 같은 너 같은 것이 나를 사랑한다고? 너는 언제고 자신을 거두어 갈 사람이 필요한 털 뽑힌 유기견일 뿐이다, 그렇게 되뇌며 나는 밤새 너의 아랫배를 걷어찼다. 너는 꺽, 꺽 소리를 내며 울었다. 너는 형의 말대로, 단 한 번도 저항하지 않았다. 말없이 울기만 하는 너에게 더욱 화가 났다.

네가 마침내 기절하고 말았을 때, 마치 누군가 칼을 찔러 넣은 듯 옆구리가 아파 왔다. 고백하건대, 태어나서 누군가를 그렇게 때려 본 일은 처음이었다. 나는 가해라는 것에 대해서, 그 묘한 기쁨에 대해서 생각해 보게 되었다. 황홀한 통증이었다. 나는 온몸으로 번지는 통증을 가만히 곱씹으며 잠이 들었다.

•

갑과 을 관계, 그것은 일종의 거래 관계를 뜻한다고 했다. 거래가 끝나면 깨끗하게 마감되는 관계라는 말이기도 했다. 형은 내게 거래를 하자고 했다. 형의 인생에 단 한 번도 없었던 위기, 부산물이 아이로 탈바꿈하는 일생일대의 위기에서 자신을 구원해 줄 수 있는 것이 오직 나뿐이라고 말하지 않았다. 형은 언제나 내가 남들과 같지는 않다는 바로 그 점에서 시작했다. 그것이 나에게는 위안이었다. 남들과 같지는 않으나, 남들처럼 할 수 있다는 것. 만약 형이 '거래'라는 말을 꺼내지 않았다면, 나는 익숙한 자괴감에 시달렸을 것이다. 거래, 그것은 이른바 정상인들이 사용하는 단어였다.

이 일이 끝나면 나에게 평생 생활비를 주겠다는 말. 법이 의심하지 않는 범위에 있는 나는 그 점을 이용해 형을 돕는 것이고, 현실의 질서가 의심하지 않는 범위에 있는 형은 그 점을 이용해 나를 돕는 것이었다. 어디에도 취직할 수 없었던, 온몸에 병신의 징후를 달고 사는 나에게 돈이라는 매개가 얼마나 투명한 것인지를 생각했다. 형을 돕고 싶었다. 오로지 나라는 존재 때문에 내내 습하고 암울했던 집을 빠져나가 여자들을 만났던 형을. 그것은, 네가 결코 상상할 수도 없는 계열의 상처인 것이다.

너는 하루 종일 일어나지 않았다. 네가 쓰러져 있는 방에서 나는 밥을 먹고 텔레비전을 봤다. 이제부터 무엇을 해야 할까, 마땅한 것이 떠오르지 않았다. 움직이는 네가 없어도 하루는 금방 지나갔다. 네가 아이를 갖지 않았다면, 우리의 관계 역시 처음부터 없었던 것이다. 형에게 뭐라고 말을 해야 좋을까. 거래는 어떻게 되는 것일까.

혼잡한 감정에 젖어 너를 일으켜 세웠다. 너는 갈라진 입술을 들썩였다. 너의 얼굴은 시퍼렇게 질려 있었다. 네 무릎이 풀썩 꺾였다. 허름한 면바지가 피로 물들어 있었다. 순간, 다행이라는 생각이 들었다. 네가 유산한 것이 분명했다. 그렇다면 형과 나의 거래는 모두 끝난 것이었다. 지난밤, 너의 거짓말을 떠올렸다. 아이를 갖지 않았다는 거짓말, 그러니까 네가 형에게 한 거짓말이 아니라 네가 나에게 한 거짓말. 너는 왜 그런 거짓말을 한 것일까.

우리는 함께 병원에 갔다. 유산의 이유를 묻는 의사에게 너는 진술하듯 말을 토해 냈다. 아이를 지우고 싶었다고. 아이를 지우고 싶어서 계단에서 굴렀다고. 너는 마치 스스로에 대한 폭력을 청부한 사람 같았다. 내가 아니라 형이 곁에 있었어도, 마찬가지로 대답했을 듯했다. 너의 진료 기록은 네가 말한 그대로 만들어졌다. 나는 형에게 전화를 했다. 모든 일이 끝났으니 이제 마음을 놓아도 된다고. 형은 잠시 침묵하다 수고했다, 고 했다. 그리고 이렇게 덧붙였다.

— 미안하다.

나는 괄호 안에 존재하는 말을 읽었다. 형이 하려는 말은 내가 생각한 말이기도 했다. 병신, 이라는 나의 존재 조건. 형은 다시금 내 코에 못질을 한 것이었다. 그러나 형이라면, 용서할 수 있었다. 나는 형이 삼킨 말을 마음속에서 지워 버렸다.

·

네가 없는 이 방에서, 나는 무엇을 해야 할지 몰라 우선 반성문을 떠올린다. 오래전에 형과 내가 함께 쓴 반성문, 나는 병신, 으로 시작되어야만 했던 반성문을. 나는 병신이 아니다, 그것이 형이 내게 부과한 문장이었다. 너는 경찰과 동행하면서도 아무런 웅변을 하지 않았지만, 나는 평생을 웅변해야 했다. 나는 병신이 아니다, 라는 웅변. 결국 그때 나는 반성문을 쓴 셈이었다. 아버지의 말대로 내가 병신이라는 것을 반성하지 않고, 내가 병신이 아니라는 것을 반성한 셈이었다.

나에게도 여자가 있었다. 대학교 2학년 때 술자리에서, 절름발이인 나에게 말을 걸어온 유일한 여자. 나는 그녀를 정말로 사랑했다. 그녀와 법적인 관계가 되고 싶었다. 물론, 그녀는 그럴 생각이 없었다. 형은 언제나 부산물이라고 말했지만 나는 기어이 아이라고 불렀다. 내가 사랑했던 여자는 나의 아이를 가졌고, 나는 그 아이를 낳고 싶었다. 그러나 그녀는 나한테 말해 주지도 않고 아이를 지워 버렸다. 물론, 중절 수술 같은 것은 아무도 신경 쓰지 않았을 당시의 이야기다. 오늘과 같은 현실이었다면, 그녀는 어쩔 수 없이 내 아이를 낳았을까. 그러고 보니, 그녀 이후 콘돔을 쓰지 않고 만난 여자는 네가 처음이다.

네가 없는 이 방에서 나는 무엇을 해야 할까. 내가 할 일은 모두 끝났다. 지금 해야 할 일은 이 방에서 나가는 것이다. 너는 친절하게도 내 짐을 모두 챙겨 두었다. 나는 황망하게 너의 방을 둘러본다. 열 평 남짓한 공간. 언젠가 형도 여기에 살았다고 했다. 형과 내가 같은 역할을 할 것이라는 생각은 단 한 번도 하지 않았다. 그러나 인정해야겠다. 형과 나는 모두 너의 애인이 아니라, 원수도 아니고, 가해자가 된 것이다. 네가 피해자가 아니라는 말은, 단지 형의 화법에 지나지 않는다.

반지하의 침묵이 너무 시끄럽다. 너에게 정말로 고백해야겠다. 네가 경찰과 함께 떠난 직후, 너의 가방에서 임신 테스터를 발견했다. 선명한 두 줄, 그리고 겉봉에 찍힌 구입 날짜를 보고야 말았다. 한 달 전, 그러니까 우리가 같이 살고 있을 때였다. 형이 계산한 3개월, 3주 그리고 2일간의 불안은 불필요한 불안이었다.

지금 나는 다만 하나의 장면을 떠올린다. 형이 자신의 단단한 무릎에 나를 뉘어 자장가를 불러 주던 장면. 내가 아는 가장 용감한 소년……. 너는 모를 것이다. 그건 나였다. 그렇게 말해 주던 사람은 오직 형뿐이었다.

내가 아는 가장 용감한 소년…… 나는 그 소년을 알지…….

까무룩 잠에 빠질 때 올려다 본 얼굴이 언젠가부터 너였다.

돌아오지 마라. 사람의 손을 탄 짐승은 금세 다른 짐승에 물려 죽는다. 달라지는 것은 없다. 결과에 상관없이 형과의 약속은 변하지 않을 것이다. 너도 알지 모르겠지만, 갑은 절대 을을 기다려 주지 않는다.

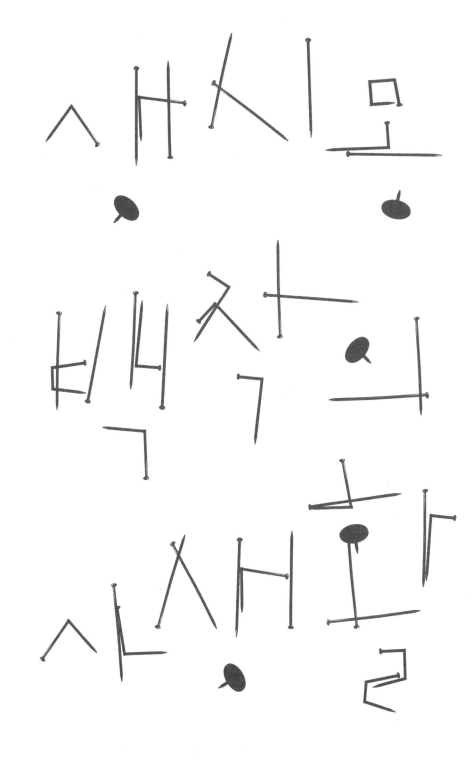

．　　　．　　　．

　J는 새로 얻은 원피스를 입고 유령 회사에 출근했다.

　J는 고등학교를 졸업한 후부터 원피스만을 고집했다. 원피스는
줄기차게 박해받았다. 감색이나 회색 원피스를 입고 다니던 대학
새내기 시절, 이런 식으로 농을 거는 선배들이 있었다. 축 늘어져
대퇴부쯤에서 어슬렁거리던 숄더백까지 싸잡아서.

　"독립군 마누라야?"

　동기들은 J를 '모던걸'이라고 불렀다. 30년대 스타일의 촌스러운
옷은 그만 좀 벗어 버리라는 소리였다. 그것이 조롱임을 J는 모르
지 않았다. 하지만 굳이 스타일을 바꿀 마음도 없었다. 어머니가
계속해서 원피스를 주었기 때문이었다. J의 어머니는 집에서 옷을
팔았다. 30년대의 감각을 살려서 동대문에서 원피스나 투피스를
떼어 오는 어머니는, 도무지 영업에 감각이 없었다. 감색이나 회색,
심지어 옥색으로. 꾸준하게 A라인 프린세스 실루엣으로. 갈수록

원피스 드레스의 재고량은 늘어났다. J는 불행하게도 90년대 말에 고등학교를 졸업했다. 그즈음에는 많은 아가씨들이 MTV를 시청했다. 그런 원피스 따위는 아무도 입지 않았다. 어머니는 J에게 더 많이, 더 자주 팔다 남은 원피스를 주었다.

J는 유령 회사로 출근했다. 첫 출근이었다. J의 출근을 허락한 R은 희부옇게 살이 오른 중년 남자였다. 그는 J의 촌스러운 원피스 따위에는 관심을 보이지 않았다. 그는 거두절미하고 두 가지를 요구했다. 제시간에 출근할 것, 작업 걸 공직자를 100명 뽑아 올 것.

첫 번째는 놀라울 정도로 범박한 요구였다. 하지만 두 번째가 이 일의, 이른바 정체성 같은 것이었다. J는, 관용구 '작업 건다'가 이토록 범죄적인 뉘앙스를 풍기는 말인 줄 미처 몰랐다. 사실 그 말을 하고 있는 '사무실' 자체가 범죄스러운 곳이기는 했다. 그곳은 어디에도 등록되지 않은 사무실, 엄밀히 말하면 가정집에 대충 꾸며 놓은 협잡실이었다.

J는 이곳이 유령 회사라는 사실을 알면서도 대담하게 출근한 자신을 믿어 보기로 했다. J가 오랫동안 살아온 곳이야말로 곧 유령 회사요, 협잡실이었다. 80년대 말에 어머니는 J와 단둘이 살던 13평형 시영 아파트에 '보세옷팝니다'를 개업했다. 급하게 개업하느라 멋들어진 이름을 지을 새가 없었다. 어머니는 청테이프를 끊어 비뚤비뚤 보, 세, 옷, 팝, 니, 다, 란 글자를 창문에 붙였는데, 아홉 살의 J는 기절하는 줄 알았다. 어머니는 창문 안에서 보이는 순서대로 붙이고 있었다. 사탕을 빨면서 집으로 들어가던 J는 소리쳤다.

"엄마, 다니팝옷세보잖아!"

그마저도 온전하지 않은 자음과 모음으로 이루어진 '다니팝옷세보'는 척 봐도 유령 영업장의 냄새를 풍겼다. 장사나 영업이라는 것도 어차피 다 협잡 행위 아닌가. 하지만 어머니는 당당하게 사업자 등록을 한 자영업자였다. 장사가 잘 안 되기는 했지만.

아, 생각할수록 이건 좀 심한 것 아닌가! J는 순간, 자신의 진짜 타락을 절감했다. J는 약해지려는 마음을 다잡았다. 어쩌면, 유령 회사가 풍기는 범죄적이거나 범죄스러운 뉘앙스도 생각하기 나름이었다. J의 머릿속에 무수한 문장이 나열되기 시작했다.

1. 이것은 범법 행위이다. 그러나 당신은 입버릇처럼 말했다. 범법과 탈법은 한 끗 차이라고. 실은 우리 모두가 그토록 무수한 탈법을 행하며 살아가고 있지 않느냐고. 물론 사기 행위이기도 하다. 하지만 이것은 당신이 그토록 강조했던 '부의 재분배'이다. 도무지 재분배할 생각이 없는 인간들을 대상으로 일종의 권유를 하는 것뿐이다.

2. 사람을 죽이는 일도 아니지 않은가. 범죄라는 단어가 촉발하는 공포에 기죽지 말자. 나는 살인을 하는 것도, 강간을 하는 것도 아니다. 게다가 범죄 세계의 마지노선인 살인, 그것은 당신이 상상할 수도 없을 만큼 일상적으로 일어나는 일이다. 주말 등산이 유일한 취미인 서민층 중년들에게 물어보라. 산을 밟다 목격하는 시체의 수가 얼마나 많은지. 바위틈에서 살아남은 민들레보다 쉽게 발견되는 것이 썩은 손가락일 것이다.

"아가씨, 지금 무슨 생각해?"

R이 쏘아붙였다. J는 자신이 무심코 지칭한 당신에 놀라는 중이었다.

"죄송합니다."

"대학까지 나왔다면서 어리어리하기는."

R은, '우리는 어차피 빠른 시일 내에 찢어질 관계'니까 이름이나 출신 성분은 나눠 갖지 말자고 했다. 그것은 거짓말이었다. J는, 차마 이력서라고 말하기는 민망하지만 그 비슷한 것을 R에게 제출했다. 잡지사, 출판사, 방송국을 전전한 5년 동안의 이력 따위는 기록하지 않았다. 하지만 이름과 주민등록번호, 전화번호, 주소 정도는 필수 기재 항목이었다. 요컨대 이력서가 아니라 신상명세서였다. J는 하드디스크에 저장된 이력서에서 경력 사항과 자격 사항을 쭉쭉 지워 나가다 그만 출신 학교는 내버려 둔 채 R에게 그것을 제출했다. R은 피식 웃었다.

"아니, 좋은 대학 나와서 왜 이러고 살아요?"

R은 헛기침을 두어 번 한 후 책상 하나를 가리켰다.

"아가씨 자리는 저기."

J는 다소곳하게 책상에 앉았다. 책상 위에는 전화기 두 대가 놓여 있었다. 이른바 '대포폰'이 분명한 구형 휴대전화였다. R은 황당하다는 듯 J에게 말했다.

"아가씨, 왜 앉아? 오늘은 사전 미팅이란 말이야. 주말 지나고 월요일에 보자고. 혼자 하는 거, 쉽지는 않을 거야. 그만큼 벌이는 좋겠지만."

주말 지나고 월요일부터, '사무실'에서 '근무'하는 사람은 R과 J

둘뿐이었다.

●

J는 과연 K를 공직자로 분류해도 좋은지 생각해 보는 중이었다.

R이 말한 공직자는, 반드시 공직에 종사하는 사람을 의미하지 않았다. 오히려 그들 대다수는 '공' 자는 붙이지도 못할 만큼 터무니없이 많은 돈을 벌었다. J는 집에 돌아와 열심히 '공직자'를 검색했다. 대형 포털 사이트에 인물 DB라는 카테고리가 있었다. 인터넷은 허술했고, 이른바 공직자라는 인간들은 더욱 허술했다. 입신보다 양명에 주의 깊은 그들 대부분은 개인 정보를 남발하고 있었다. 과연 어떤 할 일 없는 인간들이 그들의 정보 따위를 궁금해 할까 싶었다. 그들의 생년월일이나 출신 학교, 가족 관계를 궁금해 할 사람은 아무도 없었다. J와 R과 같이 사업상의 목적이 아니라면. 그들의 사적인 정보를 알기 위해 건당 1000원을 지불해야 했다. R이 알려 준 아이디로 접속하자 10만 원이 결제되어 있었다. R은 말했다. "아가씨는 이제 나에게 중요한 사람이야." J는 그 말을 명심했다. 6대 4라면 나쁜 조건이 아니었다. 프린터가 바쁘게 돌아가고 있었다. 95명의 공직자가 J의 원피스만큼이나 촌스러운 스타일의 양복을 입고 기계에서 밀려 나왔다. 모두들 오래전 젊은 시절의 사진을 등록해 놓았으니 당연한 일이었다. 개체는 달라도 계열은 같은 인간들이었다. R이 말한 '이른바 공직하는 인간들'의 범위 안에는 당연히 이런 조건이 포함되어 있었다.

1 남자

2 중년 남자(1975년 이전 출생)

3 가정이 있는 중년 남자

4 가정을 소중하게 생각하는 중년 남자

4번 같은 경우, 인물 DB에서 제공하는 정보로만 미루어 짐작하기에는 다소 모호한 조건이었다. 하지만 달리 생각하면 그들은 양명에 목숨 건 남자들이었다. 그토록 당당하게 인터넷 거미줄에 자신의 역사를 매달아 놓은 남자들이라면 당연히 가정을 소중하게 생각할 것이었다. 그들 대부분은 가정을 예금처럼 생각했다. 안전 보장, 안정 보장. 가정 안에서는 평화로운 가부장을 지향하는 소시민들이었다. 그리고 그 지점이, R이 익명의 J에게 당당하게 제안한 노다지 사업 아이템이기도 했다. J는 바로 이 시점에서 K가 떠올랐다. J는 '100명의 공직자' 안에 K를 포함해도 좋은가 생각했다.

J는 오래 고민하지 않고, 96번의 공직자로 K를 선택했다. 그가 작업 걸 대상인지 아닌지 알아보기 위해 인물 DB를 검색할 필요는 없었다. R은 제시한 조건을 모두 만족했다. J는 그의 생년월일도, 출신 학교도, 가족 관계도, 학위 논문의 주제도 모두 알고 있었다.

J는 그 정도만 알았으면 좋았으리라고 생각했다. J는 가정을 소중하게 생각하는, 1970년 이전에 출생한 중년 남자이자 '공직자'인 K에 대해 너무 많은 것을 알고 있었다. 하지만 오래전에 바뀐 K의 전화번호는 몰랐다. 사실 R이나 J에게는 그것만이 중요했다. J는

인물 DB의 검색창에 K의 이름을 넣었다. ○○대학교 문과대학 불문학과 교수……. J는 결제 버튼을 눌렀다. K는 예의 그 준엄함에 걸맞지 않게 1000원으로 만족했다. 모니터 너머 그토록 J에게서 도망치려 애쓴 K가 환하게 웃고 있었다.

·

K는 대학 시절 J의 지도 교수였다. J와 K의 관계는 처음부터 끝까지, 변함없이 지도 교수와 학생이었다. 소심한 축에 끼는 학생이었던 J는 그러나 시시한 남자아이들과 어울리고 싶지 않았다. J는 신입생 시절부터, 눈웃음을 치는 중년의 K와 모텔이라는 곳에 한 번 들러 보는 상상을 하곤 했다. 그게 5년 전 일이었다. J는 가끔 주워섬겼다.

"어떻게 우리가 사랑하는 일이 가능했을까?"

유일하게 그들의 관계를 알고 있는 L은 한심하다는 듯 J의 등짝을 후려쳤다.

"사랑은 집어치워. 넌 그냥 K교수에게 낚인 거야."

J는 자신에게 사치스러운 감정을 허락하고 싶었다. 교수와 연애 비슷한 것을 한, 그 시시껄렁한 사건에 그 정도 낭만이라도 부여하지 않으면 견딜 수 없었다. '우리가 어떻게 사랑했을까?' 그것은 허황된 문장이었다. 그저 K를 유혹한 것은 J의 촌스러운 원피스였다. 관계란 일종의 전투였다. 패배와 승리가 명백한 전투였다. 가해자와 피해자를 명료하게 가려내기 위해서 누가 선방을 날렸는지도 중요했다. 누가 선방을 날렸는가. 도의적인 경우에 따라서 K의 아

내에게 일러바칠 수도 있었다. 무엇보다 K의 사적인 공직을 그만두게 할 수 있었다. K는 언제나 '모양새 좋게' 하자고 했다. J도 촌스럽게 굴고 싶지 않았다. 피해자가 되고 싶지 않았다. 사랑을 얻지 못했다고 피해자가 되는 것은 아니었다.

그해 가을, 졸업을 두어 달 남겨 둔 J의 원피스가 뒤늦게 K의 눈길을 끌었다. '보세옷팝니다'에서 남아도는 30년대 스타일 원피스. J는 집요한 놀림 속에서도 꿋꿋했다. J는 결코 예쁘장한 축에 들지 못했다. 예쁘지도 않은 주제에 머리카락을 질끈 동여맸고, 구닥다리 원피스를 입고 다녔다. K는 젊고 생기가 도는 모든 여학생에게 관심이 있었다. 특히 앞가슴이 드러난 옷을 입고 꿀떡꿀떡 술을 받아 마시는 여학생을 보면 참을 수 없는 욕정이 일어났다. 그러나 그뿐이었다. 그런 욕정을 실천한다면 자신이 그토록 경멸하는 종류의 인간이 되는 것이었다.

J는 내내 K의 관심 밖이었다. 어느 날 교수 회의가 끝나고 동료들과 함께 술을 마시면서, K는 딱 한 번 J를 언급했다.

"그 촌스러운 여학생, 오늘 발제한 것을 보니 글은 제법 쓰더구먼!"

징후는 결코 사소하지 않았다. 며칠 후 J가 졸업논문 심사를 받기 위해 K를 찾았다. 은행잎이 흩날렸다. J는 짙은 남색 원피스를 입고 있었다. 글은 제법 쓰는 촌스러운 여학생의 원피스가 대학 시절의 노스탤지어를 불러일으켰다. 오랜만에 느껴 보는 감정이었다. K 딴에는 원피스가 무심하게 드러난 본질이었다. 요컨대, 그녀가 의도하지 않은 유혹이었기에 진짜 유혹이었다. K는 그녀를 보는 순간, 어떤 무력감에 빠졌다. 그리고 서글펐다. 보란 듯이 앞가슴을 내밀고 다니는 여학생에게 느꼈던 욕정과 종류가 달랐다. 앞섶에 수줍게 매달린 두어 개의 단추. 그것은 브로치와 같은 장식이었다. 함부로 여닫을 수 없는 것이었다. J, 그녀 자신조차도. 그런 것이 원피스였다. 몸으로 가는 문이라고는 등에 달린 지퍼가 전부인 옷. J는 아침마다 팔을 뒤로 꺾어 힘겹게 지퍼를 닫을 것이고, 밤에는 마찬가지로 열 것이었다. K는 그 문을 열고 싶었다. 그녀 자신이 볼 수 없는 곳에 달린 문, 등에 달린 지퍼를.

K는 논문을 제출하고 돌아서려는 J에게 무슨 말이든 건네고 싶었다. 그런 충동은 걷잡을 수 없었다. 그 순간 무슨 말이든 하지 않으면, 자리를 박차고 일어나 J의 원피스를 거칠게 뜯어낼 것만 같았다.

"그런 옷을 좋아하나?"

"네?"

"혼자서 입기 어려운 옷 말이야. 자네도 유토피아를 꿈꾸고 있나?"

K는 그런 말을 내뱉은 자신에게 실망했다. 그것은 H의 화법이었다.

J는 얼굴이 새빨개져 오도카니 서 있었다. 그런 J는 정말 촌스러워 보였다. K는 책상에 놓여 있는 한 권의 책을 발견했다. K는 충동을 수습하기 위해 아무 말이나 건넸고, 그 말을 수습하기 위해 아무 책이나 건넸다. 책을 받고 돌아서는 J의 등에 달린 지퍼를 K는 뚫어져라 바라보았다.

K가 건넨 책은 『생시몽 백작과 그 주의자들』이었다. K의 학부 시절 선배이자 동료 교수인 H가 쓴 책이었다. K는 지도 교수로서 학생에게 처음 건넨 책이 바로 그 책이었다는 사실을, 두고두고 후회했다. 또한 그 건방지고 같잖은 저술이, 자신이 J에게 처음 준 선물이었다는 것을. 결국 H에게 속은 것이었다.

·

J는 등에 지퍼가 달린 원피스를 입고 유령 회사로 출근했다. R은 J가 출력해 온 '공직자 리스트'를 꼼꼼하게 훑어보았다. J는 그가 지나치게 격식을 차린다고 생각했다. 공직자든 사직자든 상관없을 리스트를 진지하게 검토하고 있는 R이 조금 우스웠다. 돌연 R이 종이에서 눈을 떼지도 않고 질문을 했다.

"아가씨는 나이를 먹는다는 것에 대해서 어떻게 생각해?"

J는 그런 R이 불편했다. R은 너무 진지하게 굴고 있었다. 지난 금요일처럼 경박한 말투를 사용해 주었으면 좋겠다고 생각하며 J는 대답했다.

"어리석은 열정, 대상을 모르는 욕망, 무의미한 호기심에서 자유로워지는 일이라고 생각하는데요."

R은 껄껄 웃었다.

"실수가 차곡차곡 쌓일 뿐이지. 더는 수습할 수 없을 정도로. 어느 시점에서인가 우연히 이지러져 버린 채로 계속 살아가는 거야. 수습도 못하고! 일 시작하지."

J는 그 말을 듣는 순간, R은 역시 이른바 공직자라는 인간들과

같은 종류의 사람이라는 생각이 들었다. 예상했던 일이었다. 적이 명확한 사람은 적의 본질을 잘 알고 있었다. 그것이 바로 자신의 모습이기 때문이었다. 바로 K처럼. J는 의자에 앉았다.

"불문학과 교수는 아가씨가 아는 사람이야?"

J는 대답하지 않았다. J는 그가 쓸데없는 질문을 너무 많이 한다고 생각했다. 지나치게 진지한 사람은 대부분 진실하지 못했다. J는 그런 사람을 경계해 왔다. 누군가의 경박한 말투와 칠칠치 못한 행동거지 속에서 깊은 고독을 발견하는 경우가 더 많았다. J는 이런 일을 하면서까지 생각이 많아지는 것이 싫었다. R은 멋쩍게 웃으며 종이를 한 장 건넸다.

"더할 것은 없어. 여기 쓰인 대로만 멘트하면 돼. 100명. 대부분 제 발이 저려 먼저 계좌 번호 부르라고 할 거야. 덜덜 떨면서 말이지."

J는 활짝 웃었다. R의 화법은 K와 닮은 구석이 있었다. 그것이 바로 공직자 화법이었다. J는 1번에게 전화를 걸었다. 1번은 1975년 생, 100명 가운데 가장 젊었다. 마흔도 채 안 된 그는 수도권 4년제 대학의 전임 교수였다. 예술대학 회화과 교수인 그는 서양화를 전공했다. 시작, 월요일 오전 10시였다. 1번은 전화를 걸자마자 받았다. J는 정중하게 작업을 걸기 시작했다.

"교수님, 안녕하세요?"

"예, 그런데 누구십니까?"

"회화과 4학년 학생인데요. 잠시 통화 가능하세요?"

"이름을 밝혀야지."

"교수님, 요즘 만나는 여자분, 사모님도 알고 계세요? 교수님 차에 함께 계시는 걸 봤는데."

1번은 생각보다 쉽게 넘어왔다. 그는 J에게 아무것도 묻지 않을 테니 함구해 달라고 연신 사정했다. J는 1번의 여자에 대해서 아무것도 아는 바가 없었다. 그렇게 능쳐 봤다가, 만약 만나는 여자가 없다면 미친 사람 취급 받고 끊으면 되는 것이었다.

1 차에 있는 걸 봤다.
2 모텔에 들어가는 걸 봤다.
3 손잡고 가는 걸 봤다.
4 머리카락 쓰다듬는 걸 봤다.
5 엉덩이 만지는 걸 봤다.

R의 멘트는 다채로웠다. 1번부터 90번까지 작업을 거는 동안, 총 60명의 공직자에게 법률혼 이외의 여자관계가 있었다. 과연 대다수의 공직자가 불법 연애를 하고 있는 것이었다. 게다가 그들은 자신의 사회적 지위를 고려하지도 않고 길거리에서 노골적인 스킨십을 해 오고 있었다. J는 작업하는 내내 놀라웠다. 그들은 R의 말대로 먼저 '원하는 게 무엇이냐'라고 질문해 왔고, 망설이지 않고 계좌 번호를 부르라고 했다. J는 그들에게 R의 유령 계좌를 낭랑하게 불러 주었다. 그들은 어떤 특정한 존재가 아닌, R이 만든 조건에 합당한 사람으로 말하고 움직였다. 개중에는 억울함을 호소하는 경우도 있었다.

"자네도 이 철학 공부가 받는 오해를 잘 알고 있지? 못 배운 우리 부모님은 그깟 점 보는 공부 하러 구라파 유학까지 다녀왔다고 내내 버린 사람 취급하시고, 겨우 전임 되고 자리 잡았는데⋯⋯."

분노하는 경우도 있었다.

"이번에 전임 되느라 무지 힘들었는데, 나 원 참 인생 뭣 같아서, 이거 다 아는 처지끼리 왜 이래?"

어르는 경우도 있었다.

"내 연구 조교를 하지그래. 아무 일도 안 시킬게. 장학금 나가고 학점 좋게 나가는데 어떤가."

J는 이런 수사학적 변명을 제일 싫어했다.

"자네도 나이가 들면 알게 될 거야. 인생을 전부 그르칠지도 모르는 강렬한 매혹이 있다는 것을. 그것을 거부할 수 없다는 것을."

J는 코웃음을 쳤다. 그런 짧은 매혹 때문에 인생을 그르칠 만한 위인들이 아니었다. 그들은 정리 정돈의 달인이었다. 그들은 어떤 회한인지 심심풀이인지 모를, 짧은 변명을 늘어놓고는 100만 원으로 합의를 보았다. 그 후에는 여자들도 정리할 위인들이었다.

"아니면 그만이고, 맞으면 대박 나잖아. 그래서 죄 짓고 살면 못 쓰는 거야."

R은 말했다.

•

K는 어빡자빡 앉아서 졸고 있는 4학년 학생들이 짜증 났다. 어째 가면 갈수록 멍청한 녀석들만 들어오는 것 같았다. 이런 종류,

저런 종류의 웹 사이트에서 긁어 온 빤한 글들을 묶어서 발제문이라고 내지를 않나, 도대체 발제문이 아닌 발췌문이었다. 비싼 등록금을 내고 다니면서, 졸업이 가깝도록 발전한 녀석이 없었다. H의 농담처럼, 요즘 녀석들의 발제문이나 감상문은 저자가 한둘이아닌 그야말로 호메로스의 서사시였다. K와 H는 마주 앉아서 '옛날 녀석들' 이야기를 했다.

"그래도 옛날 녀석들이 글도 잘 썼고, 잘 쓰지는 못하더라도 진지했고, 촌스럽지만 열정이 있었는데, 그렇지?"

"그랬지. 뭔가, 자기 세대를 방어하려고 용쓰던 녀석들이었지. 당시에는 헛똑똑이처럼 굴지 말고, 취업 준비나 하라고 구박하긴했지만."

"그래서 최근에는 정말, J만 한 학생이 없다는 걸 느껴."

"그 이야기를 왜 또 꺼내는 거야?"

K는 H의 주둥이를 담뱃불로 지져 버리고 싶었다. H는 잘 나가다가도 J 이야기를 불쑥 꺼내서 K의 심기를 불편하게 했다. 하기야 H에게는 그 사건이 두고두고 좋은 놀림감이자 무기가 될 수 있을것이었다. 그 시절에는 K도 내심 자랑하고 싶었다. 예쁘지는 않지만 순수하고 열정적인 젊은 여학생과의 연애였다. 옛날부터 여자문제를 가지고 자랑을 일삼던 H가 꼴 보기 싫었다. 그까짓 것이무슨 경력쯤이나 되는 줄 아는 위인이었다. 그래서 보란 듯 J에 대해 이야기해 준 것을, K는 후회했다.

H는 심심하면 J를 들먹였다. H는 여러 번 여학생과 연애를 했다. 그의 말마따나 제일 똑똑한 여학생들만 골라서 상처를 주었다.

H는 자신과 연애를 할 만한 학생의 얼굴을 금방 알아보았다. 그런 아이들은 평소에도 질문이 많았고, 사소한 허점을 지적당하면 변명하기 바빴다. 요컨대 방어적인 녀석들이었다. H는 그런 아이들을 두고 '끼가 있는 애들'이라고 불렀다. 그런 분류법에 따르면, J도 거기에 속했다.

교수와의 연애 경험을 무슨 기념품처럼 생각하는 아이들도 있었다. 그러니 서로 나쁠 것이 없는 관계였다. H의 생각에, 사람들의 편견은 틀렸다. 그 녀석들은 성인이었고, 단 한 번도 강요한 적은 없었다. H의 가정 속에 자신을 편입해 달라고 엉엉 울며 조르는 녀석들도 없었다. 애초에 그런 결론은 가능하지 않았다. 그걸 아는 똘똘한 녀석들이었다. 그러나 K는.

"형은 운이 좋았던 거야. 그것마저 모르는 척하진 않겠지?"

J 이야기만 꺼내면 발끈해서 공격해 오는 K였다. H는 그런 그가 안쓰럽기도 했고, 조금 얄밉기도 했다.

"너는 J를 사랑하기라도 했다는 거냐? 그건 또 무슨 잘난 척이냐?"

"결코 사랑한 적 없다고 해야 잘난 척이 되는 거겠지."

H는 호연하게 껄껄 웃었다. K는 속으로 말했다.

'웃기지도 않은 걸로 웃지 마, 이 새끼야.'

그 시절, J는 졸업을 앞두고 전전긍긍 불안해했다. K는 J에게 자주 용돈을 주었다. 칠색 팔색을 하며 거절을 하던 J도 나중에는 잘만 받아 갔다. 주로 모텔이나 한강 둔치에 주차한 차 안에서 데이트를 했기 때문에, 다소 찜찜한 뉘앙스로 돈이 전해지기는 했지만.

J는 젊은 여학생답게 질문이 많았다. K는 J의 그런 면이 사랑스러웠다.

"선생님, 그러니까 결국 생시몽주의자들은 생시몽 백작의 뜻을 거슬렀다, 가 이 책, 그러니까 H 선생님의 요지인가요?"

"너에게만 말하는데, H는 생시몽의 사생활에만 관심이 있었어. 그 형은 늘 그런 식이었지. 어떤 철학자든, 어떤 작가든 간에 그들의 사유가 아닌 사담에만 주의를 기울였어. 그러니 쓰레기 같은 저술만 내놓는 거지. 예술가들의 사랑 이야기라니, 그딴 저술이 말이나 된다고 생각해? 랭보와 베를렌이 사랑을 했건 말건 무슨 상관이야. 그 책 이야기는 하지도 마. 생시몽이 결국 재산을 탕진하고 하인의 집에서 죽어 갔다는 사실이 뭐가 그리 중요해?"

"그런 사적인 사건들이 하나의 상징이 될 수도 있는 거잖아요. 가령 모두 똑같은 양의 노동을 하고 똑같은 밥을 먹고 똑같은 옷을 입으면, 그런 형식만 갖추면 천국이 툭 떨어지리라고 믿었던 공상적 사회주의자들의 말로 같은 것 말이에요. 선생님도 형식주의에 대해서 비판하셨잖아요. 제 원피스의 지퍼를 그렇게 놀리신 것 아닌가요? 그래서 생시몽주의자들은 뒷부분에 단추가 달린 옷만 입고 다녔다, 다른 사람의 도움이 있어야만 입을 수 있는 옷을 입고, 연대하는 공동체, 유토피아를 꿈꾸었던 그들이라면서요."

"형식주의는 여기에서 나올 말이 아니다."

K는 대학 시절부터 숱한 여자와 연애를 하고, 교수가 되고 나서는 학생들까지 심심찮게 건드리는 H가 싫었다. 그는 언제나 당당했다.

"그들도 나를 원했으니까."

H는 늘 그렇게 말했다. 심지어 대학 시절 집회에 나가서도 지랄탄 속에 쓰러진 여학생을 일으키는 일은 자기가 도맡아 해야만 했다. 도대체 여자 문제에 있어서는 순정한 선의를 보여 준 적이 없는 H였다.

K는 종국에 그를 인정하게 되는 것이 싫었다. 결국 J와의 관계도 그렇게 흘러가고 있었다. H를 인정할 수밖에 없는 결론으로. J가 사랑스러운 여자라는 것은 분명한 사실이었다. 하지만 그녀와의 관계는 부당했다. 자신이 유부남이라서가 아니라, 교수라는 권력을 가지고 있어서가 아니라, 법적이나 도의적으로 문제가 있어서가 아니라, 결론이 뻔했기 때문이었다. K는 J를 계속 만날 생각이 없었다. 죄와 죄의식이 다른 것처럼, J가 사랑스러운 여자라는 것과 J를 사랑하는 것은 별개의 문제였다.

•

R은 별탈없이 90명까지 온 기념으로, 맥주를 한잔 사겠다고 말했다. J가 자신은 술집에 가서 술을 마시는 것이 싫으니, 그냥 사무실에 술자리를 마련하자고 말했다. R은 자기도 그렇게 하는 편이 더 좋다고 말했다. 맥주 열 캔 정도가 쌓였다. R은 J에게 도대체 왜 이렇게 사느냐고 물었다. J도 R에게 도대체 왜 이렇게 사느냐고 물었다. 둘은 마주 보며 웃었다.

R이 갑자기 진지하게 물었다.

"불문학과 교수, J 양이 아는 사람이지?"

"그런 질문을 받는 것이 싫어서 이 일을 하는 거예요."

그것은 J의 진심이었다. 갑자기 아가씨에서 J 양으로 호칭을 바꿔 버린 R 역시, K와 다를 바 없는 사람이라는 생각이 들었다. J의 20대가 끝나 가고 있었다. 한 사람에 대한 그리움과, 그 그리움을 잊기 위한 지난한 노력으로 점철된 세월이었다. J의 그리움은 낭만적인 감정이 아니라, 굴욕과 치졸과 환멸이었다. K는 전화번호를 바꾸어 버렸고, 연구실로 찾아온 J의 뺨을 때리고 욕을 하며 쫓아냈다. J는 졸업식에도 갈 수 없었고, 동문회에도 갈 수 없었다. 졸업 후에 단 한 번 캠퍼스에서 K와 마주쳤다. 그는 자신의 입으로 경멸한 H와 함께 있었다. 둘은 목례를 하는 J를 모른 척하며 피해 갔다. J는 H가 던지는 은근한 눈길을 참을 수 없었다. H를 경멸하며 K와 단결했던 짧은 시절이 뇌리에 스쳤지만, J는 아무것도 할 수 없었다.

"K 교수는 부인을 사랑하지 않았어요. 죽어도 가정을 깰 마음이 없는 인간이라서 그랬지요."

"K 교수가 J 양 이후로 누구와도 연애하지 않았을 것이라고 생각해?"

"아마 그랬을 거예요. 그런 걸 즐기는 사람은 아니니까. 난 K의 사생활이 궁금하지 않아요. 그저 조건에 부합했을 뿐이고, 오래전에 그냥 넘어간 위자료를 받는 셈 치는 거죠."

"J 양은 스스로의 호기심을 책임질 수 있나?"

R은 K에 관한 질문으로 J를 시험하고 있었다. 그녀가 K를 그저 그런 공직자로 바라볼 수 있을 것인가. 내면에 덕지덕지 붙은 과

거의 불순물을 없애 버리고 투명하게 이 삶을 지속할 수 있을 것인가. R은 젊은 J가 살아남기를 바랐다. K가 다른 99명들과 마찬가지로 사회적 지위와 사생활이 일치하지 않는, 그저 그런 인간일 뿐이라는 것을 인정했으면 했다.

R은 이런 종류의 사기가 성공할 수밖에 없는 이유를 알고 있었다. 거짓은 존재하지 않지만 거짓말은 존재한다는 것. 그래서 거짓으로는 증명할 수 없지만 거짓말로는 증명할 수 있다는 것. 그것이면 충분했다. 한 번도 목격하지 못한 불륜 현장을 말로 꾸며 내는 것. 정관사를 쓰지 말고 부정관사를 쓸 것! 그 여자, 가 아닌 어떤 여자, 라는 시험. 자기 삶의 거짓된 부분을 드러내지 않으려 애를 쓰는 인간들은 그런 시험에 약했다. 그들은 자기 죄를 잘 알고 있었다. 때로는 자기가 저지르지 않은 죄까지도.

J는 어느새 책상에 엎드려 자고 있었다. R은 담요를 덮어 주었다. J의 얼굴은 앳되어 보였다. 저 30년대 어디쯤에서 날아와 불시착한 것 같은 젊은 여자.

R은 그 불문학과 교수 K라는 놈을 아주 순식간에 이해해 버렸다. 빛나는 젊음을 더 이상 빼앗기지 말고 살아남기를. 살아남기를. 살아남아 주기를. 그녀 자신의 지옥에서. 이 검붉은 욕망에서. R은 염불하듯 중얼거리며 J의 원피스 지퍼를 내렸다. R은 언제나 자신이 무슨 짓을 하는지 잘 알고 있었다.

아홉 살 J는 마룻바닥에 앉아 맛도 없는 바닐라 맛 사탕을 쪽쪽 빨고 있었다. 사람이 많았다. 모두들 어머니의 안목을 칭찬했다. 어쩌면 이렇게 예쁜 옷들만 가져 왔느냐고 했다. 우리 딸 면접

보는데 잘됐다고 여기에서 하나 사야겠다고 했다. 그런데 돈을 안 가져왔다고 했다. 구경만 실컷 하다가 사람들은 모두 집에 가 버렸다. J는 마룻바닥에 앉아 있었다. 어머니가 옷을 많이 팔면 부자가 될 수 있을 것 같았다. 정말로 금방 부자가 될 수 있을 것도 같았다. 그래서 바닐라 맛 사탕 같은 것은 얼마든지 사 먹을 수도 있을 것 같았다. J는 사탕을 빨았다. 엄마는 왜 이런 원피스를 나에게 준 거야. J는 더욱 힘차게 맛도 없는 그것을 빨았다. R의 신음 소리가 더욱 거세졌다. 지루하다, 고 J는 생각했다. 아무나 사랑할 수 있을 것 같았다. 실수가 차곡차곡 쌓일 뿐이었다. 더는 수습할 수 없을 정도로. J는 R의 얼굴을 소중하게 부여잡고 입을 맞췄다.

•

K는 아침부터 온갖 일에 트집을 잡아 성질을 내고 있었다. H는 그런 K를 물끄러미 바라봤다. 이해할 만한 일이었다. 그가 번역한 프랑스 현대 소설이 세계 제일의 문학상 후보에 올랐다가 그만 수상을 하지 못했다. H는 교수 식당에서 밥을 먹으며 K를 위로했다.

"지금까지도 스테디셀러였잖아. 로또 못 맞은 것 가지고 성질내지 마."

"형, 지레짐작 좀 하지 마. 내가 그렇게 못난 놈으로 보여?"

H는 어깨를 으쓱했다. K는 숟가락을 탁 내려놓고 식당을 나갔다. 밥맛이 없었다. 감정을 숨기지 못하는 자신이 싫었고, 그걸 잡아내는 H란 놈도 싫었다. 말마따나 그깟 일로 기분 나빠하지 않을 만한 깜이 안 되는 자신이 싫었다. 그렇다고 밥맛 떨어지게 그 일

을 노골적으로 들먹이는 H도 싫었다. 꼴 보기 싫은 게 한두 가지가 아니지만, 보기 싫다고 안 봐도 되는 관계가 아니었다. K는 줄담배를 피웠다.

H는 묵묵히 밥을 다 먹었다. 학생들이 식판을 들고 지나가며 목례를 했다. K는 언제나 제멋대로였다. K가 숟가락을 탁 내려놓을 때 그의 눈빛에 스치던 적의를 H는 목격했다. 건방진 자식. H는 늘 별생각이 없었다. K가 뭘 하든지 말든지 그는 상관하지 않았다. 하지만 이 K라는 놈은, 마치 마음먹고 저를 골탕먹이려고 했다는 듯이 구는 거였다. 정말로 아무 생각이 없었다고 말하면 그놈은 전두환까지 들먹였다.

"형, 아무 생각 없음에서 쿠데타도 일어나는 것 아니야?"

말이면 다 되는 줄 아는 놈이었다. H는 생각할수록 괘씸했다.

"내 딴에는 위로해 주려고 그런 건데. 나이를 먹어도 변하는 게 없어. 다 된 쿠데타를 혁명으로 만들어 버릴 놈 같으니라고."

H는 중얼중얼 욕을 하며 물을 마셨다. K가 앉았던 자리에서 휴대전화 진동음이 울렸다. K란 놈은 성질내는 일에 정신이 빠져서 물건도 놓고 다닐 지경이었다. H는 혀를 쯧쯧 차며 전화를 받았다.

"예, 전화 받았습니다."

J는 숨이 멎을 것 같았다. 잊어버린 줄 알았던 K의 목소리였다. J는 아무런 말도 할 수 없었다. 이제 어떻게 할 것인가. 작업을 걸 것인가. 진정 K의 사생활을 알아낼 것인가. R의 말이 떠올랐다.

J 양은 스스로의 호기심을 책임질 수 있나.

R은 콩나물해장국을 먹으러 나가고 없었다. 아무래도 어젯밤에 술을 너무 많이 마신 것 같다고 했다. 자리를 비켜 준 것이었다.

"말씀 없으시면 전화 끊겠습니다."

"교수님!"

J는 다급하게 말을 이어 갔다.

"교수님, 안녕하세요? 불문학과 4학년 학생입니다. 잠시 통화 가능하세요?"

H는 어떤 녀석인지 통성명도 하지 않고 말을 이어 가는 꼴이 건방지다고 생각했다. 그러나 K와 마찬가지로 자신도 불문학과 교수였으므로, 학생의 용건을 들어주는 것이 우선이라고 판단했다. H는 정중하게 대답해 주었다.

"그래요. 용건을 말해요."

"교수님."

"무슨 일인데?"

"교수님, 요즘 만나는 여자분, 사모님도 알고 계세요? 제가 참으로 난감하게도 두 분이 학교 앞 스카이모텔에 들어가시는 걸 봤는데요."

H는 당황했다. 너무 당황한 나머지 등줄기에 식은땀이 흘렀다. H는 침착하게 굴자고 다짐했다. H는 목소리를 낮추며 대답했다.

"이봐 학생, 그래서 뭐 어쩌자는 건가, 지금?"

J는 입술을 달달 떨다가 다리를 떨었고, 급기야 온몸을 발작하듯 떨어 대기 시작했다.

J는 K가 그런 걸 즐기는 사람은 아니라고 생각해 왔다. 다른 교

수들이라면 몰라도 K는, 자신을 사랑하지는 않았지만, 그런 걸 즐기기 때문에 자신을 만난 것은 아니라고. 그의 말마따나 세상에 유일한 감각을 지닌 여자였으므로. 21세기에 생시몽주의자 스타일의 원피스, 반드시 타인의 도움을 받아야만 입고 벗을 수 있는 옷을 즐기는 여자였기 때문에. 다 거짓이란 말인가. J는 절망했다. 그 이상의 말을 할 수 없었다. 무슨 말이 더 필요할까 싶었다. 위자료 같은 건 애초에 필요 없었다. R의 말이 맞았다. J가 의뢰한 것은 K의 비밀일 뿐이었다.

"더 이상 용건이 없으면 끊겠네. 정정당당하게 찾아와서 말을 하라고."

J는 한참 동안이나 전화기를 귀에 대고 있었다. K의 부재를 알리는 공명음이 왕왕 귓속을 메웠다. 결국 K에게 한 번 더 배신당한 것이었다. 예나 지금이나 K가 자신에게 줄 수 있는 것은 그것뿐이었다. 믿지도 않았는데 배신을 당할 수도 있는 것이었다. J는 스스로에게 물었다. 이런 식으로 드러나는 K의 사생활을 원했던가?

J는 K의 이름에 밑줄을 그었다. 96번, 실패.

H는 잔디밭에서 철없이 뛰노는 녀석들을 보고 있었다. 대학교 4학년 졸업반이라는 녀석들이 참 팔자도 좋다 싶었다. 졸업을 하는 데 필요한 전공 학점이 줄어서 그런지, 누구 말대로 인문학의 위기라서 그런지, 과거 54학점짜리 전공들과 요즘 36학점짜리 전공들은 차원이 다른 것 같았다. 그 녀석들은 진지했는데, 순정했는데. 그래서 바보로 남았지만. H가 알기로는 우수한 성적으로 졸업한 학생들 대부분이 백수였다.

H는 입맛을 쩍, 하고 다셨다. 요즈음엔 바보 같은 녀석들이 없다. 바보들은 있어도 바보 같은 녀석들은 더 이상 없구나. 촌스럽고 방어적인 여학생들도 더는 없었다. 이거야 원, 누가 연구실에 찾아오기라도 해야 작업을 걸든지 말든지 하지.

H는 생각했다. 발제문 하나 제대로 못 쓰는 주제에 짱구 굴릴 줄만 아는 영악한 녀석들, 왜 그런 녀석들에게 바람피우는 현장을 들키고 말았는지. K가 너무 한심했다. H는 피식피식 웃었다. 실소를 참을 수 없었다.

"그런 주제에 잘난 척을 해? 허술하게 학교 앞에 있는 모텔이나 들락거리고. 그걸 제자에게 들킨 주제에."

"어떤 쓸개 빠진 놈이 그래?"

K는 아무 일도 없었다는 듯 다가와 담배 한 대를 건넸다. H는 미소를 지으며 지포라이터를 꺼내 담배에 불을 붙였다. H는 K에게 전화기를 건네며 말했다.

"K, 내가 마누라 몰래 연애할 때 운이 좋았다고 했지?"

"그랬지. 적어도 들킨다거나 하는 일은 없었지만, 그건 형의 능력으로 된 일은 아니었으니까. 인정하잖아."

"K, 너는 운이 안 좋았다."

K는 웃음을 터뜨렸다.

"심심한데 그럴 일이라도 있었으면 하네."

H는 어느 맹랑한 녀석이, 하려다 그만두었다. 끝까지 고상한 척을 하고 있는 K가 얄미웠다.

은행잎이 흩날렸다. K는 다시금 잊고 싶은 계절이 돌아왔음을 깨달았다. 이런 계절에는 J가 예의 짙은 남색 원피스를 입고 돌연 나타날 것만 같았다. 잔디밭에서 뛰노는 여학생들은 아무도 그런 원피스 따위를 입지 않았다. K는 고개를 흔들어 가며 J의 잔상을 지웠다.

H는 마치 현실에서 도망가려는 듯 고개를 흔드는 K를 지켜보고 있었다. H는 조금 전, 감히 협박을 하려 든 맹랑한 학생에 대해 생각했다. K 교수를 어떻게 굴려 볼까 했겠지. 제 예상과는 다르게 나오는 'K'의 뻔뻔함에 혀를 내둘렀을 것이다. 그 녀석의 계획은 실패했으나, H에게는 K를 골탕 먹일 기회가 온 셈이었다.

'성공한 쿠데타는 처벌할 수 없다고 했지.'

H는 우연히 알게 된 K의 사생활과 어떤 방식으로 타협할지, 궁리하는 중이었다.

웹진 《문장》 2012년 6월

·   ·   ·

"이거, 알아보시겠어요?"

기자와의 세 번째 만남이었다. 그가 내미는 물건을 쳐다보는 여자의 마음이 무너졌다. 아이 대신 물건만 돌아온 것이었다. 흡사 아이의 부고를 듣는 것 같았다. 그 물건을 못 알아볼 리가 없었다. 입학 기념으로 사 준 선물이었다. 고정 끈이 팽팽하게 당겨진 가죽 노트는 두꺼워 보였다. 남자는 한숨을 쉬었다. 여자는 노트의 표면을 손가락으로 쓸었다. 아이의 손때가 묻은 가죽이 반들거렸다. 소중히 간직하겠다고, 절대 잃어버리지 않을 거라고, 아이는 거듭 말했었다. 그날도 아이를 꾸짖었던가. 첫 장에 쓰여 있는 문장은 분명 아이의 필체였다. 여자는 한 줄만 더 쓰고 끝내라고 윽박질렀던 날들을 생각했다. 아이는 글쓰기를 좋아하지 않았다. 여자

---

* 본 작품을 쓰는 데에는 SBS 「그것이 알고 싶다」 825회 「수상한 학교 ─ 부모의 적이 된 아이들」 편(2011년 11월 19일 방영)을 참고했다.

는 필적 감정이라도 하듯 면밀하게 아이가 쓴 글자를 살폈다. 차라리 아이의 물건이 아니라고 생각하고 싶었다. 그러나 물건은 손에 만져졌다. 물건은 실체였으며 취재 화면 속 아이의 얼굴보다 확실했다. 여자는 아이가 잘못되었다는 분명한 예감에 몸을 떨었다.

아버지는 나를 구타했고, 어머니는 그걸 방관했지요.

어머니는 나를 구타했고, 아버지는 그걸 방관했지요.

두 분은 공범입니다.

그것 역시 아이의 필체가 분명했다. 여자는 눈을 질끈 감았다. 구타, 방관, 공범. 종이를 뚫고 튀어 오를 것 같은 글자들이었다. 아이가 왜 이런 단어를 사용하는 것일까. 여자는 남편을 바라봤다. 남자는 눈을 감고 있었다. 여자의 머릿속에 아이에게 노트를 건네던 순간이 반복 재생되고 있었다. 그때, 아이는 존댓말을 사용하지 않았다.

여자와 남자를 갈마보던 기자가 불쑥 말했다.

"보신 대로, 두 분이 공범이라고 하더군요. 그건 저에게 직접 한 말이기도 합니다."

다른 집 아이 이야기인 것처럼, 어쩌면 저렇게 함부로 지껄일 수 있을까. 여자는 아랫입술을 깨물었다. 앞선 두 번의 만남에서 기자는 한결같이 조심스러웠다. 오늘 기자의 태도는 전과는 사뭇 달랐다. 그는 여자와 남자를 이미 범죄자 취급하고 있었다. 아이의 부모가 아니라, 아이에게 해를 가한 사람들을 대하는 듯했다. 당장 벙긋대는 저 입을 후려쳐서 더 이상 함부로 지껄이지 못하도록 해야 하는 걸까. 여자는 어떤 반응을 보여야 할지 몰랐다. 그녀는 참담한 기분으로 남편의 손을 잡았다. 내내 부동자세로 앉아 있던 남자는 여자의 손을 뿌리쳤다. 남자는 담배를 꺼내 물었다. 커피숍 전체가 금연 구역이었다. 남자는 아랑곳하지 않고 담배에 불을 붙였다.

"난 뭐, 처음부터 끝까지 도저히 믿을 수도 없고. 믿고 싶지도 않고. 확실한 건 하나. 그 여자가 우리 애를 이렇게 만들었다는 거. 지금으로선 할 말이 없습니다. 그 여자를 만나 보기 전까지는."

남자는 덧붙였다.

"아이를 찾는 게 목적이라고요, 우리는. 누가 그딴 얘기 듣고 싶다고 했습니까?"

남자는 몇 모금 빨지 않은 담배를 끄지도 않은 채 테이블 아래로 거칠게 집어던졌다. 여자는 남편의 그런 태도가 마음에 들지 않았다. 교양 없는 태도였다. 앞에 앉은 사람은 다큐멘터리 프로그램의 기자일 뿐, 경찰이 아니었다. 기자는 남자를 자극하지 않으려는 듯 묵묵부답이었다. 남자는 이제 더 할 이야기가 없다는 듯 외투를 챙겨 일어섰다. 여자는 떨리는 목소리로 기자에게 물었다. 매번 같은 대답이 돌아왔지만 도무지 풀리지 않는 의문이었다.

아이가 스스로 내린 결정이라는 것.

"다른 아이들도 전부 부모에게 돌아가지 않겠다고 하던가요?"

"돌아가지 않겠다는 건 모든 아이들의 공통된 생각인데, 다만……."

여자는 자세를 고쳐 앉았다.

"그런데요?"

"제나는 부모님을 폭행 및 성추행 혐의로 고소하겠답니다."

남자는 기자의 멱살을 움켜쥐었다.

아버지와 어머니는 악마의 영에 사로잡혀 있습니다…….

여자는 제나의 다음 문장을 숨죽이며 읽었다.

•

이상한 동네였다, 고 여자는 기억했다. 마치 세상과 별개로 존재
하는 것처럼. 건물 주변에는 아무것도 없었다. 여자는 그곳에 처음
제나를 데려간 날을 떠올렸다. 3년 전 겨울이었다. 서울과 가깝다
고도, 멀다고도 할 수 없는 경기 외곽에서 건물을 발견하던 순간
을 여자는 어제처럼 기억했다. 저곳인가요. 고가도로에서 여자는
외쳤다. 멀리 보이는 것은 붉은 벽돌 건물이었다. 트리니티 국제학
교. 고딕체로 쓰인 글자였다. 뒷좌석에서 내내 꾸벅꾸벅 졸던 전도
사가 눈을 번쩍 떴다. 어, 금방 왔네. 조수석에 앉은 제나가 흘끗
창밖을 내다보는 듯했다.

여자는 운전을 하는 틈틈이 룸미러로 딸을 관찰했다. 뒷좌석에
앉은 제나는 말없이 치마의 솔기를 뜯어내고 있었다. 여자는 그런
딸이 못마땅했다. 어디가 잘못된 아이는 아닐까. 열여섯 살이었다.
제나가 어린아이였을 적부터 내내 가슴을 옥죄던 불안이 다시금
밀려오는 듯했다. 결코 먼저 입을 여는 법이 없는 아이였다. 때로는
묻는 말에도 대답하지 않아 여자의 억장을 무너지게 했다. 영어는
물론이고 우리말도 제대로 못하던 아이. 그렇다고 일기를 열심히
쓰는 것도 아니었다.

저 머릿속에 과연 몇 개의 어휘나 제대로 입력되어 있는 걸까.

여자는 간혹 생각했다. 입을 꾹 다물고 앉은 아이의 얼굴은 아주 어릴 적부터 내내 우거지상이었다. 그런 표정으로만 살아온 제나의 이마에는 벌써부터 깊은 주름이 패어 있었다. 여자는 숨을 몰아쉬었다. 제나의 그런 얼굴만 보면 가슴 밑바닥에서부터 뭔가가 울컥 치밀어 올랐다. 간혹 여자는 참지 못하고 소리를 질렀다. 제나는 잘못한 것도 없이 기가 죽어 눈을 꿈벅거렸고, 그런 모습이 여자를 더욱 화나게 했다. 전도사가 없었다면 그날도 갓길에 차를 세워 놓고 제나를 꾸짖었을 것이었다. 너를 위해서 이렇게까지 하는데. 너를 위해서 이런다는 걸 알고는 있니? 여자는 그 말을 삼켰다.

트리니티 국제학교. 여자는 자신의 손으로 아이를 그곳에 데려갔다. 선뜻 발걸음을 옮기지 못하고 주춤거리던 제나의 모습을 여자는 기억했다. 빨리 오라고 채근하며 아이의 손을 잡아채 끌고 간 것도 자신이었다. 교장실 문을 열고 아이의 등을 떠밀던 순간이 떠오르면 여자는 그만 아찔해지는 듯했다.

많이 잡아 봐야 서른이나 되었을까, 앳된 얼굴에 생머리를 늘어뜨린 교장이 미소를 지었다. 대학을 갓 졸업한 듯한 젊은 아가씨가 교장이라니, 여자는 전도사에게 물어보고 싶었다.

정말 제대로 된 학교 맞아요?

여자는 그 순간으로 돌아가고 싶었다. 살아오면서 그토록 간절하게 다시 돌아가고 싶은 순간은 없었다. 그때 여자는 멍하니 선제나의 뒤통수를 쥐어박으며 교장에게 인사를 시켰다. 다른 아이들은 부모가 시키지 않아도 넉살 좋게 웃으며 인사를 할 텐데, 생각하며.

어디에서부터 잘못된 것일까.

"난 그런 적 없어. 당신이 그랬어?"

남자는 현관에 들어서자마자 여자에게 소리를 질렀다.

"뭘 말이야?"

남자는 외투를 거실 바닥에 집어던졌다.

"얼어 죽을. 폭행 및 성추행."

·

남자는 아이가 감금 상태에 처했으리라는 믿음을 쉬이 버리지 않았다. 기자가 처음 찾아온 날에도 남자는 그의 먹살을 잡았다. 「돌아오지 않는 아이들」이라는 타이틀을 본 남자는 언성을 높였다. 돌아오지 않다니, 돌아오지 못하는 거지. 당신 자식이어도 이렇게 말할 수 있어? 다큐멘터리 프로그램을 제작하며 먹살 정도는 수시로 잡혀 봤을 기자는 아무 말도 하지 않았다. 「돌아오지 않는 아이들」 제작팀은 이미 트리니티 국제학교 아이들 전부를 취재했고, 그들의 분명한 입장을 알고 있었다. 아이들은 카메라를 똑바로 쳐다보며 정확한 발음으로 말했다.

"저희가 있을 곳은 이곳입니다. 저희는 선생님과 떨어져 어디에도 갈 수 없습니다."

그건 제나의 말이기도 했다. 제나는 도수 높은 안경알 너머 작은 눈동자를 굴렸다. 제나의 오랜 습관이었다. 남자와 여자는 취새 화면 속 제나의 모습에 경악했다. 빙글빙글 돌아가는 작은 눈동자 외에 무엇도, 자신들이 알고 있던 딸의 모습이 아니었다. 누군가 말을 걸면 귀까지 온통 붉어져 고개를 숙이고 더듬거리며 대답하던 제나였다. 여자는 울음을 터뜨렸다. 부부와 마주 앉은 기자가 셔츠의 단추를 풀었다. 남자는 전부 거짓이라고 생각하고 싶었다. 화면에 떠오른 저 모습은 믿을 수 있는 것일까. 빌어먹을 교장이라는 여자가 앞에서 스크립트를 들고 서 있는 건 아닐까. 하지만 남자도 인정해야 했다. 그토록 절대적인 확신에 찬 표정과 말투는 누군가 지시해서 만들어지는 것이 아니었다. 그건 부부가 제나에게 만들어 주고 싶었던 가장 간절한 것이기도 했다. 어떤 상황에서든 주눅 들지 않고 자신의 생각을 당당하게 이야기하는 것. 아이가 보내오는 편지들을 통해 부부는 아이가 '나아지고 있다'고 느꼈다. 제나가 자신들이 원하는 아이의 모습에 차츰 가까워진다고도 생각했다. 도살장에 끌려가는 소처럼 우울한 표정으로 기숙사에 들어간 제나가 '더없이 행복하다'는 내용의 편지를 보냈을 때, 부부는 뿌듯했다. 그런 점에서 취재 화면 속 제나는 완벽해 보였다. 상대가 누구든 그의 눈을 똑바로 쳐다보며 자신의 생각을 분명한 발음으로 정확하게 이야기하는 것. 클리닉의 마지막 단계까지 무사히 수행한 듯 제나는 마치 달변의 연사처럼 말했다.

"저희는 부모님에게 돌아가지 않습니다."

기자는 그 말에 대답이라도 하듯, 화면을 바라본 채 부부에게 말했다.

"두 분께서는 여기에서부터 시작하셔야 합니다. 아이들의 자발적인 선택이라는 것. 제나 역시 마찬가지고요. 아이들은 지금, 교장 선생과 함께 자신들만의 공동체를 이루어 지내고 있어요. 본인의 의지에 따라서요. 아이들의 말에 의하면 그렇습니다."

"……그 여자, 교장의 인터뷰는 없습니까."

남자는 입술을 달싹거리며 힘겹게 말했다. 여자는 교장의 모습을 떠올려 보려고 애썼다. 제나를 데려가던 그날의 풍경 모두 선했지만 교장의 얼굴만은 쉬이 떠오르지 않았다. 둥그스름하고 선한 눈매를 가졌다는 것만 얼핏 떠오를 뿐이었다. 겨우 기억나는 것은 입술에 하얀 각질이 오글오글 올라붙은, 화장기도 없는 앳된 얼굴이었다. 여자는 제나를 입학시킨 이후 그 또래 젊은 여자만 보면 교장을 생각했다. 대체 그런 젊은 여자가 교장이라니, 제나를 보내고도 한동안 불안한 마음을 떨쳐 낼 수 없었다.

그곳이 어디에서도 공인받지 않은 '가짜 학교'였다는 사실이 밝혀졌을 때, 여자는 처음 가졌던 불안을 떠올렸다. 젊은 여자에 갖는 선입견이겠거니, 스스로를 타일렀던 날들이 무색해지는 것 같았다. 전도사가 소개한 것들, 교장이 직접 말한 것들은 전부 거짓이었다. 교장은 자신이 미국에서 나고 자랐으며 아이비리그의 명문대에서 신학 석사 학위를 받았다고 말했다. 교장은 평택 미군 부대 근처에서 나고 자랐으며 여자상업고등학교를 졸업했다. 교장은 자신의 아버지가 미국 대형 교회의 목사라고 말했다. 교장의 아버지는 10년 전에 충북 당진에서 노환으로 사망했다. 교장은 트리니티 국제학교가 아버지의 교회와 연계되었으며 미국의 교육기관으로 등록되어 모든 교육과정이 미국의 고등학교와 동일하고 졸업

후 미국 고등학교 졸업과 같은 학력을 취득할 수 있다고 했다. 트리니티 국제학교는 지구상의 어느 기관에도 등록되지 않았고 어느 곳과도 연계되지 않았다. 경기 외곽의 붉은 벽돌 건물일 뿐이었다. 3년간 아이들은 그저 학원에 다닌 셈이었다. 좋게 생각해 봐야 스파르타식 영어 학원이었다. 그곳에 아이를 보낸 부모들은 매 학기 대학 등록금보다 비싼 등록금을 지불해 왔다. 곧 스무 살이 될 아이들이 대학에 진학하려면 검정고시를 봐야 했다. 부모들은 교장을 고소했다.

그러한 사실들이 밝혀진 후, 처음 국제학교를 소개해 준 전도사는 연락을 끊고 사라졌다. 부부는 더 이상 교회에 나가지 않았다. 나갈 필요가 없었다.

남자와 여자는 자신들이 굳게 믿어 온 것들에 대해 생각했다.

교장실에는 근엄한 표정을 짓고 있는 노년의 사내가 금테를 두른 커다란 액자 속에 박제되어 있었다. 초기 대통령의 초상 사진 같은 이미지였다. 그 옆에는 나란히 영어로 쓰인 각종 문서들이 걸려 있었다. 여자는 당연히, 그 내용을 읽어 볼 생각도 하지 않았다. 각종 인증서와 학위기, 표창이겠거니 생각했다. 여자는 교장과의 첫 만남에서 그것들을 올려다보며 무심코 말했다.

"저희도 잠시 미국에 살았는데. 제나가 초등학교에 다닐 적에요."

여자의 말끝에는 스스로도 의식하지 못하는 자부심이 묻어 있었다.

취재 화면 속 교장의 얼굴이 클로즈업되었다.

"우리 아이들은 저와 함께 있고 싶어합니다."

교장은 당당하게 말했다.

남자는 낮게 욕설을 뱉었다. 여자는 분에 겨운 남편이 화면을 주먹으로 내리치지나 않을까, 잠시 걱정했다. 남자는 그렇게 하지 않았다. 주먹을 쥐었다 폈다 반복할 뿐이었다.

남자는 클리닉의 첫 번째 결과물을 받아들 듯 기껍게, 그보다 더할 수 없이 뿌듯한 마음으로 제나의 편지를 읽던 날을 떠올렸다. 입학한 후 처음으로 편지를 보내온 날이었다.

이게 제나가 쓴 글이라고?

남자는 만면에 웃음을 띠고 외쳤다.

어머니, 아버지에게. 제나가.

이곳에서 보내는 첫 번째 편지입니다. 불편한 곳 없이 잘 지내고 계신지요. 저는 잘 지내고 있습니다. 뵙지 못한 지 두 달이나 되었네요. 봄꽃들이 만개하고 있습니다. 어느새 봄이 코앞으로 성큼 다가온 것 같네요. 어머니, 아버지가 저를 믿고 집에 돌아가시던 날은 가만히 있어도 손가락이 전부 곱아들 만큼 쌀쌀했는데요.

그로부터 지금까지, 계절이 지나는 동안 두 분을 뵙지 못했습니다. 얼마나 걱정하셨을까요. 게다가 저, 제나는 다른 아이들보다 한참 모자라 유독 걱정을 끼쳐 드린 아이였으니까요. 그러나 어머니, 아버지, 걱정하실 필요는 없습니다. 저는 정말 잘 지내고 있으니까요. 제 17년 인생, 그 어느 때보다 행복합니다. 혹시 서운하실까요. 그렇지만 어쩔 수 없습니다. 이곳은 저에게 가장 편안하고 즐거운 곳이 될 것만 같습니다. 이해해 주시기를 바라요. 이곳, 트리니티 국제학교는 또한 저에게 가장 큰 깨달음과 의미를 주는 곳입니다. 지금까지 배운 것이 이토록 엄청난데, 앞으로는 얼마나 더 큰 것을 주실지 가늠할 수도 없습니다.

입학한 후 두 달 동안은 선생님께서 일부러 편지를 쓰지 못하게 하셨습니다. 이곳에 온전히 적응해야 한다고 말입니다. 그리고 지금, 저희는 예배당에 모두 모여 편지를 쓰고 있어요. 선생님께서 그렇게 하라고 하셨습니다. 앞으로는 한 달에 한 번, 이렇게 모두 예배당에 모여 부모님께 편지를 쓰는 시간을 가질 거라고 말씀하셨어요. 편지를 쓰기 전, 더없이 깨끗하고 엄숙한 마음으로 주님께 기도드렸습니다. 이 아름다운 세상에 저희를 보내 주신 주님, 주님의 말씀을 충실히 전하여 저희를 낳아 주시고 지금껏 보살펴 주신 부모님을 부디 어여삐 여겨 주시기를요. 저희는 진심을 다해 기도드렸고, 앞으로도 그럴 것입니다. 주일에 예배를 드리고 평소에는 수없이 기도를 드립니다. 어떤 상황이든 어떤 기분이든 기도를 드려야 한다고 선생님께서 일러 주셨어요. 즉 기도가 삶 그 자체가 되어야 한다는 가르침이었습니다. 저는 그분의 말씀을 온전히 믿고 따르려고 합니다.

이곳에서 선생님은 오직 한 분입니다. 각 교과목과 영어를 담당하시는 교사들이 계시지만, 저희가 스승으로 믿고 따르는 분은, 교장 선생님 한 분뿐입니다. 앞으로 편지에서 제가 지칭하는 선생님 역시 오직 그분뿐이라는 것을 미리 일러 드립니다. 어머니와 아버지께서는 혼동하지 않으셔야 합니다.

저희는 매일 새벽 같은 시간에 일어나 기도를 드리고, 같은 시간에 식사를 합니다. 일곱 시간 동안 수업을 듣고 네 시간 동안 자율학습을 합니다. 그리고 두 시간 동안 선생님의 집도 아래 예배를 드립니다. 이런 일정은 평일 내내 변함이 없습니다. 주일에는 더욱 다채로운 활동을 하지만, 결코 단독으로 움직이는 일은 없습니다. 저희는 선생님과 함께, 항상 모든 것을 함께합니다.

기적을 경험한다는 것은 어떤 의미이며, 또 그것은 어떤 순간으로 다가올까요. 조금은 알 수도 있을 것 같습니다. 어머니, 아버지. 저는 얼마 전에 기적의 일부를 목격한 것 같아요. 그것을 회상하는 즉시, 가슴이 벅차올라 그만 아무 말도 할 수 없게 됩니다. 어머니, 아버지, 다음 편지에서 제가 이곳에서 첫 번째 목격한 기적을 알려 드릴게요. 지금도 가슴이 두근거립니다.

제나가 부모님과 떨어져 얼마나 충만하게 지내고 있는지는 이미 아셨으리라 믿어요.

이만 줄이겠습니다.

주님과 부모님의 딸
제나

제나의 문장은 그 애 입으로 한 번도 발음하지 않은 말들뿐이었다. 어머니, 아버지라니. 부부가 한 번도 들어 보지 못한 호칭이었다. 제나는 깍듯한 경어를 사용하고 있었다. 여자는 제나가 장문의 글을 쓴다는 사실이 기뻤다. 그것이 부모에게 부치는 평범한 내용의 편지일지라도. 부부는 모두 아이가 '나아지고 있다'는 첫 번째 징후라고 생각했다. 편지는 모두 세 장이었다. 부부는 감격에 겨운 표정으로 제나의 글자 하나하나를 읽어 냈다.

공영방송에서 트리니티 국제학교를 소재로 다큐멘터리 프로그램을 제작한다고 했을 때, 부부는 다소나마 안도했다. 부부는 카메라의 시선이 어떤 방식으로 작동될지, 그것에 대해서는 조금도 생각하지 않았다. 기획 의도, 그런 것에는 관심 없었다. 아이들이, 제나가 돌아오기만 하면 되는 것이었다. 드라마도 코미디 프로그램도 아닌 다큐멘터리라면, 문제의 본질을 정확하게 인식해 보도하고 당면한 사태를 해결하는 데 일조하리라 믿었다. 부부가 만난 다른 부부들의 생각도 그와 같았다. 모두 그렇게 생각했다. 문제의 본질은 트리니티 국제학교가 사기꾼 여자가 만들어 놓은 가짜였다는 것. 당면한 사태는 기숙사에 살던 아이들이 부모에게 돌아오지 못하고 있다는 것. 그것뿐이었다.

부모들이 교장을 고소한 후, 돌연 아이들과의 연락이 두절됐다. 그 아이들 중에 제나도 있었다. 부부는 벌써 반년 가까이 제나를 만나지 못했다. 어떤 종류의 연락도 취할 수 없었다. 부부는 기자를 만나기 전까지 제나가 감금되었다고 굳게 믿고 있었다. 신체에 관련한 감금이든 의식에 관련한 감금이든, 교장이 제나를 포함한 아이들을 가둬 둔 것이 분명하다고 부부는 생각했다.

공영방송의 다큐멘터리 프로그램이 말하고자 하는 바가 뭔지 부부는 짐작할 수 없었다. 다른 부모들로부터 일부 소수의 아이들만 그곳에 남아 있다는 이야기를 들었을 때도, 부부는 그것이 아이들의 선택이리라고 짐작하지 못했다. 기자와의 거듭된 만남에서 부부는 깊이 상처받았다. 남자는 이런 식이라면 더 이상 취재에 응할 필요가 없는 게 아닐까, 생각하기도 했다. 하지만 모른 척할 수 없었다. 어찌 되었든 아이가 있는 그곳에 관련한 일이었다.

남자는 숨을 거듭 내쉬며 흥분을 가라앉히려 애썼다. 그런데 이제 와 폭행 및 성추행이라니. 이건 예의도 아니었고, 말 같지도 않은 소리였다. 흥분 상태에서 아내에게 윽박지르긴 했지만, 아내를 의심하지도 않았다. 자신의 가정에서 그런 일은 벌어지지 않았다. 남자는 자신의 성격을 잘 알고 있었다. 쉽게 흥분했고 쉽게 가라앉았다. 꾸물대는 제나를 보며 속 터지긴 했지만 아이에게 손을 댄 적은 없었다. 성추행이라니, 상상할 수도 없는 일이었다. 아이를 추행하다니, 남자의 생각에 그건 자신의 몸을 추행하는 것과 같은 일이었다. 아내도 마찬가지였다. 아내가 성마른 여자이기는 해도 아이를 폭행한 적은 없었다. 간혹 쥐어박거나, 제나가 어린아이였을 때 손바닥을 때리는 등의 체벌을 한 적은 있었지만 '폭행'과는 상관없는 일들이었다. 성추행이라니, 아내와 딸 사이에서 있을 수가 없는 일이었다. 남자의 생각으로는 그랬다.

남자는 무엇보다 아이가 그런 단어를 사용한다는 사실이 못 견디게 가슴 아팠다. 아직 스무 살도 안 된 아이가 왜 그런 단어를 사용해야 하는지 이해할 수 없었다. 남자는 제나의 노트를 펼쳤다. 어디에서부터 잘못된 것일까. 제나는 꼬박꼬박 편지를 부쳤다. 줄곧 잘 지내고 있으며, 열심히 공부하는 중이라는 내용뿐이었다. 이 물건에 모든 단서가 있다는 듯, 기자는 은근한 눈빛으로 노트를 건넸다. 부모님께 전해 드리라고 하더군요. 제나의 편지를 모두 꺼내 들춰 봐도 이상한 내용은 없었다. 그간 남몰래 복식부기 비슷한 뭔가를 한 것일까. 남자는 아내에게 말했다.

"편지에 이상한 내용은 없었잖아."

여자는 아랫입술을 깨물었다.

"없었어. 그런 내용."

"그런 내용?"

"……그, 폭행 및 성추행. 우리가 그랬다고 했다며. 애가 그런 생각을 하고 있는지는 꿈에도 몰랐어."

"교장이라는 여자가 주입했겠지? 그런 생각."

"아마 그랬을 거야. 그 여자가 그 학교의 전부였으니까."

"……대체 그 여자가 뭔데?"

"제나가 그 여자를 따르기는 했어. 편지에서도 계속 그랬잖아. 존경하고 믿는 유일한 스승이라고. 자기가 말하는 선생님은 오직 그 여자뿐이라고. 처음부터 그랬잖아."

"그 여자가 뭐야? 애들도 전부 알게 됐잖아. 미국은 가 본 적도 없는 시골 여상 출신이 여전히 애들에게 교장이야?"

"여전히 애들에게는 선생님인가 봐. 그렇게 말하고들 있었잖아."

"뭘 어떻게 한 거야, 애들한테."

남자는 뇌까렸다. 부지불식간에 머릿속을 스쳐 간 어떤 정황이 있었다.

"재림 예수 노릇이라도 한 건가?"

여자는 문득 제나가 말한 '기적의 일부'를 떠올렸다. 남자도 아내와 같은 생각을 했다.

어머니, 아버지에게. 제나가.

기적같이 아름다웠던 봄날이 다 지나간 것 같아요. 주일 내내 내린 비로 꽃들이 다 죽어 버렸어요. 주님은 꽃을, 아주 잠시만 보여 주셨어요. 제가 특별히 좋아한 수양벚꽃이 전부 다 지고 말았습니다. 이곳 책상에 앉아 창밖을 보면 눈부시게 아름다운 꽃들이 마치 손짓을 하는 듯 너울거렸는데요. 비를 맞아 꽃들이 전부 죽어 버리고 말았어요.

누군가 텔레비전에 나와서 그런 말을 했어요. 꽃은 인간을 위해 피는 게 아니라 벌레를 위해 핀다고요. 저는 그렇게 생각하지 않아요. 주님의 역사하심에 대해 인간이 감히 판단할 수 있을까요. 무엇을 사실로 명명하는 것은 우리의 오만일 뿐이겠지요. 봄날의 꽃은 주님께서 인간에게 보여 주는 축복, 기적 같은 축복이에요. 제가 믿는 것은 오직 그것뿐입니다. 그리고 기적은 믿는 이에게만 비로소 가능하다는 것을 알게 되었습니다. 저는 아직 그것의 일부만 목격했을 따름이지만요.

어머니, 아버지. 제나를 이곳에 보내 주신 분은 물론 주님이겠지만 어머니, 아버지의 도움이 없었다면 저와 이곳의 인연은 없었으리라는 것을 잘 압니다. 어머니, 아버지에게 감사드립니다. 어리숙하고 늦된 아이를 위해 항상 애써 주셨다는 것을 알고 있습니다. 아니, 이곳에 오기 전까지는 잘 몰랐습니다. 부모님과 떨어져 지내며 이곳과 선생님의 은혜로운 가르침 안에서 저는 온전히 깨닫게 되었습니다. 저를 위해 애써 주신 것들과 종국에 저를 이곳으로 보내신 것이 얼마나 감사한 일인지요.

공립 중학교에 다니던 시절 저는 늘 기죽어 지냈습니다.

토론과 발표를 무엇보다 중요하게 여기는 교사들이 그곳에는 많았지요. 대부분 노동조합에 가입한 사람들이었습니다. 과거 과격한 시위를 벌이다 수감되었던 경력을 무슨 자랑이라도 되는 듯 이야기하는 사람들도 있었어요. 교과 내용과는 아무런 상관도 없는 사변적인 이야기로 수업 시간의 대부분을 때우곤 하는 교사들이었지요. 대단한 정의라도 역설하는 듯 목에 핏대를 세웠지만 제가 보기에 그건 그저 게으른 모습일 뿐이었습니다. 아버지는 잘 아시겠지요. 아버지는 늘 그렇게 말씀하셨으니까요. 나라 팔아먹은 데모쟁이 자식들. 물론 저는 잘 모릅니다. 그러나 그들은 분명 근면한 생활인은 아니었어요. 항상 민주적인 방식이라고 떠들어 댔지만 결국 수업의 대부분을 학생이 주도하는 토론과 발표로 때운 것은 교사의 직무유기가 아닐까요.

저는 늘 의기소침했습니다. 교사들은 저에게 항상 말하기를 강요했어요. 그건 강요한다고 되는 일이 아닌데요. 명랑하게 발표하는 또래 아이들 가운데에서 저는 더욱 기가 죽을 수밖에 없었습니다. 수업 시간이 지옥 같았어요. 저는 등교부터 하교까지 내내 벌을 받는 것 같았습니다. 교사들은 아무것도 가르쳐 준 것이 없어요.

민주적이라는 말 참 좋지요. 그러나 그건 허상입니다. 아버지께서는 아시겠지요. 위급 상황에서 누구도 민주적일 수 없어요. 민주적인 방식이라는 게 결국 만들어 내는 건 바보 같은 결과물일 뿐이고요. 독재가 왜 필요했는지 아버지는 아시잖아요. 저는 허울 좋은 민주적 방식을 외치던 공립학교의 교사들과는 너무나 다른 선생님의 방식에 항상 안도를 느끼고 행복을 느낍니다. 선생님께서는 결코 의견을 묻지 않으세요. 아무것도 강요하지 않으시고, 저희 스스로 그걸 원하게끔 만들어 주십니다. 선생님이 지시하신 모든 것은 놀랍게도 저희가 원하는 모든 것이 되어 있어요. 저희 자신도 의식하지 못하는 가운데에요.

3월 초, 아직 쌀쌀하던 그때 한 선배가 자살을 시도했습니다.

옥상 난간에 위태롭게 서서 모두를 내려다보고 있는 거였어요. 바람결에 나부끼는 머리카락이 이미 죽은 사람의 그것처럼 여겨져 소름이 끼쳤습니다. 한참을 그렇게 서 있었고 저희들은 공포에 질렸습니다. 곳곳에서 울음소리와 비명 소리가 들려왔어요. 제발 내려오라고, 이러지 말라고 아이들은 외쳤습니다. 고작 열여덟 살 먹은 그 선배는 무섭지도 않은지 멍한 표정으로 미동도 없이 서 있었습니다. 난간에 선 그녀가 한쪽 발을 들어 올렸을 때 저는 눈을 질끈 감았습니다. 모든 세상이 제 감은 눈 안으로 까맣게 밀려 들어오는 것 같았어요. 별처럼 까무룩 죽는 느낌이었습니다.

내려오거라.

선생님의 목소리였습니다.

저는 눈을 떴고 모든 세상이 다시 환하게 살아났습니다.

전교생의 간곡한 외침과 울부짖음에도 내내 꿈쩍도 하지 않던 선배는 선생님의 목소리를 듣자마자 난간 안쪽으로 물러나 주저앉았습니다. 엉엉 우는 선배가 비로소 열여덟 살 소녀로 보였습니다. 우르르 옥상으로 몰려갔고 선배는 살아났습니다. 죽음의 문턱까지 간 선배를 선생님이 구해 낸 것입니다. 단 한마디 말로 말입니다.

그건 기적과도 같은 일이었습니다.

아니, 그건 기적 그 자체였습니다.

선생님이 그걸 저희에게 보여 주셨어요. 그러나 모두가 그걸 기적이라 여겼을지는 의문입니다. 볼 수 있는 사람들만 볼 수 있는 것일지도요. 급우에게 넌지시 물었더니 엉뚱한 소리를 하더군요. 선생님이 말씀하시기 전부터 내려올 준비를 하고 있었다나요. 믿음이 부족한 아이입니다. 저는 거의 죽어 있던 선배의 모습을 봤고 그녀가 본래의 사람으로 돌아오는 장면을 보았습니다. 저는 믿습니다.

제 믿음을, 그리고 제가 본 기적을, 사랑하는 부모님께 간략하게나마 전해 드리고 싶었습니다.

주님과 부모님의 딸

제나

두 번째 편지를 받은 남자는 제나의 문장이 썩 마음에 들지 않았다. 여자는 까닭 모를 불편함을 느꼈다. 부부가 갖는 공통의 감정은 아이가 잘 적응하고 있다는 데서 오는 안도와 뿌듯함이었지만, 그들은 모두 내심 뭔가 마뜩찮았다. 그 '뭔가'에 대한 복잡한 생각을 미뤄 두고 남자는 일갈했다.

"별처럼 까무룩 죽는 게 대체 뭐야? 이건 좀 바보 같잖아. 글을 길게 쓰는 건 좋은데 이런 식으로까지 가는 건 아니라고 봐. 교장이 젊은 여자라서 그런가. 문장이 지나치게 여성 취향인데."

여자는 불편함의 정체를 깨닫고 싶지 않았다. 여자는 1/4분기의 등록금과 기숙사비, 급식비와 생활비를 생각했다. 앞으로도 계속해서 지불될 비용도 곧장 계산했다. 부부는 대학가에서 학기를 보내는 학생들에게 원룸을 대여하는 임대업으로 돈을 벌었다. 부부의 건물에 있는 원룸은 고작 열 개였다. 트리니티 국제학교의 학비는 소규모 오피스텔 임대업만으로는 충당하기 어려운 액수였다. 결국 남자의 형에게 또 신세를 지고 말았다. 하지만 제나 말대로, '더없이 행복하다'면 그만이었다. 과거 두 달로 끝나 버린 해묵은 아메리칸드림을 만회하려는 듯, 부부는 그곳이 '미국 학력 인증 기관'이라는 사실에 집착했다.

남자도 여자도 이미 알고 있었다. 그들은 제나가 기적을 운운하고 있다는 것이 불편했다. 그들은 신에 대해서도, 교회에 대해서도 과도한 의미를 부여한 적이 없었다. 부부의 생각에 트리니티 국제학교는 교회와 연계된 곳이지 교회 자체는 아니었다. 당시 부부는 애써 이런 생각들을 지웠다. 무엇이든 배워 가는 과정이리라고, 부부는 그렇게 결론 내렸다.

기적을 운운한 편지를 떠올리는 남자의 표정은 더할 나위 없이 어두웠다.

"첫 번째 편지를 다시 생각해 봐."

남자는 아내에게 말했다.

"이렇게 된 마당에, 인정할 건 인정하자고. 그게 제나가 쓴 글이 맞을까?"

"무슨 말이야?"

"우리는 의심하지 않으려고 노력했어. 하지만 어떻게 두 달 만에 그렇게 변할 수가 있어? 그런 문어체 말투, 제나는 한 번도 쓴

적 없었는데. 아니, 어떤 아이도 그딴 식으로 말할 수는 없어."

여자는 편지를 들췄다.

"제나의 글씨잖아. 이건 제나가 쓴 글씨야, 전부."

"그러니까 제나가 쓰긴 썼지만, 그건 제나가 쓴 글이 아니야. 어떤 방법을 썼는지는 알고 싶지 않아. 그 여자가 옆에서 불러 줬든 판서를 했든 원본을 베껴 쓰게 했든, 어쨌든 제나가 직접 쓴 글들이 아니라고."

"여보. 상식적으로 생각해 봐. 다른 아이들도 부모들에게 편지를 보냈어. 각자 다른 내용으로. 엄마들이 그랬다고."

"언제 엄마들이랑 그런 이야기를 나눈 거야? 어떻게, 어떻게 성추행이니 폭행이니 그딴 단어들이 나올 수 있냐고. 그건 아이 머릿속에서 나올 수 있는 말이 아니야. 전부 잘못된 거야."

여자는 한숨을 쉬었다. 남자는 흥분했다.

"노트에 쓴 거 봤어? 죄다 우리가 악마라는 내용뿐이야."

여자는 남자를 자극하지 않으려고 애썼다.

"데려오면 돼. 여보, 어떻게든 다시 데려오면 되는 거야."

"사랑하는 부모님과 악마의 영에 사로잡힌 사람들이란 말을 동시에 쓸 수 있는 거야?"

"어쨌든 둘 다 제나 필체였어."

여자는 방학 중 간혹 집에 왔던 제나의 모습을 생각했다. 그 편지를 받은 이후부터 여자는 제나에게 다가갈 수 없었다. 여자는 그 편지에 대한 이야기를 입 밖에 낸 적 없었다. 제나와 여자만 알고 있는 내용이었다. 여자는 그것을 받자마자 불태워 버렸다. 여자

옛날 옛적 미국에서　　　　135

는 남자가 그러는 대로 편지의 최초 발신인을 의심할 수 없었다. 여자는 차라리 아무것도 모르는 남자가 부러웠다. 여자는 전부 제 나가 직접 쓴 글이라는 것을 알고 있었다.

여자는 가장 마지막에 타 들어가던 문장을 떠올렸다.

우리의 대공황 시절이었어요.

왜 그런 행위는 서로 닮아 있을까요. 어머니, 아버지.

이곳에서 만난 제 친구는 어릴 적에 친오빠에게 추행을 당했는데, 그때 사람의 온기를 느꼈다고 했어요. 이후 사람의 온기를 믿을 수 없게 되었다고. 어떤 사랑의 행위와 끔찍한 추행이 겉으로는 매우 닮아 있다는 걸 알고 있습니다. 저는 아직 그런 식의 사랑을 받아 본 적 없어요. 왜, 서로 다른 의미를 가진 행위가 그토록 닮아 있는 걸까요. 저는 항상 그것이 궁금했습니다.

사촌오빠들도 저에게 그랬어요. 뭘 하는 거냐고 제가 물었을 때, 사랑하는 거라고요. 어른들은 이렇게 사랑을 한다고요. 온몸에 다지류의 벌레가 기어가는 듯 소름이 끼쳤지만 저는 가만히 있을 수밖에 없었습니다. 어머니, 아버지는 아시잖아요. 그건 어머니, 아버지가 그들에게 용인해 준 것이었으니까요. 잊지 않으셨겠지요.

아버지, 아버지는 망했어요. 처음부터 가망이 없는 사람이었죠. 언젠가 술에 취한 아버지가 부르신 노래가 생각나네요. 하늘엔 조각구름 떠 있고 강물엔 유람선이 떠 있는, 원하는 것은 무엇이든 얻을 수 있는 그런 세상이 언제 아버지에게 있었던가요? 아버지는 그저 형이 시키는 대로 할 수밖에 없었지요. 큰아버지가 죽으라면 죽는 시늉까지 할 사람이잖아요. 형이 없으면 아무것도 할 수 없으니까요.

큰아버지가 주는 돈으로 빚을 갚고 사업을 했기 때문에, 제가 먹고살 수 있었던 걸 알아요. 감사한 분인지도 모르죠. 아니, 감사한 분이겠지요. 은인이겠지요, 우리 가족에게는. 저도 항상 고맙게 생각하려고 노력했습니다. 그 일만 아니었다면. 그 시절만 아니었다면.

그러나 어머니, 아버지, 모르시겠지요. 저는 큰아버지보다 어머니와 아버지가 더욱 원망스러워요. 도저히 이해할 수도 없고, 이해해서도 안 되는 일이에요. 저는 고작 아홉 살이었어요. 우리 가족이 큰아버지에게 받은 도움이 아무리 크다 한들, 저를 그런 식으로 내어주시면 안 되는 것이지요. 어머니, 아버지가 큰아버지의 세탁소에서 일하는 동안 사촌오빠들이 제게 했던 짓을 생각하면 저는 아직도 몸서리가 쳐집니다.

처음 미국에서 본 건 아버지 키보다 큰 캔디 머신이었어요. 커다란 사탕이 한참을 데굴데굴 굴러 제 손으로 떨어질 때, 그때 가진 설렘과 벅찬 기분이 아직도 생생하게 떠오릅니다. 예쁜 것도 많고 신기한 나라라고, 어머니가 말해 주셨지요. 말 그대로였어요. 어디를 가든 차를 타고 한참을 가야 했고, 차창 밖으로 보이는 풍경은 동화책에서 보던 바로 그 원색의 자연이었어요. 이런 곳에 왔다는 것이 행복했어요. 큰아버지네와 어머니, 아버지의 퇴근길이 그만큼 길고 제가 갇혀 있는 시간 또한 길어지리라는 걸 저는 몰랐으니까요.

너희 엄마, 아빠가 이렇게 해도 된다고 했어. 너희 집은 우리 아빠가 준 돈으로 먹고사니까.

사촌오빠들이 제게 한 말이었어요. 제 뺨을 때리고 저를 자기들 몸 위에 올려놓으면서요.

그래요. 벌써 옛날 옛적의 일입니다.

이곳에서는 일주일에 한 번씩 서로의 아픔을 이야기하는 시간을 가집니다. 저는 어디에서도 말할 수 없었던 이야기를, 이곳에서 처음으로 털어놓았어요. 선생님께서는 눈물을 흘리며 저를 안아 주셨어요. 그건 네 잘못이 아니라고, 그러니 더는 힘들어할 필요도 없다고 말해 주셨지요. 어머니, 아버지라면 어땠을까요? 저를 믿어 주셨을까요? 저를 꾸짖으며 별소릴 다한다고 하셨겠지요.

아직도 의혹은 풀리지 않았어요. 어떤 방식의 용인이었든 어머니, 아버지가 저에 대한 그들의 추행을 모른 척했다는 건 분명한 사실이리라고 생각합니다. 사촌오빠들은 겨우 중학생들이었는걸요. 미국에서의 두 달은 저에게 가장 끔찍한 시절이었어요. 아버지는 큰아버지의 신임을 얻지 못한 실패의 경험으로 기억하시겠지요. 우리 가족만 다시 한국으로 돌아와야 한다고 했을 때 저는 눈물 날 것처럼 기뻤어요. 저는 다니던 학교로 돌아갔지요. 여름 한철의 짧은 여행일 뿐이었어요. 우리 가족의 미국 시절은. 덮어 버린다고 없어지지 않아요. 어머니, 아버지가 저를 때리고 만진 것과 다름없다고 생각합니다.

이제라도 아셔야겠지요. 제가 전부 알고 있었다는 걸.

우리의 대공황 시절이었어요.

제나

제나는 이후 부모님의 딸, 이라는 추신을 쓰지 않았다.

여자는 남자가 눈치챌까 봐 내내 조마조마했다. 남자는 눈치채지 못했다. 여자는 제나의 눈을 똑바로 쳐다볼 수 없었다. 남자는 그런 사실들을 몰랐다.

"제나는 우리를 고발하지 않을 거야, 여보."

여자가 할 수 있는 말은 그것뿐이었다.

네 번째 만남에서 기자는 카메라를 대동하지 않았다. 그는 운동복 차림으로 찾아왔다. 항상 마주 앉던 카페에서 그는 목소리를 낮춰 질문했다.

"두 분, 어쩌시겠어요?"

"여전히 그 이야기를 하는 거요? 폭행이니 뭐니."

남자는 미간을 좁혔다. 남자는 주먹으로 탁자를 쳤다. 여자는 움찔했다.

"아니, 여보. 그 이야기가 아니야."

기자는 부부를 번갈아 보며 말했다.

"어머님께 말씀을 드렸는데, 전달이 안 되었나 보군요. 아이를 보러 가시겠느냐고 물었습니다. 여자의 아파트를 알아냈거든요."

남자는 여자를 쏘아보았다.

"그 중요한 이야기를 왜 안 했어?"

그런 말을 듣는 여자의 오금이 저렸다. 여자는 침착하게 말했다.

"하도 가슴이 두근거려서. 미안해, 여보. 제나를 찾으러 가자."

남자는 담배를 피운다며 자리를 비웠다. 기자는 여자에게 말했다.

"제나와 따로 이야기를 했어요. 부모님을 고소하지 않겠다고 하더군요. 어쩌면 전부 오해였을지도 모른다는 말도 덧붙였는데, 어떻게 생각하시나요?"

기자는 슬쩍 창밖을 본 후 말했다. 여자도 창밖을 봤다. 남자는 서성거리며 담배를 피우고 있었다.

"저는 잘 모르겠어요, 선생님."

"……어머니."

"죄송합니다."

"이해가 안 되는군요. 저도 자식을 키우는 입장이지만 그토록 끔찍하게 아이를 위하시는 분들이 왜 아이의 마음을 모르시나요?"

여자는 대답하지 않았다.

"제나가 무슨 생각하는지 궁금하지 않나요? 오해가 있다면 풀어 줘야죠."

카페 출입문이 열리는 소리가 들리자 기자는 서둘러 말을 중단했다.

"어디요? 그 여자의 아파트가."

남자는 외투를 걸쳤다.

여자는 고개를 숙인 채 미동도 하지 않았다.

"당신, 왜 그러고 있어. 일어나지 않고."

"여보."

"왜 그래?"

"혼자 가는 게 좋겠어요. 난 안 갈래."

기자가 남자에게 고개를 끄덕여 보였다.

홀로 집에 돌아온 여자는 제나의 노트를 펼쳤다. 아이 대신 돌아온 물건이었다. 여자는 노트를 한 장씩 차례로 정성 들여 찢었다. 악마, 아버지, 악마, 어머니, 거짓, 사로잡혀, 전부, 미워, 선생님, 주님, 제나……

여자는 아이가 처음 글자를 배우던 때로 돌아갔으면 좋겠다고 생각했다. 그보다 먼저, 아이가 말을 배우던 때로 돌아갔으면 좋겠다고 생각했다. 여자는 제나가 돌아오지 않았으면 좋겠다고 생각했다.

．　　．　　．

O는 어떤 날들을 떠올려 보려 애썼다. 몇 개의 기념일이 있었
다. 가령 자신과 그의 생일이나 결혼기념일, 그의 부모가 사망한
날. 그러나 다른 종류의 날들은 언제였는지 정확하게 기억나지 않
았다. 잊지 못할 사건이 있었다고는 해도 굳이 달력에 적어 두지
않았기 때문이었다. 그날이 돌아왔다고 해서 특별히 좋은 밥을 먹
거나 유독 슬퍼하거나 할 수 없으므로. 그가 O를 처음 때린 날,
그와 하룻밤을 보낸 여자에게 전화를 걸어 버린 날, 자신이 그가
아닌 남자와 잔 날. 그런 날들은 숫자로 남지 않았다. 기념할 만한
까닭은 없는 날들이었다.

O는 그날도 기념하고 싶지 않았다. 하지만 어쩔 수 없이 이
날은 바로 그날이 될 것이라고, O는 생각했다. 그가 실종된 날.
20101015. 아파트 출입 관리 대장에 분명하게 기록된 마지막 날이
었다. 그는 그날 밤 돌연 집을 나간 후 돌아오지 않았다. 그는 출입

．

카드뿐만 아니라 휴대전화도, 자동차 열쇠도 놓고 나갔다. 만약 가출이라면 O가 집을 비운 동안 들어와서 짐을 챙겨 갈 수도 있었을 텐데, 그는 그렇게 하지 않았다. 가출이 아닌 실종이라고 믿을 수 있을 만한 정황이었다. 그가 다녔던 회사와 거래처 사람들과 그의 친구들에게 수도 없이 전화가 걸려왔다. 의심할 만한 것이 없다면 당장 경찰서부터 가라고, O의 친구들도 충고했다. 그러나 O는 이럴 때일수록 차분하게 순서를 밟아야 한다고 생각했다. 그는 성인이었으며, 정황이 충분하지 않으면 단순 가출로 처리될 수 있었다. O는 그런 경우를 경계해야 했다. O는 두 달 동안 그를 기다렸다.

O는 경비실에 찾아갔다. O가 건네받은 것은 그의 아파트 출입 기록이었다. 그것을 바탕으로 O는 그가 실종된 정확한 날짜를 진술할 수 있을 거였다.

"우선 확인해 보시고, 다시 오세요. 사모님."

O는 언제나 사모님이라는 말이 듣기 싫었다. 할아버지뻘 되는 경비에게 O는 말대답을 했다.

"사모님 아니에요. 아직 젊은걸요."

O는 복사된 출입 관리 대장을 꼼꼼하게 살펴봤다. 그날, 그가 퇴근 후 여느 때처럼 출입 카드를 찍고 들어온 시각은 오후 7시였다. 이후의 기록은 존재하지 않았다.

O는 거실 한가운데에 걸린 가족사진을 봤다. 그와 그의 부모였다. O는 그 물건을 볼 때마다 기가 죽었다. 소유주들의 증명사진이었다. 강남 한복판에 위치한 거대한 아케이드의 일부를 소유한 가족. 물론 자신은 거기에 없었고, 언제까지나 끼어들 수 없을 것

같았다. 그들의 결혼사진은 어디에도 높게 걸리지 않았다.

모두가 경멸하면서도 부러워하는 집이었다. 로또에 당첨되지 않는 한 살 수 없는 아파트. 또한 로또에 당첨된 누구든 곧장 사러 간다는 아파트. 두 가지 뜻을 모두 포함해서 '로또 아파트'로 불렸다. 아파트가 있는 곳은, 90년대 초반 수많은 사람들이 죽은 백화점 붕괴 사고가 난 바로 그 자리였다. 무너진 아케이드는 다른 아케이드로 대체되는 법이었다. 그때나 지금이나 서울에서 가장 비싼 동네였다. 어느 일간지 기자는 "서울에서 가장 비싼 서울의 무덤"이라는 말로 조소했지만 그뿐이었다. 아파트 주민들은 백화점 이야기를 하지 않았다.

그의 가족은 오랫동안 인왕산 자락의 단독주택에 살았다. 이사한 후 1년 만에 그의 부모가 죽었으니, 정작 그의 부모보다 더 오래 아파트에 머문 사람은 O였다. 대학을 졸업하기 전부터 그와 O는 함께 살았다. 혼인신고는 하지 않았지만 그들은 번듯한 결혼식을 올린 부부였다. 그들의 결혼식에는 누구의 부모도 없었다. O는 아주 어렸을 때부터 부모가 없었고, 그는 결혼식을 올리기 몇 달 전 부모를 잃었다. 대개 결혼식에서는 양가 부모가 맞절을 하고, 신랑 신부가 부모에게 인사를 하며 눈물을 흘린다는 사실을 그들은 알았다. 그들은 그런 평범한 경험을 할 수 없어서 둘 다 울었다. O는 진심으로 그를 가엾게 여겼다. 그도 마찬가지였다. 서로를 가여워했다는 것, 오직 그것만이 그들이 결혼한 이유인지도 몰랐다.

4년 전, O의 친구들은 O를 부러워했다. 오랫동안 친척집에 얹혀살며 자기만의 방이라는 것은 꿈꿀 줄도 몰랐던 O였다. 그는 부자 부모의 외동아들이었고, 그즈음에는 온전한 상속자였다. O는 혼인신고를 하지 않았다는 것을 친구들에게 말하지 않았다. 남자친구였던 그를 남편이라고 부를 수 있다는 사실을 누구도 의심하지 않았다.

이곳을 아파트라는 평범한 말로 부를 수 있을까, O는 언제나 생각했다. 살림을 시작한 지 4년이 지났는데도 낯설었다. 각종 재개발 건수가 희망처럼 들려오는 5층짜리 낡은 건물. 어린애들의 울음소리와 온갖 악다구니, 화장실 냄새까지 노출되는 그런 곳. O에게 아파트라는 말이 환기하는 것은 여전히 그랬다. 과거 O는 그런 아파트조차 눈치를 보며 드나들었다. 출입 카드는 그의 결혼 선물이었다.

"이제 네 집이야."

그의 부모가 쓰던 모든 물건을 그대로 써야 했지만, O는 서운하지 않았다. O는 모든 정황에 진심으로 감사했다. 그것이 그의 부모가 교통사고로 동시에 망실되었기 때문에 가능했다는, 단 하나의 중요한 정황만 제외하고.

그가 실종된 지 두 달이 지났다. O는 그가 죽었다고 생각하고 싶지 않았다. 그가 죽었다면, 자신은 그야말로 무덤 속의 무덤에 홀로 있는 것이나 다름없었다.

·

경비들은 모두 친절했다. O와 그가 거주하는 F동에만 다섯 명의 경비가 근무했다. 그중에는 20대로 보이는 젊은 남자도 있었다.

그들은 모두 반짝이는 체인이 달린 검은 제복을 입고 있었다. O는 대학 시절에 본 학군단의 모습과 비슷해 보인다고 생각했다. 그들의 과도하게 엄숙한 제스처까지도. 그들은 24시간 동안 교대로 F동 구석구석을 돌아다니며 감시했다. 물론 O와 같은 주민을 보면 잊지 않고 꾸벅 인사를 했다. 경비들은 F동 주민 모두의 얼굴을 알고 있었다. 직업의식이 투철한 그들이 그날 밤 그가 나가는 모습을 주목하지 않았다는 것이 O는 이상했다.

직업의식이 투철한 것은 경비들만이 아니었다. 아파트에는 수많은 CCTV 카메라가 설치되어 있었다. 로비에, 엘리베이터에, 복도 곳곳에, 비상계단에. 현관을 나서 복도를 지나 엘리베이터를 타고 내려가 비로소 건물 바깥으로 나갈 때까지, CCTV의 시선을 피할 수 없었다. 매달 지불하는 값비싼 관리비에는 관리 당하는 몫도 포함되어 있을지 모른다고 O는 생각했다. 옆집 아줌마와의 그 일 이후에는 더욱 자주 그런 생각을 했다.

옆집 사람들을 알게 된 지는 그리 오래되지 않았다. 언제인가부터 그녀는 더러 O의 초대 없이도 변죽 좋게 집에 찾아왔다. O의 옆에 앉아 그의 팬티를 개는 일까지 거들며 그녀는 떠들곤 했다. 자신의 어머니가 살아 있었다면 이 정도 나이쯤이었겠다, 생각하며 O는 그녀에게 예의 바르게 대했다. O는 그녀와 주고받을 이야기가 별로 없었다. 대학원생이라는 그녀의 딸은 O보다 나이가 많았다. 오히려 그녀의 딸이라면, 소소한 수다 정도는 편하게 나눌 수 있을지도 몰랐다. 그녀의 딸이 자신과 같은 대학을 졸업했다는 이야기를 듣고 꼭 한번 따로 만나 보겠다는 생각을 한 적도 있었다. 하지만 언젠가 F동 지하에 있는 까페에서 그녀를 본 후, O는 그 생각을 접었다. 진줏빛 원피스를 입은 그녀의 딸은 누군가와 통화를 하고 있었는데, 열심히 내뱉는 말이 어디의 것인지 짐작도 할 수 없는 외국어였다. 그는 O를 타박했다. 넌 언제까지 그런 콤플렉스에 시달리면서 살래. 그는 한심하다는 듯 O를 쳐다봤다. O는 어학연수를 떠나는 동기들을 보며, 학적부에 나란히 올라 있다고 해서 같은 인생은 아닐 것이라고 생각했던 대학 시절이 떠올랐다. 차라리 어머니뻘인 그녀가 편했다.

어느 날 그녀는 난데없이 울기 시작했다. 새댁을 편하게 생각하니까, 이런 말을 하며 그녀는 갑자기 뭔가 고백하려는 태세를 취했다. O는 불안했다. 비밀을 공유하자는 것일까. 그런 예감은 틀리지 않았다. 그녀는 남편과 남편의 여자에 관한 이야기를 했다. 남편의 여자, 는 가상의 인물이었다. 아파트 문화센터의 주말 악기 교실에 등록한 후부터 침실에서 다른 여자의 흔적이 발견되는데, 딸의 그것은 아니라고 했다. 딸은 매일 밤늦게 귀가했고 그녀의 말대로라면 안방에는 일체 들어오지 않았다. 올 나간 스타킹과 작은 화장품들. 만약 가상의 인물이 실재한다면 매우 허술한 성격인 모양이었다. 입술이 부르트도록 플룻을 불고 돌아온 날, 부부의 침실에서 손톱만 한 립글로스와 꼬불거리는 털을 함께 발견했을 때 그녀는 경악했다. 그녀는 엉엉 울었다.

"생각해 봐, 새댁. 우리 몸에 그런 털은 거기 털밖에 없어."

"확실하세요? 한 번도 그런 적이 없었던 분이라면서요."

그녀는 확실한 증거를 잡아야겠다며 O에게 경비실에 같이 가

자고 했다. CCTV 녹화를 훑어보면 자신의 의심이 사실인지, 다만 의심일 뿐인지 밝혀질 것이라고 했다. 거의 사실일 것이라 확신하지만, 그렇게 말하며 그녀는 훌쩍였다. O는 경찰서부터 가야 하는 것이 아니냐고 물었다. 경비실에서 CCTV 복사본을 건네줄까요? O는 의심만 갖고 하는 이런 의뢰는 받아들여지지 않을 것이라고 생각했다. 그녀는 펄쩍 뛰었다.

"새댁 말마따나 아직 의심뿐인 데다가, 요즘 경찰은 이런 일에는 신경 써 주지도 않는다구."

"사모님, 확인해 보시고 다시 오세요."

그 말과 함께 몇 개의 서류봉투에 담긴 CCTV 복사본을 건네받는 그녀의 모습을 눈으로 보기 전까지 O는 믿지 않았다. 경찰의 입회 없이도 그런 거래가 가능하다는 것을. 그녀는 꽤 많은 돈을 나이 든 경비에게 찔러 주며 '담뱃값이나 하라'는 관용어를 잊지 않았다.

O의 집에서, O와 그녀는 함께 CCTV 복사본을 시청했다. O는 자기 일도 아닌데 침이 꼴깍 넘어가며 긴장되는 것이 이상했다. 놀라울 정도로 깨끗한 화면이었다. 마치 실험 정신이 강한 작가주의 감독의 단편영화를 관람하는 것 같았다. 저간의 주말들, 그녀가 집을 비운 시간에 촬영된 F동의 구석구석이었다. 그녀는 한 장면이라도 놓칠세라 눈을 부릅뜨고 화면을 지켜봤다. 고등학생으로 보이는 남녀가 비상계단에 숨어 입을 맞추고, 성마른 젊은 엄마가 어린애를 때리기도 했다. 엘리베이터에 탄 O의 모습도 등장했다. 지하의 슈퍼에 다녀오는 듯했다. O는 자신도 미처 몰랐던 습관들

을 낱낱이 시청하게 되었다. 지하에서부터 8층까지 올라오는 짧은 시간, 잠시의 지루함을 이기기 위해 무의식적으로 하는 소소한 행동들. 가령 양쪽 어깨에 늘어뜨린 머리카락을 한 번씩 말아 쥐고, 볼에 바람을 넣어 보고, 구두의 뒷굽을 두드려 보는 것들이었다. O는 문득, 지금까지 몇 명이나 이 모습을 봤을까 생각했다. 별것 아닌 행동들인데도 왠지 부끄러웠다.

정작 그녀는 찾아야 할 것을 찾지 못하고 있었다. 이상하다, 이상하다, 그녀는 중얼거렸다. 이따금 남편의 모습이 보였지만 남편의 여자로 추정되는 인물은 등장하지 않았다. 다만 마지막 테이프를 재생했을 때, 어느 일요일 오후 당연히 도서관에 있어야 할 그녀의 딸이 등장했다. 운동복을 입고 머리를 질끈 묶은 그녀의 딸은 강아지를 안고 연신 하품을 해 댔다. 얘가 집에 있을 시간이 아닌데, 그녀는 고개를 갸우뚱했다.

경비실에서 건네받은 CCTV 복사본을 모두 돌려 본 후, 의심을 사실로 바꿀 어떤 증거도 찾지 못한 그녀는 아쉬운 표정으로 돌아갔다. 며칠이 지난 후 그녀는 O에게 말했다. 모르겠어. 딸에게 물어보니 주말에 자주 안방에 들락거렸다고 하더라고. 딸이 언제 집에 들어오고 나가는지 관심이 없었다는 사실만 알게 되었어. O는 CCTV 복사본을 확인하기에 앞서 출입 관리 대장을 보는 것이 일의 맞는 순서라고 여기게 되었다.

·

"그 자식, 아직도 소식 없어요?"

D는 전보다 훨씬 편해 보였다. 소파에 함부로 드러누워 리모콘을 만지작거리는 모습에 O는 심기가 불편했다. 그가 있을 때, 그가 실종되기 전까지는 하지 않았던 행동이었다. O는 과일을 깎다 말고 칼을 내려놓았다.

"앉으시죠. 할 이야기가 있다고 하셨잖아요."

D는 그의 고등학교 동창이었다. O의 말에 부스스 일어나 앉은 D는 대뜸 경찰은 뭐하는 족속들인지 모르겠다고 뇌까렸다.

"제수씨 말도 그렇고, 우리 모두가 그렇게 생각해요. 가출할 놈도 아니고, 가출을 이딴 식으로 하지는 않죠. 어린애가 없어졌으면 이렇게 여유를 부리겠느냐구요. 흥신소에 연락하는 게 나을지도 모르겠다는 생각을 해 봤어요. 경찰은 안 돼요. 돈을 쥐어 줘야 움직이는 게 한국 놈들이라서."

D는 당연히 신고했을 줄로 알고 있었다. O는 아무 말도 하지 않았다. D가 그의 실종에 별다른 관심이 없다는 것도 알고 있었다. O는 진지한 얼굴로 농 짓거리를 하는 D에게 몹시 짜증이 났다.

"그 말씀 하려고, 여기 오신 거예요?"

O는 정색을 하고 물었다.

"흥신소에 연락하자는 말을 하려고요?"

"그야 물론, 제수씨 얼굴도 한번 보려고 했죠."

O는 자신이 또다시 실수했다는 것을 깨달았다. 굳이 만날 필요도 없는 사람이었지만, 집에 들일 이유는 더욱 없었다. D는 노골적인 눈빛으로 O를 쳐다봤다. O는 1년 전 일이 떠올라 가슴이 답답해졌다.

D는 그와 어울리는 친구들 중 하나였지만, 서로에게 특별한 정은 없었다. 그렇기는커녕 그는 때때로 D의 험담을 했다. 그는 골빈 놈, 오입쟁이, 쓸모없는 자식 등의 말로 D를 수식하곤 했다. O는 그러면서도 왜 같이 어울리는지 이해할 수 없었다. 그는 별다른 직업이 없이 빈둥대는 D를 걸핏하면 깔봤다. 한동네에서 자랐고 비슷한 경제력을 가진 부모와 뭐든 비슷한 가격의 물건들을 소유했지만 그는 언제나 D를 무시했다. 걘 그냥 골빈 놈이야. 그는 늘 그렇게 말했다. 그러면서도 그는 D와 자주 어울렸다. 가장 편하게 어울리는 친구들이 같았고 거의 똑같은 소비 행태를 가졌기 때문이 아닐까, O는 추측해 보았다. 심지어 그 일을 알고 나서도, 그는 D를 끊어 내지 못했다.

그는 D를 두들겨 패 주거나 절교하는 대신 O를 더 많이 때렸다. 걸레 같은 년, 더러운 창녀, 악마, 벌레 등 다양한 종류의 모욕 끝에는 어미한테 못 배운 년, 이라는 말이 따라붙었다. O가 고아라는 것은 분명한 사실이었다. 그러나 그는 절대 부모 없는 년, 이라는 말을 하지 않았다. 부모가 없는 것은 그도 마찬가지였다. 그들 모두 결과적으로 부모가 없다는 것은 똑같았다. 보잘것없었지만 그들을 이어 주는 끈이기도 했다. 그는 자신과 O의 차별성을 부각하기 위해 머리를 썼다. 어미한테 못 배운 년, 부모 사랑 못 받고 자란 년 등등. O는 아무런 말도 할 수 없었다. 그가 욕을 하거나 손찌검을 할 때 언제나 반항하지 못했다. D와의 일에 관해서는 더욱 그랬다.

그날 친구들이 모두 보는 앞에서 그가 따귀를 때리지 않았다면, O는 부질없는 가정을 몇 번이고 해 봤다. 이유가 뭐였든 D와 잔 것은 자신의 명백한 잘못이었다. 그걸 이유라고 할 수나 있는 걸까. O는 자책했다. 자신의 친구들과 그의 친구들이 모두 모인 술자리였다. O는 친구들에게 잘사는 모습만 보여 주고 싶었다. O는 그의 폭력을 누구에게도 이야기하지 않았다. 친구들은 O가 말한 대로 그가 돈도 많은 데다 아주 자상한 남편인 줄로만 알고 있었다. O의 친구들에게는 더없이 친절한 그이기도 했다. 그가 술에 취하면 어떻게 변하는지 O의 친구들은 알지 못했다. 친구들이 보는 앞에서 따귀를 얻어맞고 걸레 같은 년이라는 욕을 들었을 때 O는 죽고 싶었다. O의 생각에, 그때까지는 결코 '걸레 같은 짓'을 하지 않았다. 오히려 수없이 다른 여자와 자는 사람은 그였다. O는 그의 욕에 합당한 여자가 되어 보기로 마음먹었다. 어려운 일도 아니었다. 아시다시피 제가 요즘 너무 힘들어서요, 술 한잔해요. D는 달려왔고 그들은 대낮부터 호텔에서 술을 마셨다. D는 친구의 부인과 잤다는 이야기를 동네방네 떠들고 다녔다. D는 그의 말대로 골빈 놈이었다. O의 친구는 골라도 어떻게 그런 놈을 골랐냐며 O를 나무랐다. 그가 가장 무시하는 놈이었으니까, O는 그 말을 하지는 않았다. 1년 동안 그는 틈만 나면 그 이야기로 O를 괴롭혔다. 한 번이 아니지? 너희들 요즘도 그러고 있지? O는 가슴이 아팠다. 너무나도 잘못된 한 번이었지만, 맹세코 단 한 번뿐이었다.

또한 그 일이 아니었더라면, O는 가슴이 찢어지는 듯했다. 그가 실종되기 한 달 전, 어느 날 아침 O는 달걀을 깨다가 노른자에 선명하게 번진 핏자국을 봤다. 갓 낳은 달걀인 모양이었다. 하지만 그것이 나쁜 징후라도 되는 듯 O의 마음이 서늘했다. 며칠 동안 입맛도 없고 까닭 없이 피곤했다. 누군가 걸어차기라도 하는 것처럼 허벅지가 아팠고, 무엇보다 생리가 없었다. 그와 사는 4년 동안 피임을 한 적이 한 번도 없었다. 그래도 아이가 생기지 않았다. 불임 클리닉에 가 볼까, O는 말했지만 그는 거절했다. 그는 아이를 원하지 않았다.

O는 왠지 그에게 말할 자신이 없었다. 그가 뭐라고 할까. 그래도 아이를 가졌다는데 설마 딴소리를 하지는 않겠지. O는 굳게 믿었다. 퇴근한 그에게 임신 테스터를 내밀며 O는 명랑하게 말했다. 당신 이제 아빠야.

말이 떨어지기가 무섭게 그는 O의 따귀를 때렸다. 이게 어디서 다른 새끼 애를 배 가지고 와서 엉겨 붙어? 그는 당장 아이를 지우라고 소리쳤다. O는 울면서 처음으로 그에게 대들었다. O는 너무 화가 나서 아무것도 보이지 않았다. 그가 아랫배를 걸어차기 전까지 O는 집안의 물건들을 집어던졌다. 그의 부모가 쓰던 물건들이 대부분이었다. 가장 높게 걸린 액자 안에서 그의 부모가 지켜보고 있었다.

그의 폭력에도 배 속의 아이는 무사했다. 차라리 유산되기를, O는 선택을 할 일이 없기를 바랐다. 엄마가 어쩌면 이럴 수가 있지, O는 씁쓸했다. 그의 말대로 어머니 없이 자랐기 때문에, 자신에게는 모성애라는 것도 없는 것 같았다. 아이에게는, 차라리 배 속의 어떤 개체라고 불러야 옳을지도 모르는 그것에게는 아무런 마음도 들지 않았다. 아이의 아빠가 그토록 완강하게 스스로 자신이 아빠라는 것을 부정했기 때문에, 아이에게는 아빠가 없는 것이었다. 아이에게 아빠가 없다는 사실보다, 자신의 첫 아이가 아빠가 없는 아이라는 사실이 O는 더욱 아팠다.

"제수씨, 솔직히요. 그 자식 기다려요?"

D의 말이 O의 상념을 끊었다. 그 잘못에 관해서라면 누구도 탓할 자격이 없다고 생각해 온 O였다. 하지만 D를 보면 견딜 수 없이 화가 났다. 저 인간을 왜 집에 들였을까, 그가 없어져서 괜찮다고 생각한 걸까. 오늘이라도 그가 돌아온다면, 지금 당장에라도 그가 현관문을 열고 들어온다면. 자기 집에 O와 D가 단둘이 있는 꼴을 본다면. 출입 카드를 두고 나간 그였지만, 이 집은 그의 소유물이었다. 언제까지나 그럴 것이었다. O는 두려웠다.

"그만 가세요. 앞으로 절대 연락하지 말아요."

O는 떨리는 목소리로 D에게 말했다.

⦁

O는 이제 무엇을 해야 하는지 알고 있었다. 두둑한 현금 봉투를 핸드백에 넣으며 O는 침실을 둘러보았다. 그가 선물했거나 스스로 구입한 물건들이 가장 많은 곳이었다. 전자제품이나 가구들은 물론이고, 결혼 생활을 시작하는 여자들이 들뜬 마음으로 준비하는 그릇이나 커튼 같은 것들도 전부 그의 부모가 쓰던 그대로 썼다. 하지만 그들이 함께 덮는 이불, 무엇보다 그가 사 준 O의 화장대와 비싼 화장품들 따위는 모두 새것이었다.

O는 비밀스러운 거래의 형식을 갖추고 싶었다. 옆집 아줌마의

의뢰와는 종류가 달랐지만, 자신 역시 그의 실종에 관한 지극히 개인적인 일을 도모하고 있는 것 같았다. CCTV 복사본을 건네받는 즉시 집으로 돌아올 것이었지만 O는 공들여 화장을 했다. 가장 비싼 옷을 꺼내 입으며 O는 그가 준 것들을 생각했다. 그가 준 것들은 넘치게 많았다. O가 바라거나 조른 적은 한 번도 없었지만 그는 늘 좋은 것들만 사 줬다. 과거, 오랜만에 만난 사촌 언니는 뜻 모를 표정으로 O에게 말했다. 입성 좋아졌구나. 남편 잘 만난 것 같다. O가 화장을 고치려고 콤팩트를 꺼내 들자 뚜껑에 양각으로 조각된 브랜드를 읽어 내며 이렇게 덧붙이기도 했다. 샘플도 항상 눈치 봐 가며 쓰던 애가……. O는 사촌 언니의 말에 기분 상해 하지 않았다. 오히려 한없이 미안하고 불편하기만 했다. 오랫동안 자신과 좁아 터진 방을 나눠 써야 했던 그녀였으므로. O는 조금이라도 잘난 척하는 것처럼 보일까 봐 조심스러웠다. 그런 마음에 O는 밥값을 계산하겠다는 말도 선뜻 꺼내지 못했다.

사촌 언니를 만나고 돌아온 날, O는 유달리 그에게 안기고 싶었다. 자신의 욕구를 채우고 나면 곧장 등을 돌려 잠들어 버리는 그였지만, O에게 기댈 곳은 그밖에 없었다. O는 그의 등에 얼굴을 묻고 조용히 흐느꼈다. 그가 준 것들과 주지 않은 것들, 변함없이 줄 것들과 결코 주지 않을 것들에서 벗어나지 못할 것 같았다.

너, 집 없는 애잖아. 그는 그런 말을 쉽게도 내뱉었다. 집 없는 년 구해 줬더니, 어딜. 가끔 그렇게도 말했다. 종종 O는 생각해 봤다. 내가 살고 있는 이 집, 내가 살 수 있을까. 불가능했다. 그건 있을 수 없는 일이었다. 세상 사람들이 그런 뜻으로 부르는 별칭이

'로또 아파트'였다. 이 집도 얼토당토않지만, 그의 도움을 받지 않는다면 O가 살 수 있는 집이란 아예 없는지도 몰랐다. O에게는 모아 놓은 돈도 없었다. 그는 O에게 돈을 주는 것을 별로 좋아하지 않았지만, O가 일을 하러 나가는 것은 끔찍하게 싫어했다. 한번은 소일 삼아 선배가 하는 옷가게에서 일을 돕다, 들켜서 얻어맞기도 했다.

엘리베이터를 타고 내려가며 O는 D의 말을 떠올렸다. 그 자식 기다려요? O에게는 그를 기다리는 것 말고는 달리 할 것도 없었다. 그럼, 내가 뭘 할 수 있겠어. O는 중얼거려 봤다. O는 천장을 봤다. 거기, CCTV 카메라에 자신의 모습이 담기는 중이었다. 값비싼 옷을 입고 반짝이는 액세서리를 주렁주렁 착용한 자신의 모습이.

20101015. O가 확인해 볼 날은 그날뿐이었다. 그가 건물 안 어딘가에 처박혀 있다면 경비 중 누군가가 반드시 발견했을 것이었다. 그는 그날 분명 건물 바깥으로 나갔을 터였다. CCTV로 확인할 수 있는 바는 고작 술에 취한 그가 비틀거리며 나가는 모습뿐일지도 몰랐다. 그래도 O는 그 모습을 보고 싶었다. 아이를 지우라고 윽박지르며 자신의 뒷통수를 후려갈기다 뛰쳐나간 그의 마지막 모습을.

그는 몹시 비틀거렸다. 누가 봐도 술에 취해 제정신이 아닌 사람의 모습이라고 판단할 만했다. 그는 몸을 가누려 애쓰며 엘리베이터를 탔다. O는 엘리베이터 바닥에 아무렇게나 주저앉아 있는 그의 모습이 낯설었다. 그는 어디로 간 것일까. O는 마음을 졸이며 그의 모습을 지켜봤다.

화면 속, 그가 탄 엘리베이터가 3층에서 멈췄다. 문이 열리자 열 살 남짓으로 보이는 여자애가 들어섰다. 남색 원피스 교복을 입고 하얀 반스타킹을 신은 꼬마였다. 근처 사립학교에 다니는 어린애들은 밤늦게까지 책가방을 메고 돌아다녔다. 그런 아이들 중 하나였다. 그 애들이 다니는 피아노 학원이니 수영장이니, 어지간한 것들은 아파트 안에 다 있었다. 10시가 조금 넘은 시각이었다.

O는 그를 주시하다 말고, 잠시 생각했다. 이곳의 아이들은 집 밖에 나갈 일이 없겠구나. 거대한 아케이드 안에 필요한 무엇이든 있었다. 학교에 다녀온 아이들이 어딜 가든 집 안이었다. 엄마들 딴에는 밤늦은 시각에 아이들을 보호할 필요가 없는지도 몰랐다. 직업의식이 투철한 경비들, 곳곳을 쏘아보는 CCTV 카메라……

O는 자신이 본 장면을 믿을 수 없었다.

O는 몇 번이고 화면을 되감아 보았다. 그가, 여자애를 둘러메고 엘리베이터에서 내리고 있었다. O는 테이프를 마구 갈아 끼웠다. 마침내 O가 본 것은 비상계단 한켠에서 여자애의 몸을 짓누르고 있는 그의 모습이었다. 그가 사라진 후, 한참을 흐느끼며 누워 있던 여자애가 일어나서 피로 얼룩진 하얀 반스타킹과 팬티를 둘둘 말아 책가방에 넣고 집으로 들어가는 모습까지, O는 모두 관람하고 말았다.

•

"신랑은 아직도?"

O가 먼저 옆집에 찾아간 것은 처음이었다.

"새댁 온다고 해서 어제 장 많이 봤어."

그녀는 분주하게 이것저것을 요리했다. O는 그녀를 거들며 심상한 듯 말했다.

"언젠가는 돌아오겠죠. 성인인데요. 걱정 마세요."

그녀는 친정 엄마처럼 다정하게 위로했다.

"내 보기에는 아직 둘 다 아이 같은데. 그래도 아무 일 없을 거야. 괜찮을 거야."

O는 몇 시간 동안 망설였다. 어떻게 말을 꺼내야 할까. 무슨 말부터 시작해야 할까. O는 그녀의 말만 계속 들어주고 있었다. 딸이 결혼을 할 것 같다고 했다. 그 집 아버지는 우리 아저씨하고 같은 대학을 나오셨어. O는 입술을 잘근잘근 깨물었다. 그들은 같은 인생이구나. 그 와중에도 O는 그런 생각을 했다.

상을 몇 번 물리고 나서야 O는 용기를 내서 말을 꺼냈다.

"저, 혹시 요 근래에 여자애 하나가 일 당했다는 이야기 들은 거 없으세요?"

그녀는 눈을 동그랗게 뜨고 O를 쳐다봤다.

"어디, 이 동네에서?"

O는 고개를 끄덕였다.

"아파트 단지 내에서, 건물 안에서라도 뭐 그런 거 없었나요. 제가 얼핏 들은 것도 같아서요."

그녀는 손사래를 쳤다.

"무슨 말이야, 새댁. 그럴 리가 있어. 다른 데도 아니고 여기에서?"

O는 입을 다물었다.

열 살, 고작해야 열세 살이나 되었을까 싶은 여자애. 아이는 제 부모에게도 알리지 못했던 것일까. O는 아이의 얼굴을 보고 싶었다. O의 머릿속에 아이의 모습이 끝없이 반복 재생되고 있었다. 다리를 벌린 채 찬 바닥에 누워 있는 아이.

그에 대한 마음은 이상하게도 덤덤했다. 여자애를 짓누르는 그의 뒷모습이 낯설지 않았다. 그러나 그 애는, 실재하는 아이일까. 그것은 실제로 일어난 일이 맞는 걸까. O는 아이의 얼굴을 봐야겠다고 마음먹었다. O는 3층 엘리베이터 앞에서 여자애가 나타나기만을 하염없이 기다렸다. 밤늦도록 아이의 모습은 보이지 않았다.

중학교 때, 사촌 언니는 피아노 학원에 다니고 싶다고 했다. 나도 다른 애들처럼, 그녀는 그런 말을 많이 했다. 그렇게 시작되는 푸념은 항상, 난 동생도 없는데, 라는 말로 끝나곤 했다. O는 모든 게 자신의 탓인 듯했다. 그녀의 부모, O의 큰이모 부부는 좋은 사람들이었다. 쥐꼬리만 한 월급에 전셋집에 살아도 외동딸만 키웠으면, 그녀가 바라는 것쯤은 뭐든 들어줄 수도 있었다. 자신만 없었다면, 다른 애들처럼 학원도 여러 군데 다니고 늦은 밤 혼자 라디오 방송을 들으며 밤을 지새웠을 수도 있었을 사촌 언니에게 O는 항상 미안했다.

화면 속의 여자애는 실재가 되어, 자정 무렵에 엘리베이터에서 내렸다. F동 지하에 있는 학원에 다녀오는 모양이었다. 여자애는 예의 남색 원피스 교복을 입고 있었다. O는 곁눈질로 아이의 얼굴을 살폈다. 조금 지친 기색이었을 뿐이었다. 무엇인가가 울컥, O의 가슴께에 치밀었다. 10월 15일, 아이는 그날 이후 두 달 동안 누구에게도 털어놓지 못하고 그 장면을 살고 있을 것이었다. 앞으로 얼마나 더 오랜 시간을 그 장면과 함께 살아갈까, O는 고개를 돌렸다. O는 입술을 깨물며 눈물을 참았다. 눈물을 삼키며 돌아봤을 때도 아이는 O의 시야에서 사라지지 않았다. 아이의 집은 복도 끝 자락에 있었다. 아이가 걸어가는 길이 O에게는 한없이 길게 느껴졌다.

미안해. 미안하다. O는 그의 부인으로서 진심으로 아이에게 말하고 싶었다. 문득, O는 어릴 적에 살았던 5층짜리 아파트 단지에서의 동선은 얼마나 넓었던가를 생각했다. 달음박질로 계단을 내려가기만 하면 낡은 건물 바깥의 세상이 환하게 펼쳐지곤 했다. 아이는 끔찍한 기억을 몰고 온 엘리베이터에서 벗어나지 못할 것이었다. 여자애가 신고 있는 하얀 반스타킹에 O의 눈길이 오래 머물렀다.

⦁

O는 어머니의 얼굴을 기억하지 못했다. 어머니가 살아 있었다면 저 정도쯤일까, O는 나이 든 여자들을 볼 때마다 버릇처럼 그렇게 생각했다. 그렇기에 어지간히 나이 든 여자들은 죄다 어머니처럼 보이기도 했다. 수소문 끝에 찾아간 소도시 산부인과의 여의사도 그랬다.

그녀는 더러 옆집 아줌마처럼도 보였고, 어떤 순간에는 큰이모 같기도 했다. O는 자신이 결혼한 여자라는 것을 강조해서 말했다.

결혼한 여자가 아이를 떼러 올 때는, 그만한 사정이 있다고 여겨 주리라 O는 짐작했다. 모든 엄마들의 얼굴을 가진 그녀가 O에게 처음 건넨 말은 다름 아닌 엄마, 였다.

"엄마, 이때까지 넋 놓고 앉아 뭐했어요."

임신 18주차에 중절 수술을 받겠다고 찾아온 여자를 탓하는 말이었지만 O에게는 더없이 다정하게만 들렸다. 정기검진을 받으러 단지 내에 있는 산부인과를 찾았을 때와는 다르게 편하게 느껴졌다.

"조금 더 늦었으면, 돌려 낳아야 할지도 몰랐다고."

의사는 O에게 초음파 사진을 건네며, 계속 보면 마음만 아프니까 빨리 버리라는 말도 덧붙였다. 수술 날짜는 이틀 후로 잡혔다. O가 병원을 나설 때, 눈이 펄펄 내리고 있었다. 해의 마지막 날이었다.

O는 근처 모텔에 사흘치 숙박비를 계산했다. O는 수술이 끝나면 하루를 더 묵은 다음, 경찰서에 가기로 마음먹었다. 일의 맞는 순서란 그런 것이었다. TV의 케이블 채널을 여기저기 돌려 가며 생각을 하는 중에 전화벨이 울렸다.

D였다. 헛기침을 한번 한 후 그는 말했다.

— 저기 제수씨, 오해하지 마세요. 그 자식 아직도 소식 없어요?

O는 잠시 생각하다, 대답 대신 말했다.

— 여기 올래요?

O는 자신이 머물고 있는 소도시의 이름을 알려 주었다. 세 시간 후에 D가 방문을 열고 들어왔다. D는 눈이 많이 와서 늦었다

고 했다. 문도 안 잠그고 있었어요? 위험하게. O는 며칠 전 D가 그렇게 했듯, 침대에 누워 리모콘만 만지작거렸다. 밥은 먹었어요? D는 중국 음식을 배달시켜 먹자고 했다. D는 아무것도 묻지 않았다. 이 도시에는 무슨 일로 오게 되었는지, 난데없이 자신을 왜 불렀는지. D가 전에 없이 떠들어 대지 않았기에, O는 무엇이든 말하고 싶은 기분이 들었다.

O는 마치 D에게 위안을 받고 있는 것 같았다. 걘 그냥 골빈 놈이야. 그의 말이 떠올랐지만, O는 아무렇지도 않았다. 나랑 있어 줄래요? 여기, 사흘 동안만 나랑 같이 있어 줘요. D는 그 말을 듣자마자 O의 곁에 다가와 앉았다. 많이 힘들었죠. O는 머리카락을 쓰다듬는 D의 손을 뿌리치지 않았다.

O와 D는 젊고 가난한 연인이 된 것 같았다. 온갖 토크쇼와 코미디 영화를 돌려 보고 배달 음식을 시켜 먹으며 시간을 때웠지만 O의 마음은 편했다. D는 곧 유산을 할 O의 몸을 탐내지 않았다. 둘은 별다른 대화 없이 수술할 날만을 기다렸다.

이틀 후, O와 D는 함께 병원에 갔다. 아빠예요? 간호사가 다가와 물었지만 그들은 대답하지 않았다. 대기실에는 두 쌍의 남녀가 앉아 있었다. 곧 대학생으로 보이는 여자가 고무줄 치마를 입고 나왔다. 안되겠어. 급해. 여자는 남자 친구에게 그렇게 말하고 화장실에 갔다. O는 맨몸에 얇은 고무줄 치마만 걸치고 병원 안을 쏘다니는 여자의 모습에 신경이 쓰였다. 대기실에 있는 서로 낯선 남녀들은 적대적 공모 관계에 놓인 듯했다.

새벽같이 자궁 경부를 확장하는 약을 먹어선지 O는 속이 쓰렸다. 의사와 간호사 두 명, 세 명의 나이 든 여자들이 보는 앞에서 O는 다리를 활짝 벌렸다. 딱히 친절하지도 않은 그들이 O는 편했다.

그들은 갑자기 말이 많았다. 이렇게 야위어서는, 한 간호사가 O의 다리를 주무르며 혀를 찼다. 다른 간호사가 미소를 지으며 대꾸했다.

"요즈음에는 이런 몸매가 인기잖아. 얼굴도 예쁘시고, 날씬하시고, 미스코리아감이야."

의사도 웃어 가며 O에게 말했다.

"그래도 우리는 예쁜 것보다는 건강한 걸 더 좋아한다고. 건강한 엄마가 건강한 아기를 낳으니까. 다음에 엄마 닮은 예쁜 아기 낳아요."

그 말과 동시에 간호사가 O의 팔에 마취 주사를 놓았다. 숨 크게 들이쉬어요, 크게. O는 있는 힘껏 숨을 들이쉬었다. 코가 멍멍해지며 곧 시야가 흐려지는 듯했다. 나, 이제 고아가 됐어. 잠에 빠져드는 순간 그의 말이 이명처럼 들렸다. 그는 O에게 안겨 울었다. 나를 떠나지 말아 줘. 나를 버리지 말아 줘……. O는 수술이 끝난 직후 마취에서 깼다. 간호사는 O의 팬티를 입혀 주고 배에다 핫팩을 대 줬다.

"빨리 깨서서. 괜찮아요?"

무의식중에 어떤 아픔이 있었다 해도 O는 기억하지 못할 것이었다.

"네, 괜찮아요."

회복실 침대에 누워 영양제를 맞는데 D가 들어왔다.

"괜찮아요?"

O는 고개를 돌렸다. 왈칵 눈물이 났다. 그가 실종된 후 두 달 동안, O는 배 속의 아이를 신경 쓰지 않았다. 모성애도 없는 여자라서, O는 스스로를 그렇게 생각했다. 입덧이 없어지자 아이를 가졌다는 것을 실감하지 못할 만큼 몸에 어떤 증상도 없었다.

그간 모른 척했던 아이가 자신의 몸에서 아예 망실되어 버렸다고 생각하자, 상실감이 새로웠다. 쇳덩이들이 아랫도리를 헤집는 동안 O는 어떤 아픔도 느끼지 못했다. 그토록 엄청난 일이 자신의 무의식중에 이뤄졌다는 것을 O는 믿을 수 없었다. 주삿바늘을 꽂고 있는 자신의 몸이 낯설었다. 간혹 자신의 육체인데도 제 소관이 되지 않을 때가 있는 것이었다.

그도 그랬을까. 술에 취할 때마다. O는 눈을 질끈 감았다. 지친 표정의 여자애가 하얀 반스타킹을 신고 O의 눈꺼풀 위에서 걸었다. D는 내내 말없이 O의 곁에 앉아 있었다. 수액을 다 맞을 때까지 O는 돌아보지 않았다. O는 다만 피곤했다. 이제는 D를 경멸하지도, 원망하지도 않았다. 그들이 병원을 나설 때에도 눈이 펄펄 내렸다. 새해가 시작되고 있었다. D는 부축하는 듯하다 슬쩍 O의 허리를 감싸 쥐었다. O는 모른 척했다. 그들은 모텔에서 하루 더 머물렀다.

D는 운전을 하며 말했다. 그 자식 안 돌아올 것 같아요. 아무래도. 어디 가서 뒈졌거나. O는 D의 말투에 짜증이 나서 창밖만 봤다. 제수씨, D는 사흘 만에 처음으로 O를 그렇게 불렀다. 서울 톨게이트를 지나고 있었다.

"제수 씨, 내가 도와줄게요. 이제는 재산에만 신경 써요."

무엇을 어떻게 도와준다는 말인지 O는 짐작조차 할 수 없었다. D는 그와 O가 혼인신고를 하지 않았다는 사실을 모르는지도 몰랐다. O는 어떤 종류의 진지한 이야기도 나누고 싶지 않았다. 안전벨트를 풀며 O는 말했다.

"이제는 정말 연락하지 말아요."

O는 집 안 구석구석을 청소했다. 그의 어머니가 아끼며 키웠던 난초에도 물을 듬뿍 주었다. 더없이 온화한 얼굴을 가진 그의 부모가 O를 내려다보고 있었다. 그와 연애할 때, O는 몇 번 그의 부모를 본 적이 있었다. 오빠가 저를 자꾸 때려요. 생선살을 발라 주는 그의 어머니에게 O는 말할 수 없었다. 몇 번이고 마음먹었지만 O는 끝내 그 말을 하지 못했다. 그들의 미소 속에서, O는 여자애를 다시 떠올렸다. 화면 속의 아이와 실재했던 아이. 남색 원피스 교복에 하얀 반스타킹. 그런 일을 당한 후에 아이의 귀가 시간은 더욱 늦어진 듯했다. 아무것도 모르는 아이의 엄마는 무슨 학원을 더 보내는 것일까.

O의 머릿속이 여자애의 말로 시끌시끌했다. 여자애는 자꾸 말을 걸었다. 아줌마, 나 공부하기 싫어요. 내 인생은 벌써 망해 버린 걸까요. 얼마 살지도 않았는데. 유산 후 얼마간은 하혈이 계속될 것이라고 했다. 아랫배가 콕콕 쑤셨다. O는 아랫배에 핫팩을 갖다 대면서 가슴께가 슬쩍 젖은 것을 발견했다.

넌, 아직 아이니까. 내가 도와줄게. O는 여자애에게 대답했다. O는 가장 높게 걸린 액자, 그의 가족사진을 내렸다.

이제 그가 실종된 날, 은 다른 방식으로 진술될 것이었다. 그가 영영 돌아오지 않는다면 그뿐이었다. 어떤 날은 군이 기념할 까닭이 없었다. 그런 날들은 숫자로 남지 않았다. 아이를 지운 날이 몇월 몇 일인가에 대해 O는 기억하지 않기로 했다. 이제 중요한 것은 20101015라는 숫자였다. O는 CCTV 복사본을 차곡차곡 서류 봉투에 넣었다.

사모님, 아무것도 없죠? 저도 몇 번을 돌려 봤는데 직접 확인해 드려야 할 것 같아서. 경비는 난감하다는 듯한 표정을 지었다. O는 현금 봉투를 돌려받아야 하나, 잠시 고민하다가 그만두었다. 남색 원피스 교복은 자꾸 희미해지고 아이의 발자국 소리만 들려오는 것 같았다.

．　　．　　　．

— 어디에서 오셨어요?

노트 한 귀퉁이에 낯선 문장이 쓰여 있었다. 소녀의 그것처럼 발랄한 필체였다. 이곳에서 누군가 말을 걸어온 것은 처음이었다. 말 한마디 섞어 보지 않은 타인의 노트에 함부로 끼적여 대는 사람의 성격은 어떨까. 마지막 '요'의 동그라미는 웃고 있는 얼굴이었다. 아마 이렇게 웃음을 달고 사는 여자겠지. 그런 여자를 본 기억이 났다. 오른쪽 옆에 앉은 45번 여자일 것이었다. 고개를 들어 그녀를 보니 자기가 그려 넣은 모양처럼 웃고 있었다. 몽고주름이 깊게 진 눈매였다. 어둠 속에서 희붐한 그녀의 얼굴에 글자들이 날아와 박혔다.

— 어디에서 오셨어요?

여자의 시선은 다시 질문했다. 나는 웃고 있는 '요' 밑에 대답을 적어 줬다.

─MD 커뮤니케이션요.

그녀는 갸우뚱했다. 자신은 처음 들어 보는 곳이라는 뜻일 거였다. 그녀 역시 그저 그런 중소기업에 다니고 있을 것이 뻔했다. 여자의 시선을 피하기 위해 PPT 화면을 응시했다. 희망, 인재, 도전, 따위의 글자들이 날아다녔다. 딱풀을 발라 놓은 것처럼 눈이 뻑뻑했다.

점심시간을 제외하고 오전 9시부터 오후 6시까지, 일정은 통상적인 직장의 일과에 맞춰져 있었다. 일주일에 세 번. '청년 취업 지원 프로젝트'라는 사업의 내용은 더할 나위 없이 한심했다. 오전 내내 성격 유형 검사와 지능검사 비슷한 것을 하고, 오후에는 심리상담사와 서비스 강사의 강의를 들어야 했다. 오전과 오후의 일정이 바뀌기도 했다. 그런 것이 한 번으로 끝날 줄 알았는데, 다섯 회에 달하도록 동어 반복이었다. 테스트지의 디자인과 강사의 얼굴만 바뀔 뿐이었다.

여자는 명함을 내밀었다. 어지간히 심심한 모양이었다. 대한민국에 회사 참 많다, 생각하며 여자의 명함을 대충 훑어봤다. 처음 들어 보는 곳이기는 나도 마찬가지였다.

"명함을 받자마자 집어넣는 것은 예의가 아니야."

지영의 말이 떠올랐다. 허리를 반듯하게 펴고 앉아 '명함을 접수할 때'를 재연해 보이던 모습도.

"간단해, 내가 당신을 존중하고 있다, 의식하고 있다는 거지."

지영은 명함을 쥔 손을 가슴께에서 책상으로 옮겼다. 지영의 가슴이 책상에 바투 붙어 있었다.

"여기, 이렇게 놓는 거야."

그때 나는 지영의 가슴만 쳐다봤다. 지영이 가르쳐 주려고 한 것들 대부분에 나는 별 관심이 없었다. 명함을 주고받는 삶을 살게 될 것이라고 생각하지 못했다. 그렇게 말하는 나를 지영은 흘겨봤다. 지영의 입사 첫해, 나는 하염없이 놀기만 하는 휴학생이었다.

그때 지영이 그랬던가. 남의 명함을 받는 즉시 자신의 명함도 건네라고. 여자는 기다리고 있을지도 몰랐다. 가뜩이나 짜증 나는 '교육' 시간에 자꾸만 개입하는 여자가 불편했다. 나에게는 명함이 없었다. 입사한 지 반년이 지났지만 명함 따위는 발급되지 않았다. 여자에게 억지로 미소를 지어 보였다. 여자도 마지못한 듯 미소를 지으며 고개를 돌렸다. 그녀는 입사한 지 얼마나 되었을까. 처음으로 여자에게 궁금한 것이 생겼다. 반년, 아니면 1년? 이미 취업이 된 청년들이 취업 지원 프로젝트에 참여하고 있었다. 명함이 있든 없든, 그녀와 나는 모두 회사의 압박에 못 이겨 여기로 끌려온 가짜 청년들일 뿐이었다.

•

사장이 내게 부탁인지 요구인지 헷갈리는 뭔가를 한 날이었다. 그날, 태어나 처음으로 남의 물건에 손을 댔다. 나는 사장의 만년필을 훔쳤다.

"나이가 맞는 사람은 너밖에 없어서. 무엇보다 넌 아직 보류야, 모르진 않겠지?"

내가 아직 '보류'인 까닭을 물론 모르지 않았다. 돈벌이나 하는 셈 쳐라, 준혁 형이 한 말이었다. 남들처럼 차근차근 경력 쌓고 업계에서 살아남을 생각을 하는 것도 아니잖아, 설득하듯 말하는 준혁 형이 고마웠다. 사장은 준혁 형의 사촌이었다. 그 정도의 인맥도 없었다면, 고졸 학력이 전부인 스물일곱의 군 미필자가 일할 수 있는 회사는 없었다. 시간이 너무 빠르게 흘러갔다. 대학을 졸업하려면 두 학기나 더 다녀야 했다. 아니, 두 학기분의 등록금을 더 내야 했다. 내게는 그럴 돈이 없었다. 언젠가는 반드시 군대에 끌려가야 했다. 나를 제외한 남자 동기들은 모두 이미 오래전에 예비역이 되어 있었다. 전부 불안에 바친 20대였다. 더 이상 두렵지도 않았다. 도저히 미룰 수 없을 지경이 되면 군대에 가는 것이 당연했다. 너무 오래 미루다 보니 이제 될 대로 되라는 심정이었다. 정작 견딜 수 없었던 것은 아무 일도 할 수 없는 지금이었다. 물러설 곳도 나아갈 곳도 없었다.

"그러면 차라리 군대에 가, 지금."

지영은 차갑게 말했다. 헤어진 후 첫 통화에서였다. 지금, 이라는 말이 아팠다. 쉰 번 정도 수신 거절을 당한 후, 겨우 연결된 전화에서 지영은 돈 필요하니, 물었다. 오랫동안 불안한 현재를 함께 견뎌 준 유일한 사람이 지영이었다. 그러나 끝내 지영은 나라는 세계에서 퇴사해 버렸다. 그건 지영이 한 말이기도 했다.

"하루에도 몇 번씩 회사를 관두고 싶어. 누군 좋아서 일하는 줄 아니. 좋아서 일하는 사람 세상에 하나도 없지. 싫은 것도 해야 하는 거야. 회사를 관두면 모든 것이 달라질 거야. 몇 년 동안 나를 지배해 온 것이 거짓말처럼 내게 아무 상관없는 일이 되겠지.

거지 같은 인간들 다시는 안 봐도 되고, 늦잠 자도 되고, 거래처 메일 다 씹어도 되고. 그렇게 날 괴롭혔던 것들이 감쪽같이 사라지는 거겠지."

그것이 지영의 이별 선고였다. 불안은 온전히 나의 몫이 되었다. 처음부터 그랬어야 하는 것이었다. 온당한 결과라는 것을 알면서도 나는 지영에게 매달렸다.

"기다려 줘, 내가 사람이 될 때까지."

아르바이트를 구해서 남은 시간을 견뎌 보겠노라고 했다. 군대에 다녀온 후 학교를 졸업하면 제대로 취업을 할 수도 있을 것이고, 그렇다면 아마 나도 사람에 가까워지지 않을까, 나는 지영을 설득했다. 설득이라기보다 그것은 그냥 발악이었다. 진심으로 한 말은 하나도 없었다. 지영의 마음을 돌릴 수 없다는 것을 나도 알기 때문이었다. 지영은 한숨을 쉬었다. 6년 동안, 지영은 힘을 주어 말했다.

"한 번이라도 그렇게 말해 주었다면, 나도 기다릴 수 있었을 거야."

내가 아는 지영은 단 한 번도 탈선하지 않았다. 부모님이 보내 주신 등록금을 허투루 쓰지 않고 우수한 성적으로 학교를 다녔고, 졸업하기도 전에 대기업 홍보실에 취직을 했다. 거지 같아, 싫어, 같은 말을 입에 달고 있었지만 근면한 직장인이었다. 나와의 만남과 동거가 지영의 유일한 일탈이었다.

지영이 다니는 회사와는 비교도 되지 않을 만큼 규모가 작았지만, 첫 출근 날 비로소 나도 '회사'라는 곳에 간다는 생각에 들떴다. 바뀐 전화번호를 몰라 연락을 할 수도 없었지만, 지영에게 말해 주고 싶었다. MD 커뮤니케이션은 대기업이 정기적으로 발행하는 사보를 제작하는 곳이었다. 준혁 형과 사장의 설명을 들으니 지영이 하는 일과 얼추 비슷한 듯했다.

사장은 50대 중반 정도로 보이는 남자였다. 그는 면접을 보는 날부터 군대 이야기를 꺼냈다. 준혁 형에게서 사정을 듣기는 했으나 자기는 도저히 이해가 되지 않는다는 것이었다. 당연한 반응이었다.

"신의 아들도 아니잖아."

그것은 스물세 살이 되던 해부터 숱하게 들어 온 관용어였다. 주로 설득, 간혹 조롱, 끝내 절교의 형식으로. 나는 고개만 푹 숙이고 있었다.

"능력이 있다고 들었으니 지켜보겠어. 다른 사람들과 차별하지는 않을 거야."

그 말은 일부 사실이었다. 나는 다른 사람들과 다를 것 없이 월 70만 원을 받으며 일했다. 명함 따위는 어차피 탐나지 않았고, 업무와 관련해 다른 사람을 만날 일이 없었기 때문에 필요도 없었다. 다른 직원들처럼 4대 보험에 가입되었고 그만큼의 액수를 급여에서 뗐다. 사장은 농담으로라도 군대 이야기를 꺼내지 않았다. 여직원이 대부분이기는 했으나, 어디에서나 술자리가 무르익을 즈음 흔히 등장하기 마련인 군대 관련 무용담도 전혀 없었다. 사장은 나름대로 나를 배려해 준 것이었다.

사장은 반년 만에 돌연, 군대 문제를 걸고 넘어졌다. 군대가 아닌 다른 함의와 전제는 가능하지 않은 '보류'라는 단어로. 엄밀히 사장은 나에게 뭔가 '부탁'을 하고 있었다. 이상한 일이었다. 그런 방식의 부탁이 가능하다는 것을 예전에는 몰랐다. 사장의 발화 종류는 언제나 '지시'이거나 '명령'이었다. 그러나 사장은 평소와 다르게 유독 고압적인 태도를 취했다. 그는 두툼한 서류철을 획 던졌다. '청년 취업 지원 프로젝트'에 관한 내용이었다. 사장은 그 자리에서 대충 읽어 보라고 했다.

노동부에서 중소기업을 지원하기로 했으며, 그러므로 중소기업도 백수 청년들을 구제해야 한다는 것이었다. 중소기업이 백수 청년을 고용하면, 노동부에서는 6개월간 그의 급여 전액을 지원한다고 했다. 국가와 기업의 나머지 꼭짓점이 될 백수 청년은 대신 한 달간 '취업 지원 프로젝트'에 참여해야 했다. 사장은 나에게 다름 아닌 '백수 청년' 역할을 해 줄 것을 제안하고 있었다.

"나이가 맞는 사람은 너밖에 없어서."

그 말은 분명 '부탁'의 서두였다. 그러나 전에 없이 서류철을 집어던지거나 인상을 쓰며 언성을 높이는 것으로 보아 부탁으로 가장한 요구 같기도 했다.

청년이라는 말이 거슬렸다. 그것은 단순한 세대 구분을 의미하는 단어 같지는 않았다. 노동부의 홍보 이미지에 쓰인 모델의 밝은 미소처럼, 청년은 희망이나 도전 같은 단어의 이음동의어로 쓰이는 듯했다. 전부 내게는 가까워 본 적도 없고 와닿지도 않는 말이었다. 일주일에 세 번, 그 '청년' 노릇을 해야 한다는 것이 마음에 들지는 않았지만, 거부할 이유도 딱히 없었다. 사장은 마치 약점을 들켜 화를 내는 어린애처럼 언성을 높였다. 나는 고개를 끄덕였다. 사장은 눈썹을 비틀어 가며 근엄한 얼굴로 당부했다.

다른 직원들에게는 말하지 말고. 준혁이에게도.

그 말과 동시에 사장은, 먼저 자신의 방에서 나갔다. 부서져라 문을 닫으면서. 나를 기죽이려고 작정한 모양이었다. 나는 주인이 없는 방에 우두커니 서 있었다. 패닉 룸처럼 은밀하게 느껴졌다. 우두커니, 나는 중얼거렸다. 별생각 없이 돈벌이나 하려고 온 곳이지만, 우두커니, 정말 바보가 된 기분이었다.

그때 하필 나는 사장의 책상 앞에 서 있었다. 또한 하필 사장의 만년필이 책상을 짚은 내 손 근처에 있었다. 나는 사장이 굳이 만들어 낸 어떤 은밀함에 도취된 것인지도 몰랐다.

·

나는 계산이 싫었다. 숫자와 숫자가 만들어 내는 세계가 싫었고, 그런 것을 파악할 만큼 머리가 좋지도 못했다. 인생의 손익을 따져 볼 줄 아는 나였다면 단지 두려움 때문에 군대를 미루지는 않았을 것이었다. 여러 가지 두려움이 대부분 귀찮음으로 바뀐 지금도 나는 계산할 줄 몰랐다. 그런 내가 겨우 따져 본 것이 하나 있었다. 노동부에서 지원하는 금액이 지금의 급여보다 많다는 것이었다. 세금을 다 떼고도 월 120만 원. 지금 받는 월급의 두 배 가까이 되었다. 그렇다면 사장이 주문한 대로 청년 놀이를 한 번 해 볼 만도 했다.

몽고주름이 깊은 눈매를 가진 여자는 오늘 혼자인 것 같았다.

웬일로 다른 여자들의 모습이 보이지 않았다. 그녀는 늘 회사 동료들과 어울려 다녔다. 그 회사는 몇이나 되는 여자들에게 주문한 것일까. 그녀는 그중 유독 명랑해 보여 눈에 띄었다. 그녀는 다른 여자들을 대신해 단체 결석의 변명을 하고 대표로 경고까지 받았다. 점심시간이 되자 여자는 내게 다가왔다.

"식사, 하러 안 가세요?"

여자는 같이 밥 먹을 사람이 필요한 것이었다. 일식집에서 그녀는 활어초밥을 주문했다. 나는 아무것도 주문하지 않았다. 늘 도시락을 가지고 다녔기 때문에 점심을 사 먹을 필요가 없었다. 여자는 도시락을 꺼내는 나를 거북스러운 듯 쳐다봤다.

"여기에서 드시려구요?"

그녀는 내가 창피한 모양이었다. 나는 아랑곳하지 않고 반찬을 꺼내며 대답했다.

"그럼 회사 부탁 들어주면서 밥값까지 들이나요."

"회사 부탁이라뇨?"

여자는 눈을 동그랗게 떴다. 나는 고개를 젓고 말았다. 느릿느릿 초밥을 집어 먹는 여자를 보자 문득 지영이 생각났다. 그러고 보니 지영이 아닌 여자와 단둘이 밥을 먹는 것은, 스무 살 이후로 처음인 것 같았다. 지영과 나는 스무 살 대학 첫 엠티에서 연인이 된 후로 늘 붙어 있었다. 동거를 시작한 후에는 밥을 사 먹지도 않았다. 늘 좁아 터진 방구석에서 밥을 해 먹었다. 지영이 떠났고 내가 아직 떠나지 못한 그 자취방에서. 지영은 나를 만나 한창 빛나는 나이에 제대로 된 데이트 한 번 하지 못했다. 지영이 나를 못

견디고 떠난 많은 이유 중 하나이기도 할 것이었다. 지금 후회한다 한들, 내 성정은 변함없을 거였다. 지영이 다시 돌아와도 레스토랑에서 밥을 사 먹고 싶지는 않을 것 같았다. 나도 이런 내가 싫었다.

여자가 이끄는 대로 일식집에 와서 그녀의 먹는 모습을 구경이나 하고 있으려니 신경질이 났다. 그녀에게 물어보고 싶은 것이 있었다. 입사한 지 얼마나 되었나. 그쪽 사장은 뭘 무기 삼아 여기로 당신을 보냈나. 원래의 급여에서 얼마나 플러스 된 건가, 또는 마이너스 된 건가.

회사 부탁, 이라는 말에 놀라던 좀전의 여자가 떠올랐다. 어쩌면 여자는 가짜 청년이 아니라 진짜 청년인지도 몰랐다. 노동부와 중소기업의 도움을 받는 진짜 백수 청년. 거기에 생각이 미친 나는 전혀 계획하지 않은 질문을 던지고 말았다.

"저, 원래 여자들은 다 그렇게 밥을 느리게 먹나요?"

•

안주로 튀김을 먹겠다고 말하는 내게 준혁 형은 인상을 쓰며 밀가루 쪼가리 말고 원가 높은 거, 혼을 내듯 말했다. 부담 갖지 말고 아무거나, 형은 언제나 그렇게 말하는 사람이었다. 나에게뿐만 아니라 지영에게도 그랬다. 내가 챙겨 주지 못하는 지영의 생일 선물을 준혁 형은 잊지 않고 챙겨 주었다. 준혁 형은 아무 때나 돈을 꾸어 줬고, 갚으려고 하면 장난하냐며 눈을 부릅떴다. 사춘기가 한창일 때 함께한 사람이라고는 해도 내게 유달리 각별했다. 오빠 좀 닮아 봐, 반만이라도, 언젠가 지영은 훌쩍이며 말했다. 이런 형 앞에서 그의 사촌인 사장을 욕할 수는 없었다. 준혁 형은 술을 따라 주며 말했다.

"외근 자주 나간다는 이야기는 들었어. 취재하러 다니는 거니?"

사장은 어리숙한 인간이 분명하다는 확신이 들었다. 그는 하지 않아도 좋을 말을 뭣하러 한 것일까. 나는 비슷하다고 대충 둘러 댔다.

문득 사장의 만년필 뚜껑에 새겨진 'Ph. D'라는 음각이 떠올랐다. 최종 학력이 고졸인 나도 그게 무엇을 뜻하는지 알았다. 글자 그대로 박사 학위를 소지한 사람이라면, 지금 왜 남의 회사 사보나 만들어 주는 사업을 하고 있는 걸까. 그것이 매일 쓰는 만년필에 소중하게 새겨 둘 만큼 미련을 갖고 있는 자신의 또 다른 이름일까. 그가 더욱 어리숙하게 느껴지는 순간이었다. 나는 준혁 형에게 물었다.

"사장님, 원래 뭐하던 분이었어?"

준혁 형은 대수롭지 않다는 듯 말했다.

"오랫동안 시간 강사. 교수 심사 세 번 떨어지고 떠났지. 취직 사정 복잡한 그 업계에서."

박사 학위를 소지한 사람이 가졌을 흔한 과거사였다. 그래도 궁금한 것이 있었다.

"원래 잘사는 집이라고 하지 않았나? 교수 만들 돈이 없었던 거야?"

"추문이 있었지. 그의 라이벌이 의도한."

준혁 형의 말에 의하면, 사장은 아내 외에 어떤 여자도 만나 본 적이 없었다. 본디 어리숙한 스타일인 건 사실이라고 했다. 교활한 라이벌과 라이벌을 밀어 주는 학과장의 농간에 스무 살 어린 여자 후배와 추문이 난 후, 그는 완전히 교수 심사에서 배제된 것이었다. 준혁 형은 혀를 차며 말했다.

"더러운 인간들. 파워 게임에 희생된 여학생 앞날은 어쩌라고."

"그럼 사모님은 그 사실 알고 있어?"

"코웃음 쳤지, 형수님은. 그럴 인간이 아니라는 것은 부인이 누구보다 잘 알고 있었지."

사장이 만년필로 하려던 것은 본래 뭐였을까. 그것은 준혁 형과 내가 고등학교 시절 꾸었던 꿈처럼 조금 진지한 종류인지도 몰랐다. 사람은 그런 진지함이 거절당했을 때 더 나빠질 수 있었다. 오래전, 쓰잘머리 없는 시 나부랭이 그만 읽고 공부나 하라던 아버지의 말이 떠올랐다. 사장도 나도 실패자였다. 우리는 결국 같은 노선을 걷는 인간들인지도 몰랐다.

준혁 형이 화장실에 간 사이 나는 가방에 손을 넣어 사장의 만년필을 만져 보았다. 남의 이름이 버젓이 새겨진 값비싼 만년필. 그것은 본래의 목적을 상실한 채 날마다 싸구려 가방 속에서 뒹굴었다. 마치 시골의 허름한 여관에 유명 여배우를 감금한 것 같았다. 지영의 허벅지를 쓰다듬듯 만년필의 옆구리를 문질렀다. 비좁은 어둠 속에서 꼼지락거리는 손이 수음을 하는 소년의 그것 같았다. 그냥 저간의 내 모습 그 자체기도 했다. 쪽팔리는 일이었지만 지영이 떠난 후 나는 간혹 수음을 했다. 대상을 잃은 성욕은 정말 귀찮은 것이었다. 오랜 시간, 지영과 나는 서로의 필요를 넘어서는 관계였다. 너무나 익숙해서 나는 수만 명 여자의 허벅지 중에서 지영의 허벅지를 골라낼 수 있을 것 같았다. 수없이 지영의 허벅지를 골라내는 장면을 상상했다. 헤어진 지 1년 반이 지났지만 여전히 그랬다. 이별은 여전히 변죽만 울리고 있었다.

준혁 형의 휴대전화가 끊임없이 울렸다. 누군가 애타게 연락을 취하려는 것 같았다. 휴대전화 액정 화면에 '애인'이라는 글자가 떴다. 언제 애인이 생겼나, 생각하며 준혁 형 대신 전화를 받았다. 걱정하지 말라는 말이라도 해 줘야 할 것 같았다. 상대방은 전화 연결이 되자마자 말을 쏟아 냈다.

— 오빠, 어디야. 왜 이렇게 연락이 안 돼, 늦으면 늦는다고 이야기해 줘야지. 같이 산 지 얼마나 되었다고 연락도 없이 늦어.

수만 명 여자의 허벅지는 단지 수음에 필요한 상상이었던 것일까. 나는 처음으로 내 상상력의 빈한함을 반성했다. 나는 왜, 그러니까 이런 장면을 상상하지 못했을까. 안타깝게도 여전히 나는 지영의 목소리를 알아들을 수 있었다. 희한하게도 전화를 건 그 여자는, 형의 여자라는 역할과 나를 배신한 여자라는 역할을 동시에 해내고 있었다.

어떻게 이런 일이 가능할까. 나는 그게 어떻게 가능한지, 형에게도 지영에게도 묻지 않았다. 준혁 형은 아침이 될 때까지 전화를 했다. 문자메시지 수신함이 넘쳤다. 나는 형의 연락을 받아주지 않았다. 나행히 지영은 전화를 걸어오지 않았다. 그들은 나름대로 나를 배려해 준 것이었다.

．

오늘을 마지막으로 '청년 취업 지원 프로젝트'도 끝이었다. 몽고주름 여자가 언제나처럼 활짝 웃고 있었다. 여러분, 기업에 필요한, 나아가 국가에 꼭 필요한 인재로 거듭나시길 바랍니다. 그런 말을 듣고도 좋다고 웃는 저 여자는. 아니, 웃지 못할 이유가 무엇이겠는가. 나보다 더 한심한 인간은 없었다. 나에게는 누구도 비웃을 자격이 없었다. 그럴 리가 없었지만, 사장을 포함한 회사의 모두가 나를 놀리고 있는 것 같았다. 이 마당에 국가에 필요한 인재라니, 이건 세상이 나에게 가하는 테러였다. 그토록 지영에게 연락하고 싶었던 첫 출근날이 떠올랐다. 지영은 이미 알고 있을 거였다. 내가 준혁 형이 꽂아 준 코딱지만 한 회사에서 자신과 엇비슷한 업무를 하며 살고 있다는 것을. 나도 9시부터 6시까지 직장인 표준 일과에 맞춰 살아가고 있다고 말해 주고 싶었다. 네가 아는 나와 조금 다른 나도 있을 수 있다고 항변하고 싶었다. 그러나 지영이 알고 있는 나는 단 한 가지뿐이라는 사실이 새삼 분명해졌다. 도망자. 사장이 나를 이곳으로 보낸 핑계도 그러했듯.

지하철역에서 나를 본 몽고주름 여자는 눈인사를 했다. 동료들과 함께였다. 그녀의 얼굴이 지영과 비슷하게도 보였다. 통통한 얼굴과 해맑은 미소, 결코 훼손되지 않을 발랄함, 뭐 그런 것을 몽고주름 여자도 갖고 있었다. 몽고주름 여자를 보는 것도 마지막이었다.

방으로 돌아온 나는 깡소주를 마시며 지영을 생각했다. 이제 준혁 형의 여자라고 생각하니 그다지 그립지도, 원망스럽지도 않았다. 지영의 허벅지는커녕 얼굴 생김새조차 기억나지 않았다. 나는 드디어 잊은 걸까. 아니, 그럴 수는 없었다. 오래전 셋이 나란히 잠들었던 날이 떠올랐다. 거나하게 취한 준혁 형이 나와 지영의 머리를 번갈아 쓰다듬었다. 너희들은 꼭 내 친동생들 같다. 다정한 세 사람은 좁아 터진 방에서 한 이불을 덮고 잠들었다. 물론 당시 지영은 나와 벽 사이에 있었지만……. 씨발! 나는 소리 지르며 벽을 쳤다. 과거의 사소한 기억들이 전부 오늘날의 징후로 변신해 나를 괴롭히고 있었다.

•

급여 명세서, 달콤한 이름이었다. 거지 같은 기분으로 사장의 심부름을 다니고, 한때 가장 가까웠던 두 사람의 배신을 알아 버린 한 달이었다. 그런 달의 대가라 유독 반가웠고 급여는 전보다 두둑했다. 그건 내가 노동부의 지원을 받는 청년이기 때문이었다. 청년 놀이도 끝났고, 이제는 두 배가 된 급여를 받기만 하면 되었다. 반년이 지나면, 아마 군대에 끌려갈 것이었다. 지금까지 그래 왔듯, 그 이후의 일은 생각하지 않기로 했다.

사장은 꼭 한 달 만에, 나를 호출했다. 그의 만년필을 훔친 것 때문에 미안한 마음도 있었다. 만년필을 훔쳐서 미안한 건지, 만년 필 뚜껑의 궁상스러운 모습을 봐서 미안한 건지는 조금 헷갈렸다. 그도 배신당한 경험이 있겠지. 자신을 생각하면 실패자라는 사실 밖에 남지 않아서, 아예 자신을 잊어버리려고 노력한 적도 있겠지.

Ph. D가 그걸 증명하는 것 같았다. 한 달 전의 굴욕을 잊고, 나는 잠시 사장을 연민하고 있었다. 사장도 마치 그에 화답하듯 미소를 지었다.

"고생 많았어. 회사 일도 바쁜데 교육까지 받으러 다니고."

나는 고개를 저었다. 그건 아니지 않습니까. 나는 미소를 지으며 말했다. 청년 놀이 때문에 유독 바빴다고 할 수는 없었다. 사장은 다른 직원들에게 양해를 구하고 나를 종종 업무에서 제외해 주었다. 교육을 받으러 다니는 바람에 사보 마감 기간에도 자리를 비우곤 했다. 사장은 뭐, 어찌 됐든, 하며 쪽지를 내밀었다.

"이게 내 개인 계좌야. 급여는 이쪽으로 반납해 줘."

나는 이게 무슨 개소리인가, 잠시 생각했다.

나는 그게 무슨 개소리입니까? 라고 말하고 싶었다. 그러나 실천하지는 않았다. 멍하니 서 있는 나에게 사장은 급하게 말했다.

"자네 급여는 내규대로 가는 거지. 다른 사람들과 차별할 수는 없잖아. 모두가 신입 시절에는 월 70을 받았는걸."

사장의 말은 점점 빨라졌다. 그는 눈썹을 비틀기 시작했다. 이상한 종류의 발화가 튀어나오고 있었다. 부탁을 가장한 요구, 요구같아 보이는 부탁. 노동부에 제출하는 서류에는 내 명의로 된 계좌 번호가 찍혀야 했다. 매달 내 계좌로 들어오는 120만 원을 곧장 사장의 계좌에 넣으면 그는 다시 70만 원을 내 계좌에 넣어 준다는 것이었다.

"저, 그런 부탁은 좀 공손하게 하셔야 하지 않습니까."

나는 화를 참지 못하고 말해 버렸다. 침을 꿀꺽 삼켰을 뿐인데 마치 무딘 칼을 삼킨 것 같았다. 사장은 피식, 웃으며 말했다. 그의 목소리도 떨리고 있었다.

"김 군, 역시 머리가 나쁜 건가?"

갑자기 준혁 형이 떠올랐다. 그러자 어쩔 수 없이 지영도 생각났다. 나는 입 밖으로 튀어나오려고 꼼지락거리는 욕을 애써 참으며 말했다.

"처음부터 이러려고 저 뽑으신 겁니까. 군대 핑계로 이런저런 거 요구하시려고요."

사장은 정체를 알 수 없는 서류철을 내게 집어던졌다. 그는 이성을 잃은 듯 마음껏 나를 모욕했다. 준혁의 부탁이 아니었으면 너 같은 건, 그 말을 뒤로하고 나는 사장실을 나왔다. 직원들이 나를 쳐다봤다. 국내에서 가장 많이 팔리는 소주를 생산하는 기업의 로고를 화면에 앉히던 디자이너도, 그 기업 대표의 인사말을 대신 쓰던 선배 에디터도, 눈을 동그랗게 뜨고 나를 보고 있었다.

사장은 그들과 나를 차별하지 않았다. 누구나 가는 군대를 미룬 겁 많은 도망자, 나는 깨달았다. 나는 처음부터 이 회사에 없었다. 1,200,000. 급여 명세서에 찍힌 숫자를 보았다. 나도 이제는 습관적으로 세 자리씩 끊어 적어. 입사 첫해 몇 번의 급여를 받은 지영이 한 말이었다. 그런 습관은 나와 다른 종류의 사람들만이 가질 수 있는 것 같았다.

•

군복을 입은 준혁 형은 아이처럼 엉엉 울고 있었다. 7년 전 일이었다. 그의 군복이 비에 흠뻑 젖어 있었다. 형이 입대한 지, 내가 대학에 입학한 지 한 달 만이었다. 입대한 지 한 달 만에 휴가를 얻은 준혁 형이 가장 먼저 찾은 사람이 나였다.

"어떻게 이렇게 빨리 나올 수가 있어?"

나는 어리둥절해 물어봤다.

"혹시 어디 아픈 건 아니지?"

아직 신체검사도 받기 전이었던 나는 군대에 관해 아는 바가 별로 없었다. 그래도 한 달 만에 휴가를 얻어 나온 건 이상했다. 준혁 형은 말없이 울기만 했다.

"너, 신체 건강한 거냐. 어떻게 안 갈 수 있는 방법은 없는 거냐."

울음을 멈춘 형이 처음 한 말이었다. 준혁 형은 군대에 가지 않을 수 있는 방법을 찾아보자고 했다. 자신은 다 틀렸으나, 나만이라도 구해 주고 싶다고 했다. 나는 대체 무슨 일이 있었던 거냐고 따져 물었다. 그때 형이 털어놓은 이야기가 나를 끈질긴 두려움 속으로 몰아넣었다. 형은 선임 병사에게 성폭행을 당했던 것이었다. 그날 나는 지영의 품에 안겨 밤새 울었다.

더욱 두려웠던 것은, 얼마간의 시간이 지나고 복귀한 군대에 보란 듯 적응하는 형의 모습이었다. 지영과 나는 여러 번 면회를 갔다. 형은 언제나 밝게 웃었다. 냉동만두를 대접하며 낄낄대는 형의 모습을 믿을 수 없었다. 너도 빨리 입대해라, 형은 언젠가부터 내게 그렇게 말했다. 별사탕 몇 줌을 꺼내며 이건 지영이 거, 난 여자 친구가 없으니까, 천진하게 말하는 형을 지영은 입을 딱 벌리고 쳐다봤다. 지영도 나도, 형 앞에서는 결코 그 이야기를 꺼내지 않았다. 나는 오랫동안 마음속으로만 물었다. 괜찮은 거야?

아마 그것은 나에게 던진 질문인지도 몰랐다. 준혁 형은 만기 전역했고 이제 당당한 군필자였다. 군대 때문에 실패자이자 도망자로 남은 건 형이 아니라 나였다. 아무렇지 않게 군 시절 방상내피를 입고 놀러 오던 준혁 형이 아니라, 입영 통지서가 랜덤으로 날아올 때마다 악몽을 꾸던 내가 마치 성폭행을 당한 것 같았다. 비가 억수로 쏟아지는 날이면 멀리서 걸어오는 준혁 형의 모습이 보였다. 그럴 때면 가슴이 찌르르 몹시 아팠다. 엄마를 잃어버린 아이처럼 입을 크게 벌리고 우는 형, 그러나 그건 그냥 나의 불안일 뿐이었다.

나의 불안은 지금 뭐하고 있을까. 지영과 몸을 섞고 있을지도 몰랐다. 주말 저녁, 번듯한 레스토랑에서 식사를 하며 기분을 내는지도 몰랐다. 준혁 형이라면 얼마든지 그럴 수 있었다. 불현듯 몽고주름 여자의 질문이 생각났다. '어디에서 오셨어요?' 그보다 웃고 있는 '요'의 동그라미가 떠올랐다. 밝게 웃는 여자, 문득 그녀를 안고 싶었다. 가슴 깊이 스스로를 부정하듯 왜 그토록 해맑은 여자들에게만 끌리는 걸까, 나란 놈은. 깡소주를 마시다 말고 가방을 뒤졌다. 심심한 교육 시간에 아무렇게나 끼적여 댄, 의미 없는 방언들이 넘쳐 나는 노트가 툭 떨어졌다. '어디에서 오셨어요?' 그녀의 문장은, 도망가지 않고 그 자리에서 그녀처럼 웃고 있었다. 그녀의 명함도 거기 그대로 끼워져 있었다. 나는 떨리는 손으로 몽고주름 여자에게 전화를 걸었다.

— 미안합니다. 지금 저와 만나 주실 수 있습니까?

여자는 밝은 목소리로 되물어왔다.

— 어디신데요?

— 제 자취방이요.

여자는 잠시 아무 말이 없다가, 이렇게 대답하고 전화를 끊어 버렸다.

— ……미친놈. 어디다 대고.

·

먹고 죽을 돈도 없었지만 그 돈은 왠지 쓸 수가 없었다. 내 돈이 아닌 것 같기도 했다. 1,200,000. 그날 이후 석 달이 지났지만, 통장에는 숫자 그대로 찍혀 있었다. 사장실에서 나온 길로 나는 잠수를 탔다. 사장은 이틀 정도 내게 미친 듯이 전화를 걸다가 그만뒀다. 사장은 노동부와의 일을 어떻게 처리했을까. 서무과 아가씨만 고생했을 게 뻔했다.

입대 날짜만 기다리며 방구석에 처박혀 있으려니 화가 났다. 노동부에 전화를 걸어 말해 볼까도 싶었다. 당신들이 하는 사업이 이따위로 전용되는 줄을 아느냐고. MD 커뮤니케이션과 사장의 이름을 포털에 게시한다면 어떨까. 내가 쓴 글에 달릴 댓글들을 상상해 봤다. 모두 나의 편을 들어 주겠지. 준혁 형이 지영과 동거하는 마당에, 사장이 준혁 형의 사촌이라는 것은 중요하지 않았다. 그러나 지영을 떠올리자 가슴이 답답해졌다. 잘잘못을 떠나, 지영은 나를 부끄러워할 거였다. 이런 상황에 처해 있는 것도 따져 보면 다 내 탓이었다.

더구나 120만 원을 먹고 튄 꼴이었다. 사장이 말한 대로 그의 계좌에 넣어 줬다면 노동부에나마 당당하게 말할 수 있었을지도 몰랐다. 사장이 잡아뗀다면 나도 할 말 없었다. 갖가지 상상을 하다 누워 버렸다. 사장의 만년필뿐만 아니라, 건실한 희망을 가진 청년을 지원하려던 국가의 돈까지 훔쳐 나온 기분이었다.

회사를 그만둔 이후, 나는 무엇이든 말할 기회를 잃어버렸다. 사람과 말을 나눌 일이 없었다. 오래전 어느 영화에서 본, 무인도에 표류된 주인공이 말을 잊어버리지 않으려고 배구공에 이름을 붙여 대화를 나누던 장면이 생각났다. 누구와든 말을 해야 할 것 같았다. 이렇게 지내다가 입대를 하면 포맷된 언어 체계에 군대의 발화 종류만 입력될 것이었다. 언젠가 준혁 형이 알려 줬던 군대 특유의 발화 종류들. 그런 생각을 하는 중에, 휴대전화 액정 화면에 모르는 번호가 떴다. 텔레마케터라도 감사했다. 그게 누구든 대화를 나눠 보리라. 그러나 상대방이 누구인지 알고 나서, 나는 그 생각조차 사치라는 것을 깨달았다. 다름 아닌 준혁 형이었다.

― 잘 지내니? 왜 이렇게 전화를 안 받아. 너 많이 걱정했어. 나도, 지영이도.

씨발, 나는 참지 않고 내뱉었다. 오랜만에 한 말이 결국 씨발이었다. 그것도 준혁 형에게.

― 정말 형이 나한테 그럴 줄은 몰랐다.

― 미안하다. 내가 할 말은 없지.

더 들을 필요는 없었다. 나는 끊을게, 하고 전화기를 얼굴에서 뗐다. 순간 형은 다급하게 무엇인가 말했다.

―뭐라고?

―너, 그 만년필.

―만년필?

―그래, 만년필. 그건 좀 돌려달라고 그러시더라. 중요한 물건이라고. 네가 훔쳐 간 거 알고 있었대. 사내 곳곳에 CCTV가 있다던걸. 그냥 넘어갈 테니까 돌려만 달라셔. 이 말 하려고.

―……형, 지영이한테는 말하지 마라. 부탁이다.

전화를 끊고 나는 생각했다.

사내 곳곳에 CCTV를 설치하는 건 온당한 일인가. 그 말이 사실이라면 사장실뿐만 아니라 정말 '곳곳'에 CCTV가 설치되어 있다는 거였다. 직원들은 번갈아 가며 주말 당직을 했다. 아무도 없는 사무실에서 브래지어를 갈아입은 여직원이 있을 수도 있는 노릇이었다. 기가 찼다. 그러나 나에게는 그것의 부당함을 지적할 자격이 없었다. 결국 CCTV가 잡아낸 것은 나의 절도 행위가 아니던가.

이 거지 같은 만년필 때문에 사장을 다시 봐야 한다고 생각하니 미칠 것 같았다. 검색창에 모델명을 넣어 보니 100만 원을 훌쩍 넘는다고 나왔다. 값비싼 물건일 줄은 알았지만 이 정도일 줄은 몰랐다. 갑자기 무서워졌다.

뚜껑의 Ph. D가 나를 노려봤다. 추문과 실패, 도피 등 사장의 과거를 모두 포함한 글자였다. 그런 것치고는 세련된 단어였다. 많은 사람들이 쉽게 갖지 못하는 그런 단어이기도 했다. 같은 실패라도 모양새가 달랐다. 나의 실패는 무슨 단어로 요약될까. 절도?

더 늦기 전에 돌려주어야 했다.

택배를 이용해야겠다고 생각했다. 사장의 얼굴을 보지 않아도 될 방법이 떠오르자 기분이 한결 나아졌다. 부질없지만, 만년필이 탐나서 훔친 건 아니라는 걸 증명하고 싶었다. 처음으로, 나는 만년필을 사용해 보았다. 잉크의 상태를 확인하기 위해서였다. 펜촉은 부드럽게 종이를 갈랐다. 잉크는 충분했다.

그런데 이상한 점이 있었다. 펜촉 표면에도 무언가 음각되어 있었다. 이런 경우는 한 번도 들어 본 적이 없었다. 나는 깜짝 놀랐다. 음각의 내용은 매우 조악했다. 작은 하트 모양과 이니셜.

이니셜의 주인공이 사장의 와이프는 아닐 것이라는 확신이 들었다. 자꾸 찜찜했다. 그도 억울한 패배의 기억을 감당하고 있는 사람이니까. 나는 그렇게 생각하며 그를 용서해 온 것 같았다. 내게 그를 용서할 자격이 있을까도 싶었지만, 이건 아니었다. 이따위 하트 모양으로 인생을 요약해 온 사람이었나. 그와의 싸움이 허무했다. 그러나 내가 할 수 있는 것은 아무것도 없었다. 나는 작은 상자에 만년필을 담았다.

도시락을 싸서, 주말마다 면회를 갈 거야. 예쁜 편지지에 편지를 써 줄게. 네가 지겨워질 때까지 매일 편지를 보낼 거야. 명랑하게 떠들던 지영의 목소리가 들리는 것 같았다. 네가 군대에 가기만 한다면. 마지막 입영 통지서가 책상에 놓여 있었다.

．　　．　　．

이건 꿈이야, 그런 확신이 드는 꿈이다. 나는 아버지의 뒷모습을 본다. 여름 와이셔츠가 흠뻑 젖어 내의가 다 드러나 보이는 등이다. 그는 능숙한 손놀림으로 기어 단을 바꾸고 있다. 앙상한 팔뚝에 불거진 푸르스름한 힘줄. 젊은 아버지의 팔이다. 88년식 그랜저, 그건 아버지의 차였다. 새 차를 몰고 온 날 아이처럼 좋아하던 아버지가 눈에 선하다. 지금 아버지의 얼굴이 보이지 않지만, 그는 들뜬 표정으로 운전을 하고 있을 거다. 그는 아직 젊고 전방은 무사하니까. 가끔 룸미러에 비치는 아버지의 볼은 붉게 상기되어 있었다. 혼탁한 느낌을 주는 검정색으로 도색된 사각형 승용차, 커다란 엠블렘이 박힌 이른바 각그랜저다. 아버지는 운전을 잘했다. 꿈속에서도 잘하고 있다. 어린 나는 운전을 잘한다는 게 뭔지 정확히는 몰랐지만, 확실히 아버지의 차 안은 편안했다. 교통사고. 그런 건 상상할 수 없었다. 아버지는 부자였고 손놀림은 능숙했고 뒷좌석에 앉은 나는 어머니가 건네주는 간식거리를 받아먹기만 하면 되었다. 내비게이션 따위는 없던 시절, 아버지는 종종 팔을 뒤로 꺾어 내게 지도를 달라는 손짓을 했다.

그 차를 처음 고속도로로 몰고 나가던 날이다. 그날이 꿈속에서 언제나와 같이 재현되고 있다. 아직까지 무사태평이다. 잘하고 있다. 아버지는 잘하고 있다. 각그랜저는 매끄럽게 도로를 가른다. 완공된 지 얼마 되지 않은 고속도로라고 했다. 우리는 경기 외곽에 있는 대형 놀이공원에 가고 있다. 어머니가 건네주는 과일과 옥수수 알갱이들 덕에 입이 심심할 짬이 없다. 나는 기린 뿔 머리띠를 쓰고 있고 동생은 토끼 귀 머리띠를 쓰고 있다. 뿔이 너무 길어 가끔 천장에 부딪힌다. 그럴 때마다 몸이 가볍게 튕기는 기분이 좋다. 하얀 토끼 귀 머리띠를 쓴 여동생은 눈까지 붉게 충혈되어 진짜 토끼 같다. 진짜 토끼 같다, 고 나는 현실처럼 생각한다.

조수석에 앉은 어머니가 부산스럽게 과일을 깎는다. 글러브박스를 열었다 닫았다 하며 어머니는 끝도 없이 재잘댄다. 백미러를 관찰하고 과일을 깎고 옥수수수염을 벗기는 건 어머니 몫이었다. 어머니는 운전하는 아버지 곁에서 손을 가만히 놓을 수 없다는 듯 분주하다. 아버지는 어머니 쪽으로 고개를 돌릴 때마다 아기새처럼 입을 쩍쩍 벌린다. 사과 조각을 아버지 입에 넣어 주는 어머니의 손톱이 반짝 빛난다. 잘 다듬어진 손톱이다. 룸미러 앞에서 달랑이는 십자가와 방향제 용도로 놓아둔 시들시들한 모과가 멋진 조화를 이루고 있다. 모과는 알려진 바와 달리 방향 효과가 별로 없었다. 그건 장식용 조화처럼 그냥 놓여 있을 뿐이다. 아버지는 창문도 열지 않고 흡연을 일삼았고 차에서는 늘 퀴퀴한 냄새가 풍겼다. 어머니가 아무리 주의를 줘도 어쩔 수 없었다. 이건 분명 꿈인데 냄새까지 분명하다. 아버지의 차에 타고 있다는 사실을 부정할 방법이 없어진다. 이 안전한 세상이 곧 박살 날 것 같다는 아찔한 기분마저. 꿈인 줄 분명하게 인식한다고는 해도, 깨는 건 내 의지대로 되지 않는다. 십자가가 달랑거리며 눈앞에 육박하는 것 같다. 십자가가 내게 돌진한다. 맞은편 차가 다가오듯 흉물스럽게.

1991년, 우리의 호시절이 끝난다.

·

지금 장난합니까.

그런 말은 항상 가장 진지한 순간에 듣게 되어 더욱 무안한 말이었다. 매니저라 불리는 사람은 유진보다 고작 네다섯 살 많아 보였다. 젊은 매니저는 인상을 찌푸렸다. 유진은 기가 죽어 반사적으로 고개를 푹 숙였다. 매니저는 유진의 증명사진을 책상에 휙 던졌다. 누가 봐도 이상한 얼굴이었다. 유진이 봐도 그건 정말 기기묘묘한 얼굴이었다. 곧 울 것 같은 눈에 올라간 입꼬리. 우는 것도 웃는 것도 아닌 얼굴이 3×4 반명함판에 박혀 있었다. 흉물스럽다는 양 매니저는 사진과 유진의 얼굴을 번갈아 가며 노려봤다. 유진도 그게 자기 얼굴이라는 것이 낯설 지경이었다. 누구도 그런 얼굴을 증명사진이랍시고 내는 사람을 신뢰하지 않을 것이었다. 유진도 그걸 알았지만 어쩔 수 없었다.

"아르바이트라고밖에 생각 안 하죠. 돈벌이라고밖에."

그게 아니면 뭐라고 생각해야 하나, 유진은 잠시 참담해졌다.

"윤 교수님 추천이라서 무조건 믿고 봤는데. 이런 것에서 다 직업윤리가 드러나는 겁니다."

유진은 교수의 얼굴을 떠올렸다. 한결같이 온화하고 다정한 윤 교수가 그의 말을 부연하듯 잘해, 그러니까 뭐든, 유진의 기억 속에서 말하고 있었다. 이런 일일수록 더 책임감 갖고 잘해야 하는 거야. 게다가 이 일은, 네가 예전에 했던 일과는 차원이 다르잖니. 매니저는 윤 교수의 말을 그대로 하고 있는 셈이었다. 그의 말이 거칠긴 했지만 유진은 걱정하지 않았다. 그저 더 잘하라는 의미로 하는 잔소리일 뿐이었다. 증명사진이 좀 이상하다고 해서 교수 추천으로 온 유진을 돌려보낼 리는 없었다. 유진의 경험상 이럴 때는 변명 같은 건 일절 하지 않는 편이 더 좋았다. 유진은 고개만 숙이고 있었다.

"고개 좀 들어 볼래요?"

매니저의 목소리가 누그러졌다. 그는 묵묵하게 자신의 폭언을 뒤집어쓰고 있는 유진이 좀 안쓰러운 모양이었다. 유진은 그제야 고개를 들고 그를 쳐다봤다. 그는 미소를 지었다. 서늘한 인상이었다. 그 인상에 풀까지 먹인 듯 깨끗한 흰 가운은 제법 잘 어울려 보였다.

"유진 씨나 저나 같은 연구원이에요. 잘해 봅시다."

온풍기 두 대가 돌아가고 있는 컨테이너 박스 안은 생각보다 훨씬 추웠다. 그곳이 국가 차원의 기밀 프로젝트가 수행된다는 대형 병원 부속 연구동이었다. 매니저는 유진에게 메밀차 한 잔 드시고 가시죠, 하며 전기 포트의 버튼을 올렸다. 곧 투명한 김이 퐁퐁 솟아올랐다. 유진의 마음이 난데없이 편안해졌다. 매니저는 유진에게 메밀차가 담긴 종이컵을 건넸다. 종이컵에 병원 이름이 멋없게 적혀 있었다. 그는 자세를 풀고 앉아 조간신문을 들썩였다.

"그래도 다행이죠. 결과가 좋아서. 5년 힘들게 갈 뻔했습니다. 하마터면 프로젝트도 무산될 수 있었고요."

유진은 어느새 코끝이 빨개졌다는 걸 느꼈다. 이렇게 추운 데서 다 벗고 누워야 하는 건 아니겠지. 저 안은 좀 더 따뜻하겠지. 유진은 생각했다. 쓸데없는 말은 그만 지껄이고 집에 보내 줬으면 좋겠다고. 어차피 오늘은 미팅일 뿐이었다. 유진의 마음을 읽은 듯 매니저가 일어섰다.

"사진이 너무 이상해서, 제가 잠시 놀랐고요. 하여간 이 일에 좀 더 신경을 써 주셨으면 해요. 자기 일처럼. 그게 다 서약하신 내용에 들어가는 겁니다."

연구동을 나서자마자 유진은 무엇에 붙잡힌 듯 뒤를 돌아봤다. 컨테이너 박스는 거기 그대로 있었다. 명색이 연구동이라는 곳이 금방이라도 저리 꺼져 버릴 것처럼 초라하고도 은밀했다. 옷깃을 여미며 걸음을 재촉하던 유진은 문득 멈춰 서 병원 건물들을 올려다봤다. 주상 복합 단지의 건물들처럼 높고 화려했다. 건물 간 거리도 멀어 유진은 두 번이나 길을 잃었다. 병원은 윤 교수의 아파트를 떠올리게 했다. 처음 윤 교수의 집에 가던 날 유진은 엘리베이터에서 내리자마자 헛구역질을 했다. 엘리베이터는 40층까지 초고

속으로 올라갔고 20층 이후부터는 대관령을 지나는 것처럼 귀가 우웅 울렸다. 병원도 그만큼 높아 보였다. 그 많은 창문들 중 하나를 차지하지 못한 연구동은 병원 뒷산자락에 위치했다. 일주일 후에 오면 없어져 빈터만 있는 건 아닌가, 유진은 생각할 수밖에 없었다.

서울로 돌아가는 광역 버스에서 유진은 동물 모양 머리띠를 한 어린 남매를 보았다. 20년이 더 지나도 그런 모양의 머리띠는 여전한 듯했다. 승객들은 거개 놀이공원에서 귀가하는 사람들로 보였다. 경기 외곽의 어느 면 단위는 전부 모 기업의 사유지였으며 반은 놀이공원, 반은 의료 복합 단지였다. 이렇게 추운 날에도 아이를 데리고 놀이공원에 가는 사람들이 있다니 유진은 조금 놀랐다. 게다가 자가용도 없이 광역 버스를 타고. 붉은 전등이 깜빡이는 토끼 귀 머리띠를 한 여자애는 몹시 피곤한지 잉잉 울었다. 아이들의 뒤에 자리 잡은 젊은 부모도 만사가 귀찮다는 듯 찡그린 채 눈을 감고 있었다.

희진은 토끼 귀 머리띠를 쓰고 잉잉 울었다. 유진은 눈물도 나지 않는데 울음을 쥐어짜는 동생을 흘겨봤다. 응급수술실에 들어간 어머니를 기다리는 중이었다. 아버지는 마른세수를 거듭했고 유진은 멍하니 앉아 있었다. 차가운 바닥에 주저앉아 공기놀이를 흉내내며 희진은 자꾸 잉잉거렸다. 유진은 동생의 짧은 치마가 말려 올라가 기저귀가 보이는 게 속상했다. 상황에 어울리지 않게 발랄한 동물 모양 머리띠가 아이들 머리에 그대로 얹혀 있었다. 일이 잘못되어 가고 있는 중이었다. 어찌나 들떴는지 집에서부터 동물 머리띠를 쓰고 가겠다고 설치는 아이들을 어머니는 못 말린다는 듯 웃으며 바라봤다. 유진은 어머니의 옷차림이 눈앞에 그려지는 걸 가만히 지켜봤다.

살구색 린넨 원피스에 흰색 카디건을 걸치는 어머니. 하필이면 카디건을 걸치고 있는 모습이 매번 또렷하게 기억났다. 거실 바닥으로 햇살이 하얗게 부서졌다. 유진은 떼를 쓰고 있었다. 내가 토끼 하고 싶은데. 네 살 먹은 희진은 나름대로 멋을 부려 유아용 쉬폰 블라우스를 입었지만 하의는 아직 기저귀 차림이다. 희진은 토끼 귀 머리띠를 쓰고 고집스럽게 입을 앙다물고 있다. 내놔. 내가 할 거야. 희진은 언니 유진을 노려보며 단호하게 고개를 젓는다. 아직 말도 못하는 아기가 고집은 멀쩡하다. 유진은 어머니가 안 보는 틈을 노려 희진을 쥐어박으려다 자신이 쥐어박힌다. 너희들 아침부터 이럴래. 안 데리고 갈 거야. 그 말과 동시에 어머니는 흰색 카디건을 어깨에 걸친다. 어서 이리 와. 어머니는 희진을 불러 앙증맞은 청치마를 주섬주섬 입힌다.

유진은 그 순간을 반복 재생했다. 유진의 환상 속에서는 어머니가 변신물 만화 캐릭터처럼 카디건을 걸쳤다 벗었다를 반복한다. 그날 아침 희진을 쥐어패 버렸다면 좋았을 텐데. 심기가 거슬린 부모가 놀이공원 나들이 따위는 취소하고 하루 종일 잠만 잤다면 좋았을 텐데. 희진을 아예 자개장 쪽으로 밀쳐 버렸다면. 여린 살갗이 자개에 찢어져 피를 흘리며 울고 있는 아기를 보며 놀란 어머니가 카디건을 집어던졌다면 좋았을 텐데. 유진은 쓸데없는 생각을 거듭했다. 생각의 끝에 남는 건 항상 아버지의 검정색 각그랜저였다.

그때 완공된 외곽순환도로는 이제 20년도 더 된 오래된 길이다. 광역 버스로는 서울까지 한 시간도 걸리지 않았다. 밖은 어두웠고 여기가 어디인지 생각할 필요는 없다, 고 유진은 생각했다. 운전을 직접 하지 않는 이상 도로를 감각하고 의식할 필요는 없었다. 어머니가 죽었다는 것 말고는 별다른 피해도 없는 경미한 교통사고였다. 어린이용 안전벨트를 매고 있던 유진과 희진도 멀쩡했다. 희진의 이마가 다소 찢어졌을 뿐이었다. 그런 건 유진도 손쉽게 만들어 줄 수 있는 정도의 상처였다. 그날 아침에 자개장 쪽으로 밀어 버렸어야 하는데. 유진은 아직도 희미하게 남은 희진 이마의 흉터를 보며 더러 그렇게 생각했다.

•

그런 컨테이너 박스를 아버지는 벙커라고 불렀다. 벙커에 가서 밥 먹자, 아버지가 말하면 코가 빨개진 아이들은 공기놀이를 작파했다. 식당에서는 종종 남은 음식을 보내 주었다. 대리 주차를 하는 남자가 어쩔 수 없이 데려오는 어린 딸들을 배려한 것이었다. 온풍기가 돌아가는 컨테이너 박스 안은 생각보다 따뜻했다. 그곳은 아버지의 말대로 벙커와 다름없었다.

공사장은 허름한 연립주택에 바짝 붙어 있었다. 타워크레인은 방향을 살짝 잘못 틀면 연립주택을 송두리째 뽑아 버릴 듯했다. 만약 이 집이 무너진다면 지하에 사는 우리가 가장 먼저 죽겠지. 유진은 그런 생각을 입밖에 내지 않았다. 사위가 컴컴해 유진은 발을 자꾸 헛디뎠다. 충분히 어두워졌는데도 공사는 계속되고 있었다. 막 식사를 마친 듯 인부들은 하나둘씩 벙커를 빠져나와 현장으로 돌아갔다. 그들이 말하는 현장은 카페였다가 옷 가게였다가 식당이었다가 전자제품 매장이었다가 아예 무너져 버린 터였다. 아버지는 좋지 않은 터에 끊임없이 장사치들이 들어온다며 혀를 찼다. 이른 새벽 시작해 늦은 밤에 끝나는 공사 탓에 하루 종일 소음이 극심했다. 유진은 실핏줄이 터진 듯 시뻘건 희진의 눈을 떠올렸다. 어느 날 아침에 희진은 고래고래 소리를 질렀다. 제발 그만 좀 해! 더러 시멘트 조각이 창문 앞까지 날아와 있기도 했다. 유진은 주인집에 전화를 걸었다. 월세 보증금 상당액을 까먹었는데도 계속 살게 해 준 터라 큰소리는 내지 못했다.

희진은 벌건 눈으로 맨밥을 입에 넣고 있었다. 언니 왔는데 인사도 안 해. 유진은 신발을 벗으며 말을 걸었다. 희진은 대답하지 않고 묵묵히 밥만 먹었다. 유진은 문득 초점 없는 희진의 눈이 무섭게 느껴졌다. 다섯 살이 될 때까지 말을 못하던 아이였다. 더러는 어머니가 죽어서 더 그런 것 같다고 했지만 유진은 그냥 좀 모자란 애라서 그런 것일 뿐이라고 생각했다. 자폐의 징후를 보이던 어린 시절처럼 희진은 멍하니 찬도 없는 밥을 입에 밀어넣고 있었다. 유진은 다가앉으며 희진의 얼굴을 살폈다.

"언니, 공부 안 할 거야?"

희진은 유진을 돌아보지도 않고 돌연 질문했다.

"무슨 소리야?"

"늦게 들어갔으면 열심히 해야 하는 거 아니냐고. 나이도 많으면서."

유진은 찬물을 벌컥벌컥 들이켰다.

"열심히 하고 있어. 왜 갑자기……."

희진은 숟가락을 탁 내려놓았다. 희진의 눈에 눈물이 그렁그렁
했다.

"날이 이렇게 추운데 왜 곰팡이 냄새가 가시질 않는 거지?"

희진은 밥상을 정리하지도 않고 방으로 들어가 버렸다. 유진은
뒤따라 들어갔다. 어차피 희진에게 독립된 공간은 없었고 유진에
게도 마찬가지였다. 희진이 캔버스 위에 걸쳐진 아버지의 와이셔
츠를 신경질적으로 집어던졌다.

"왜 매번 여기다가 올려놓느냐고. 아직 마르지도 않았는데."

유진은 조마조마한 심정으로 희진을 지켜봤다. 대학을 쉬면서
부터 다소 예민해지기는 했지만 전에 없이 난폭하게 굴고 있었다.
유진은 침대에 앉아 스타킹을 벗었다. 희진은 급기야 울음을 터뜨
렸다. 쥐어짜 내는 것도 아닌 진짜 울음이다. 유진은 검은 스타킹
에 잔뜩 올라붙은 보풀을 손으로 떼며 희진을 봤다. 희진은 눈물
까지 뚝뚝 흘리고 있었다. 언니, 희진이 유진을 불렀다.

"이게 빨래건조대는 아니잖아. 그렇지?"

유진은 대답하지 않았고 희진은 계속 쏘아붙였다.

"다들 오해하고 있는지도 모르겠는데 난 아직 학생이야. 갈 길
이 멀다고."

유진은 겨우 입을 뗐다.

"그래, 알아, 너 매일 연습하는 거. 너 복학할 때 보태려고 언니

도 돈 따로 모으고 있어."

"다들 잊어버린 것 같아서. 내가 그림 그린다는 거 다 잊어버린 것 같아."

"누가 그래? 아빠는 그냥 정신이 없으신 거지."

유진의 말이 끝나기가 무섭게 희진은 캔버스를 걷어찼다.

．

유진의 꿈속에서 그들의 방은 항상 살얼음판이다. 깊은 물의 얼어붙은 표면은 위태롭다. 잠결에 바닥을 건드리면 쩍 하고 갈라지곤 했다. 바닥이 갈라지면 유진은 끝을 짐작할 수 없는 물속으로 빠진다. 유진이 아무리 소리를 질러도 침대 위의 희진은 귀찮다는 듯 돌아누울 뿐이다.

그런 방에서 도망칠 수 있는 방법은 학교에 가는 것뿐이었다. 아무 건물에나 들어가도 겨울에는 따뜻하고 여름에는 시원했다. 캠퍼스 곳곳에 입주한 프랜차이즈 카페는 비교적 저렴한 가격에 커피와 자리를 내줬다. 카페 한구석에 자리를 잡은 유진의 눈앞에 펼쳐지는 풍경은 연립주택 반지하와는 비교도 되지 않았다. 매일같이 지불하는 커피값이 부담되지 않는 것은 아니었지만, 그런 기분이 몹시 들 때쯤 쿠폰이 빼곡하게 채워져 무료 커피를 마실 수 있었다. 유진은 카페에 앉아서 뭐든 했다. 공부를 했고 책을 읽거나 낙서를 했으며 휴대전화 게임도 했다. 희진과 함께 쓰는 창고 같은 방에서는 다이어리도 제대로 정리할 수 없었다. 카페뿐만 아니라 캠퍼스의 어떤 건물이든 집보다는 나았다. 늘 어딘가 보수하는 덕에 낡은 건물들은 반짝이는 새 건물로 거듭났다. 고공에 치솟은 타워크레인은 정문에서 등교하는 학생들을 반겼다. 나날이 발전하는 학교라는 캐치프레이즈에 걸맞는 캠퍼스 풍경이었다. 유진은 매일 인생이 바뀐다는 말을 떠올렸다. 분명히 뭔가 바뀌긴 했다. 학생증을 태그해서 캠퍼스 어디든 출입할 수 있는 삶. 고작 그 정도라고는 해도 바뀌긴 바뀐 거였다.

"내 조교를 하지 않을래요?"

윤 교수의 말에 스물네 살의 유진은 가슴이 뛰었다. 대학에 가지 않은 유진에게 조교란 교수와 다름없는 말이었다. 어떻게 그런 제안이 가능한지 유진은 짐작할 수도 없었다.

"이제 인생을 바꿔 보는 겁니다, 유진 씨. 젊은 나이에 이렇게 재미없이 살아서야 되겠어요."

윤 교수는 다정하게 말했다. 교수인 데다 나이도 많은 그가 사용하는 깍듯한 경어도 유진의 가슴을 뛰게 했다.

"잠깐만요. 뭘 좀 가져올 테니 기다려요."

그는 유진을 남겨 두고 자리를 떴다. 유진의 가슴이 마구 뛰었다. 회사에 있는 수많은 사람들 중 자신이 선택된 것 같았다. 의학 관련 저널에서 일하는 에디터들과 디자이너들 중에 똑똑한 사람도 많을 텐데 왜 나였을까. 유진은 별안간 자신이 고등학교 때 공부를 얼마나 잘했는지를 떠올렸다.

《J메디뉴스》에 자문으로 드나들었던 윤 교수는 영업부 사무실에서 경리로 일하는 유진을 유독 챙겼다. 결재에 문제가 생겨 사원들이 다 보는 데서 혼날 때도 윤 교수는 유진의 역성을 들어 줬다. 외부인인 윤 교수가 끼어들 문제는 아니었다. 그때부터 사원들 입에 유진과 윤 교수의 스캔들이 돌았다. 생전 처음 보는 수입 과자와 화장품을 건네줄 때 유진도 잠시 의심했다. 그가 급기야 회사 밖에서 만나자고 했을 때 유진은 단단히 각오를 했다. 고등학교를 졸업하자마자 시작한 사회생활이었다. 지금껏 이런 식으로 접근한 아저씨들이 한둘은 아니었다. 유진은 그럴 때마다 현명하게 대처한 자신을 생각했다. 그런 경우에 가장 유용한 대처 매뉴얼도 유진의 머릿속에 준비되어 있었다. 그러나 조교라니. 그건 매뉴얼에 없는 말이었다.

윤 교수는 생크림이 잔뜩 올려진 두툼한 빵을 쟁반에 받쳐 자리로 돌아왔다. 이거 젊은 사람들이 많이 먹는 거라던데. 그의 말투는 한없이 다정하고 온화했다. 유진은 그가 건네주는 포크를 받아 들며 눈시울을 붉혔다. 인생을 바꿔 보자. 처음 듣는 종류의 말이었다.

"우리 과에 들어와요. 우리 서로에게 힘이 되어 주는 거예요."

알고 보니 윤 교수는 유진의 아버지와 나이가 같았다. 그는 유진의 아버지와 같은 해에 태어났고, 같은 해에 대학에 입학했다. 1991년에 교수님은 어디 계셨어요? 처음 윤 교수의 집에 갔던 날 유진은 그렇게 물었다. 나, 미국에서 박사과정 막바지였지. 유진의 머릿속에서 각그랜저가 유턴했다. 어떤 요령을 부렸는지는 몰라도 차는 맞은편에서 달려오던 봉고를 피하고 가드레일을 살짝 긁으며 다시 안전하게 달려간다. 미국에서, 가장 하층 계급인 인간들보다도 못한 일을 하며 공부했지. 잘근잘근 씹는 뒷말을 유진은 듣지 못했다.

유진은 그와 그가 의미하는 어떤 인생에 속하고 싶었다. 유진은 윤 교수의 제안을 차례대로 하나도 빠짐없이 받아들이기 시작했다. 6개월간 윤 교수의 딸에게 과외를 받았고 회사를 그만두고 수능 시험을 치렀다. 윤 교수가 재직하는 과에 원서를 넣고 면접을 보았으며 입학금과 등록금 일체를 대출받아 입학했다. 대학 첫해에는 다섯 살 어린 동기들과 경쟁하면서도 높은 학점을 유지했다. 윤 교수는 유진을 특별하게 대했다. 《J메디뉴스》에서 그랬듯. 종종 음료수를 건네기도 했고 자주 연구실에 불러 중요하다는 일들을 맡겼다. 학부생인 유진이 시험 감독을 하고 출석을 부르는 일이 생기자 대학원생들 사이에 말이 돌았다. 그러나 대학원생 대부분은 유진의 존재를 고마워했다. 보수 없이 잡일을 해 주는 늦깎이 학부생의 존재를 고까워할 사람은 별로 없었다. 언니는 어떻게 교수님이랑 그렇게 친해요? 유진의 동기들은 별 뜻 없이 질문해 오곤 했다. 유진은 특별한 학생이었지만 대단한 혜택을 받는 학생은 결코 아니었다.

2학년이 되자 유진은 예전보다 더 자주 그 말을 떠올렸다. 인생을 바꿔 보는 겁니다. 그래서 지금 무엇이 바뀌었나 생각해 보면 점점 참담해졌다. 매일 출근했으나 매일 등교하게 되었다. 그 밖의 일들을 생각하지 않으려고 유진은 노력했다. 그러나 분명한 건 예전과 달라졌을 뿐 예전보다 좋아진 것이 별로 없다는 것이었다. 하루에도 몇 번씩 계좌의 잔액, 분명한 몇 자리의 숫자가 유진의 머릿속을 기습했다. 그럴 때 유진은 중얼거렸다. 생각을 멈추자. 생각아 멈춰라. 그러나 멈춰지지 않았다. 많지는 않지만 꼬박꼬박 모이던 적금은 멈췄고, 매달 입금되던 월급이 더 이상 없었고, 대신 매달 납부해야 할 이자가 생겼고, 한 번도 구경해 본 적 없는 액수의 빚이 생겼다. 학점이 높아 봐야 장학금을 받는 건 어려운 일이었고 가끔 받을 수 있는 금액도 몇 달 생활비 정도가 고작이었다. 미대에 다니던 희진은 휴학하고 미술 학원 강사가 되었다.

유진은 가슴이 뛰던 그 순간을 생각했다. 윤 교수의 딸에게 과외를 받는 것도 괜찮은 일이었다. 남들보다 훨씬 더 저렴한 금액에 가르쳐 주는 것이라고 윤 교수는 넌지시 말했다. 일주일에 세 번씩 고급 아파트인 윤 교수의 집에 방문하는 것도 나쁘지 않았다. 윤 교수의 부인 역시 매우 친절했고 그녀가 내오는 간식거리도 훌륭했다. 윤 교수의 딸은 동갑인 유진을 무시하지 않았고 제 아버지처럼 깍듯한 경어를 썼다. 그의 말대로 수능 시험을 보고 대학에 입학했고 결코 해고되지 않을 그의 조교가 되었다. 그럼에도 불구하고 아무것도 좋아진 건 없었다. 유진은 윤 교수가 원하는 게 뭐였는지 생각해 봤고, 자신이 원하는 게 뭐였는지 곰곰 생각해 봤다. 인생이 바뀐다는 건 너무 모호한 말이었다. 유진은 윤 교수에게 직접 묻기로 했다.

"선생님, 왜 저를 데려오셨어요?"

당돌하게 묻는 유진을 윤 교수는 웃으며 바라봤다.

"네가 더 좋아지기를 바랐으니까. 너는 너무 아까웠거든. 거기에서 썩히기엔."

유진은 할 말이 없었다. 조교가 되어 달라는 말은 정말 아무 의

미도 없는 말이라는 걸 점점 분명하게 깨닫고 있었다. 윤 교수는 가끔 교수라는 그의 직업이 다소 의심스러울 정도로 많은 일을 했다. 《J메디뉴스》에 자문이랍시고 뻔질나게 드나들던 것도 뒤늦게 생각해 보니 미심쩍었다. 연구실은 거의 비어 있었다. 그런 바람에 유진이 해야 할 일이 더 많았다. 유진은 방학에도 불려 나가 계절 학기 성적 입력 따위의 잡일을 했다. 윤 교수는 학회 중 아무 때나 유진에게 연락을 했고, 그럴 때면 윤 교수의 집에 가서 인감도 장 따위를 찾아다 배달해야 했다. 그가 어디에 있든, 유진이 어디에 있든. 그런 게 조교였다. 윤 교수의 부인은 항상 유진을 안쓰럽다는 듯 쳐다봤고 택시비를 하라며 두둑한 현금을 쥐어 줬다. 가끔 마주치는 윤 교수의 딸도 유진에게 작은 선물을 주곤 했다. 이러한 일들이 《J메디뉴스》의 영업부 일보다 가치 있는 일이라고 할 수 있는 것일까. 유진은 몹시 우울해졌다. 공부는 처음부터 별로 재미있는 일이 아니었다. 마음먹으면 적당히 할 수 있는 정도의 일일 뿐이었다. 급기야 희진이 언니 때문에 더욱 불행해졌다고 말했을 때, 유진은 뭔가 더 바꿔야 한다고 생각했다. 나빠지더라도 바꿔야 한다. 지금과는 다른 쪽으로.

"학교를 그만두고 다시 일해야겠습니다. 그게 제 처지에 맞는 선택일 것 같아서요."

유진은 입술을 깨물며 선언했다. 윤 교수는 고개를 푹 숙이고 있었다.

"제가 잘못 생각했던 것 같아요. 선생님."

그렇게 말하는 유진을 윤 교수는 노려보았다. 유진은 흠칫 놀랐다.

"네가 생각한 게 뭐였는데?"

유진의 말문이 막혔다. 내가 원하는 게 뭐였을까, 아무리 생각해 봐도 답을 찾을 수 없는 질문이었다.

"조교라는 게, 대단한 건 줄 알았던가? 일전에 너는 내가 너를 데려왔다고 표현했지. 정말 데려오기라도 했다고 생각한 건가? 그렇다면 내가 너의 학비 전부를 대납하고, 너의 생활을 부양하고, 너에게 특별한 지위를 부여했어야 한 건가? 너에게 그런 가치가 있나?"

유진의 가슴이 대못에 찔리는 것 같았다.

"네가 원하는 게 그런 거였니?"

윤 교수는 다정하게 물었다. 그런 게 아니라면 뭐라고 해야 할지 유진 자신도 알 수 없었다. 그의 말대로 자신에게는 그럴 만한 가치가 없는 게 당연했다.

"선생님이 유진이를 더 힘들게 했구나."

유진은 윤 교수의 예의 다정한 말투에 목 놓아 울고 말았다. 윤 교수는 유진의 어깨를 토닥였다. 어느새 그는 뜨거운 김이 솟는 홍차를 내왔다. 유진은 한 모금도 들이켜지 못했다.

"그래. 선생님이 너무 몰라줘서 미안하다. 앞으로는 신경 쓸게."

유진은 연구동에서 받아 온 약을 식후 꼬박꼬박 복용했다. 약을 먹고 나면 몇 시간 동안 아랫배가 욱신욱신 아팠다. 그들이 거실이라 부르는 곳에 누워 바둑 경기를 시청하던 아버지도, 한숨을 쉬며 물을 마시던 희진도 유진에게 그게 무슨 약인지 묻지 않았다.

．

좀비 같아, 전부.

누군가 뇌까렸다. 좀비라는 생경한 단어가 너무 분명하게 들려 유진은 조금 놀랐다. 돌아보니 허름한 항공점퍼를 입은 남자가 담배를 피우고 있었다. 여긴 흡연 구역이 아닌데. 유진은 생각했다. 도서관 앞은 학생들로 붐볐지만 아무도 담배를 피우지 않았다. 얼마 전까지만 해도 캠퍼스 안에 흡연 구역이 따로 없었다. 한숨 돌리려고 도서관 앞 벤치에 자리를 잡으면 엄습하는 담배 연기에 숨이 막혔다. 지금은 아무도 담배를 피우지 않는다. 그런 변화가 유진에게는 다행스러운 일이었다. 금연 구역이라는 푯말이 붙자 학생들은 거짓말처럼 일사불란하게 질서를 지켰다.

그런 곳에서 남자는 벌써 몇 개비째 제멋대로 담배를 피우고 있었다. 털모자를 쓴 한 무리의 학생들이 코를 움켜쥐며 남자를 노려봤다. 남자 쪽으로 몸을 들썩이는 성질 급한 남학생을 주변 무리들이 거듭 말렸다. 유진은 자기도 모르게 한참 동안 남자를 관찰했다. 유진의 눈에 그는 학생 같아 보이지는 않았다. 그는 입김이 나올 정도로 추운 날씨에 서류 뭉치를 구겨 부채질을 하고 있었다. 문득 그가 유진 쪽으로 고개를 돌려 눈을 맞췄다. 유진은 화들짝 놀라 고개를 숙였다. 얼마간 시간이 흐른 후 유진이 고개를 들자 그는 여전히 유진을 쳐다보고 있었다. 유진은 몹시 불쾌해져 자리를 뜨려고 했다.

"이런 좀비 같은 새끼들."

그 단어는 다시 한 번 분명하게 들려왔다. 유진의 전신에 소름이 끼쳤다. 남자는 여전히 자신을 보고 있는 것 같았다. 유진은 순간 내가 뭘 잘못했을까, 생각했다. 이대로 도망가는 것보다 정중하게 사과하는 게 옳을까, 생각하기도 했다. 그날처럼 도망가기에는 아랫배가 아팠다. 매니저에게 받아 온 약을 먹은 직후였다. 유진은 남자를 향해 몸을 틀었다.

"거지들. 그렇게 살아라."

남자는 유진을 보고 있지 않았다. 남자의 눈은 허공을 향해 있었다.

"뭐, 이 자식아? 너 뭐라고 했어, 지금?"

털모자를 눌러쓴 남학생이 급기야 벌떡 일어나 남자의 멱살을 움켜쥐었다. 남자는 멱살을 잡힌 채 버둥거렸다. 이런 미친 새끼가. 남학생은 남자의 뺨을 찰싹찰싹 때렸다. 남자는 저항하지 않았다. 유진은 멍하니 그 광경을 바라봤다. 학생들이 몰려들어 매를 맞는 남자를 구경했다. 더러는 휴대전화를 꺼내 사진을 찍기도 했다. 유진은 선뜻 자리를 뜨지 못하고 계속 서 있었다.

좀비 같아. 남자의 말이 유진의 머릿속을 맴돌았다. 반복되던 남자의 음성은 늘어진 카세트 테이프에서 흘러나오는 소리처럼 기묘하게 뒤틀렸다. 유진도 그런 생각을 한 적이 있었다. 멀지 않은 과거의 일이었다.

매니저가 노려보던 증명사진 속 유진의 얼굴에는 두려움과 조급함이 뒤섞여 있었다. 유진은 자신의 얼굴이 왜 그렇게 되었는지 알고 있었다. 우는 것도 웃는 것도 아닌 기기묘묘한 얼굴. 울 것 같은 눈에 올라간 입꼬리. 유진의 표정은 기이했다. 증명사진은 쓸데없이 너무 많이 출력되어 매니저에게 제출한 후에도 유진의 지갑 안에 수북하게 들어 있었다. 유진은 사진을 꺼내 봤다. 표정을 짓던 순간이 또렷하게 기억났다.

이력서에 붙일 사진을 찍기 위해 유진은 열심히 캠퍼스 근처를 배회하는 중이었다. 분명 사진관이 있던 자리에 테라스가 딸린 카페가 들어서 있었다. 마을버스를 타고 옆 동네로 가 봐도 사정은 비슷했다. 당장 내일이 매니저를 만나러 교외에 있는 병원으로 가는 날이었다. 형식상이지만 이력서를 제출해야 했고 몇 장의 증명사진을 첨부해야 했다. 책상 서랍을 탈탈 털었지만 증명사진이 하나도 없었다. 사진관을 찾지 못한 유진은 몹시 불안했다. 해가 짧아 날은 금세 어두워졌다. 유진은 무작정 지하철역으로 들어갔다.

유진은 지하철 역사 내에서 뜻밖의 물건을 발견했다. 즉석증명 사진기였다. 유진은 그것이 너무 반가워서 소리를 지를 뻔했다. 그러나 그럴 상황은 아니었다. 어느덧 퇴근 시간인 듯했고 주요 환승 구간인 까닭에 곳곳에서 수많은 사람들이 밀려나오고 있었다. 지하철 역사 안은 무척 혼잡했다. 사람들은 서로의 어깨를 밀치며 걸어가고 있었다. 유진은 즉석사진기를 향해 걸음을 재촉했다. 돌연 어디선가 괴이쩍은 말이 들려왔다.

"자식 새끼들이 어딜 버르장머리 없이, 다 쳐 죽여야 돼."

유진은 귀를 찢는 듯한 음성에 문득 눈살을 찌푸렸다. 돌아보니 유진의 곁에서 내지르는 음성이었다. 백발이 성성한 노인이 목발을 짚고 서 있었다. 그는 누구에게랄 것도 없이 허공을 향해 소리를 질렀다. 사람들은 혼잡한 와중에 소음을 일으키는 노인을 한 번씩 흘겨보고 그냥 지나쳐 갔다. 유진은 여전히 눈살을 찌푸린 채 귀를 틀어막았다. 손톱으로 칠판을 긁는 듯 감당하기 힘든 주파수였다.

백발이 성성한 노인은 유진의 팔목을 낚아챘다. 유진은 깜짝 놀랐다. 유진의 몸이 맥없이 흔들렸다. 네 이년. 너도 그러냐? 노인은 유진을 노려보며 쏘아붙였다. 유진은 그 말이 무슨 뜻인지 생각해 볼 겨를도 없이 어안이 벙벙했다. 문득 그가 목발을 짚었다는 사실이 기억나 유진은 그의 발치를 살폈다. 그는 두 발을 동동 구르고 있었다. 멍해진 유진이 목발의 용도가 뭘까 생각하는 찰나 노인은 유진의 머리카락을 휘어잡았다. 네 이년. 너도 그런 년이로구나. 노인은 엄청난 악력으로 유진의 머리카락과 팔목을 붙들고 잡아당겼다. 유진은 꼼짝할 수 없었다. 유진은 버둥대며 소리를 질렀다. 그러나 많은 사람들 중 누구도 유진을 도와주지 않았다. 노인이 혼자 소리를 지르고 있을 때 그랬던 것처럼 힐끗 노려보고 지나갈 뿐이었다. 분명 노려보고 있으나 아무런 의지도 없는 사람들의 얼굴이 시체의 그것처럼 느껴졌다. 시체들이 우르르 걸어가고 있는 장면이었다. 유진은 공포에 질려 고래고래 소리를 질렀다.

"영감님. 이거 왜 이러십니까?"

누군가 다가와 노인에게 정중하게 말을 붙였다. 유진을 붙들던 노인의 손아귀에서 순간 스르르 힘이 풀렸다. 유진은 그 틈을 타 온 힘을 다해 몸을 비틀었다. 겨우 노인에게서 빠져나온 유진은 전속력으로 달렸다. 환승 구간은 길었고 어느새 사람들이 다 빠져

나간 지하철역은 한산했다. 유진은 숨을 몰아쉬며 멈췄다. 남은 길의 끝이 소실점으로 보일 정도로 멀게 느껴졌다. 그 길이 지나치게 긴 건지 자신이 고작 그 정도밖에 못 달린 건지 분간할 수 없었다. 유진은 가슴을 쓸어내리며 뒤를 돌아봤다. 돌아본 길의 끝도 한참 멀어 보였다. 거기에 노인이 다시 나타났다. 노인은 목발을 휘두르며 달려오고 있었다. 유진은 너무 놀라 숨이 멎어 버릴 지경이었다. 유진은 후들거리는 다리로 다시 달렸다. 몇 번이나 무릎이 풀썩 꺾였다. 이게 도대체 무슨 일인가 싶어 유진의 정신이 혼미해졌다. 유진은 울음이 터지려는 걸 꾹 참고 계속 달렸다. 달리던 유진의 눈에 즉석사진기가 들어왔다. 다시 돌아온 것이었다. 유진은 아직도 자신을 향해 달려오고 있을 정신 나간 노인을 생각하며 냅다 사진기의 천막을 걷고 안에 들어갔다. 유진은 의자에 앉아 몸을 동그랗게 말았다. 누구의 것인지 모를 발들이 반쯤 쳐진 천막 밑으로 지나갔다. 노인이 지나갔을까. 유진은 눈을 질끈 감았다. 이런 종류의 공포는 한 번도 겪어 본 적 없는 것이었다. 유진은 한동안 웅크려 있었다.

입꼬리를 올리고 웃어 보세요. 사진기에서는 친절한 여자의 음성이 흘러나왔다. 유진은 여전히 겁에 질린 채로 얼굴 근육을 천천히 움직였다. 3×4 반명함판에 박제되는 순간이었다.

·

일주일 전 희진이 걷어차 버린 캔버스는 여전히 모로 누워 있었다. 단 하루도 습작을 거르지 않던 희진은 내내 캔버스를 거들떠

보지도 않았다. 아버지는 쓰러진 캔버스 위에 빨랫감을 걸쳤다. 유진은 그런 아버지의 무심함이 무척 끈질기고 집요하다고 생각했다. 부러 그렇게 구는 것 같은 식이었다. 아버지가 쌓아 둔 와이셔츠를 치우던 유진은 멍하니 희진이 그리다 만 그림을 응시했다. 한번도 그것이 무엇인지 생각해 보지 않았다. 그림이 자신을 노려보는 것 같아 유진은 흠칫 놀랐다. 그것은 반쯤 그려진 고양이 얼굴이었다. 희진이 공들여 채색한 날카로운 눈동자가 유진을 노려보고 있었다. 햇살에 눈이 부실 때 그렇듯 세로로 잔뜩 조인 눈동자였다.

그렇게 노려보는 눈이 희진의 눈처럼 느껴져 유진은 퍽 서글퍼졌다. 희진은 대학에 들어간 후부터 아버지와는 한마디 말도 나누지 않았다. 유진은 그런 희진을 이해할 수 있었다. 유진이 포기한 대학을 가려고 한다는 이유로 아버지는 고등학생인 희진을 때렸다. 내가 대학 못 나와서 이러고 사는 줄 아냐? 명문대 경영학과를 졸업한 아버지는 그렇게 말했다. 열아홉 살의 희진은 수치심에 몸을 부들부들 떨었다. 입가에 흐르는 피를 닦으며 희진은 칼눈을 떴다. 거지같이. 집구석 이렇게 만들어 놓은 게 자랑이야? 희진의 독기에 아버지는 입을 다물었다. 보태 달라고 안 할테니까 상관 말고 꺼져. 희진은 이를 부득부득 갈았다.

사실 어머니가 죽었을 뿐 다른 피해는 없었다. 운전을 하던 아버지와 뒷좌석의 아이들은 모두 멀쩡하게 살아났다. 독수리 모양 엠블렘만이 산산조각 났을 뿐 아버지의 자랑이었던 각그랜저도 멀쩡했다. 교통사고와 아버지의 실패는 별개의 사건이었다. 별개의 사건이 비슷한 연대에 일어난 것은 단지 불운, 악재가 겹쳤기 때문이었다. 그러나 아버지는 아직도 1991년의 교통사고 이후에 모든 게 망가졌다고 굳게 믿고 있었다. 아버지의 말에 의하면 사업을 말아먹고 모은 재산을 탕진함과 동시에 빚까지 안게 된 것도 모두 그것 때문이었다. 아버지는 돌아가고 싶다고 말했다. 그저 1991년 이전으로. 돌아가고 싶기는 유진도 마찬가지였다. 유진이 무시로 꾸는 꿈에서 어머니는 채광 좋은 창 앞에 서 있었고 간혹 아버지가 솜씨 좋게 봉고를 피했다. 그러나 유진은 그것이 꿈이라는 것을 꿈속에서도 알았다. 1991년 이전은 꿈일 뿐이었다.

"내가 너희들 먹여 살리려고 징역 갈 수도 있었어. 그렇지만 인간이 어떻게 그러냐."

아니, 유진은 그래야 했다고 생각했다. 자식들을 위해서는 범죄라도 저질러야 했다. 아버지에게는 범죄를 저지를 만한 근면이 부족했다. 단지 그것뿐이었다. 고급 한식당 주차 요원으로 일하던 시절에마저도 아버지는 빚을 끌어 사업에 손을 댔다. 물정을 모르는 인간의 정직한 도전이 얼마나 끔찍한 종류인지 유진은 나중에야 알게 되었다.

재기할 거야. 아버지 믿어 봐라. 며칠 전 아버지는 유진을 앉혀 놓고 염불 외우듯 그 말을 거듭했다. 아버지는 몹시 기분 좋아 보였고 유진은 까닭 모르게 불안했다. 소주를 들이켜며 연신 배시시 웃음을 짓는 아버지는 흡사 미친 사람 같았다. 현관에서 부츠를 벗던 희진은 불쾌한 낯빛의 아버지를 보자마자 몸을 돌려 다시 나가 버렸다. 유진은 희진에게 문자메시지를 보냈다. 저녁 안 먹어? 희진은 답이 없었다. 아버지는 종일 텔레비전을 시청했다. 유진은 들뜬 아버지의 환호성이 거슬렸다. 대통령 선거 결과가 중계되는 중이었다. 유진에게는 지지하는 정당도 없었고 한 표 행사하고 싶은 인물도 없었다. 윤 교수를 위시한 학과 교수 전체가 몇 달전부터 특정 후보를 거론하며 투표를 종용했지만 모른 척하면 그만이었다. 교수들은 투표 인증샷 따위는 요구하지 않았다. 투표했다고 거짓말하면 끝나는 일이었다. 텔레비전 화면과 신문 기사 사진속에 박제된 인물들은 유진의 삶에 밥 한 숟가락 얹어 주지 않았다. 그런 일로 웃거나 화내는 인간들이 유진은 도무지 이해되지 않았다.

아버지는 급기야 환호성을 지르며 발까지 동동 굴렀다. 유진은 학기말 페이퍼를 작성 중이었다. 자정 무렵이었다. 아버지가 내는 소음 탓에 도무지 집중할 수 없었다. 유진은 아버지를 좀 말려 볼생각으로 방문을 열었다. 아버지는 유진을 돌아보며 활짝 웃었다. 유진은 무심코 텔레비전 화면을 봤다. 한강 표면을 부딪고 다시 튀어 오르는 네온사인 불빛. 서울고속도로였다. 카메라가 줄곧 같은 앵글로 그 길을 달리는 차 한 대를 쫓고 있었다. 실험 영화의 한 장면 같았다. 아버지가 드디어 미쳤나 보다고 유진은 생각했다. 고속도로에서 아내를 죽인 남자가 낄낄 웃을 장면은 결코 아니었다. 유진은 아버지의 집요한 무심함에 질려 버릴 것 같았다.

유진은 운전을 배우지 않았지만 간혹 운전을 하며 보는 세상을 상상했다. 각그랜저를 팔고 난 후 아버지는 중고 엘란트라와 세피아, 마티즈를 차례로 운전했고 지금은 아무것도 소유하지 못했다.

그래도 유진에게 운전은 언제까지나 아버지의 일이었다.

멀리 가는 길에는 난데없는 표지들이 많다, 고 말한 사람은 아버지였다. 네 엄마가 죽기 전에는, 그런 식으로 시작되는 말은 늘 실수를 하게 되는 법이야, 로 끝났다.

외곽순환도로가 완공되기 전에 우리는 45번 국도로 놀이공원엘 갔어. 네 엄마가 죽기 전에는. 너희들이 강보에 싸여 있을 때에도 우리는 주말 나들이를 갔지. 45번 국도의 초입에는 그런 표지가 있었다. 안녕히 가세요. 또 오세요. 나는 그게 무슨 뜻인지 항상 궁금했다. 저건 무슨 말일까. 난데없이. 그런 생각을 하다 보면 실수를 하게 되는 법이라고. 저건 무슨 뜻이지, 저기에 왜 있지, 그런 식으로 주의가 흐트러지면 사고가 나기도 하는 법이라고. 실수로 사고가 나기도 하는 법이야. 유진은 아직도 노면을 구르는 바퀴의 느낌을 기억했다. 아버지는 좋을 대로 기억하는 모양이었다. 사고가 난 곳은 45번 국도가 아니라 새로 지은 고속도로였다. 그런 표지 따위는 그곳에 없었다.

멍하니 캔버스를 바라보던 유진은 퇴근한 희진이 몰고 온 찬바람에 재채기를 했다. 희진은 침대에 앉아 스타킹을 벗었다. 둘둘 만 스타킹을 함부로 구석에 던지며 희진은 중얼거렸다.

"보증금 까먹었는데도 살게 해 주니까 그저 고맙다고 할 거지, 언니는."

"무슨 말이야."

"대문 옆 창고에 있던 내 화구, 그 새끼들이 다 갖다 버렸어."

유진은 희진을 쳐다봤다.

"무슨 말이야."

"무슨 말이야라고밖에 할 줄 몰라? 병신. 내 물건들, 집주인 새끼들이 가져다 버렸다고. 다른 집에는 다 물어봤는데 우리한테만 안 물어봤어. 버려도 되는 물건인지 아닌지."

현장 인부들의 고함이 들려왔다. 유진은 무심코 창밖을 내다봤다. 보이는 건 공사장과 면한 담벼락뿐이었다. 희진은 화장도 지우지 않고 베개에 얼굴을 파묻었다. 유진은 황망하게 창밖을 봤다. 캔버스 위에 있던 눈동자가 거기 있었다. 창문에 바짝 붙은 길고 양이의 눈동자였다. 저런 것과 눈 마주치는 것도 지겨워. 희진이 뇌까렸다.

·

이 안은 다행히 좀 더 따뜻하다.

잘해야 하는 거야. 잘해 봅시다. 선생님과 매니저가 내게 번갈아 건넨 말이다. 뭘 잘해야 하는 건지 도무지 알 수 없다. 약속한 시간에 맞춰 오는 것밖에. 아랫배가 아파도 꾹 참고 약을 먹어 주는 일밖에. 수술복 같은 것을 입고 얌전히 누워 마취약을 맞아 주는 일밖에 없다. 이게 내가 할 수 있는 일의 전부다.

예전에 네가 했던 일과는 차원이 다르잖니. 마치 내가 자신과 함께 이 프로젝트를 기획하기라도 한 것처럼 그는 말했다. 내가 원하기라도 한 것처럼. 준엄한 직업윤리를 갖고 모종의 임무를 수행하기라도 하는 것처럼. 네가 원한 거였다고 말한다면 내게 할 말은 없다. 어머니가 있었다면 내게 십자가라도 쥐어 줬을까. 힘내서 잘

하라고 말해 줬을까. 어머니는 왜, 안전벨트도 매지 않았을까. 왜 창밖에 머리를 빼고 있었을까. 그 길에서 뭘 보겠다고.

언젠가 내가 목격했을 수도 있는 45번 국도 초입의 표지가 보인다.

저건 무슨 뜻이지. 저기에 왜 있지. 난데없이. 안녕히 가세요. 또 오세요. 이 길이 시작이 아니라 끝이라는 뜻일까.

다시는 망하고 싶지 않다. 작게는 망해도 크게는 망하고 싶지 않다. 나는 조용히 살고 싶다, 고 현실처럼 생각한다.

작가의 말

　지금껏 읽은 글들을 아무리 떠올려 봐도 읽기 좋았던 '작가의 말'은 기억나지 않는다. 언젠가의 나는 반드시 읽을 만한 글을 써 보리라 생각했는데, 불가능한 일이라는 것을 깨닫는다. 이 글은 누군가를 불편하게 하지 않을까, 누군가에게는 남우세스럽게 느껴지지 않을까, 이런 고민들 뒤에 한 발 물러서 있다. 소설을 쓸 때에는 별로 하지 않았던 고민이다.

　소설 속 '나'는 내가 아니라는 강박적인 확신이 있었기 때문이다. '작가의 말'은 마치 상담테이블 같다. 소설가로서는 의식적으로 자신으로부터 가장 먼 곳으로 도망치는 내가 나와 정신 상담을 하고 있다. 그럴싸하게 구성된 이 상담테이블에서 나는 진술해야만 하는 약자가 되어 있다. 주어진 세계에서 합당한 역할을 하도록 인물들을 막 굴려 온 자가 맞닥뜨린 곤경일 것이다. 그러나 이야기해야겠다. 「실내극 이후」의 Y가 맞닥뜨린 곤경을 생각하며. 지금은 나도 나의 몫을 해야 한다. 나를 위해서든 이 자리를 위해서든 뭔가 이야기해야 한다.

이제 겨우 한 줄 썼다. 병이 아니라 병에 대한 불안감에 시달려 온 날들이다. 나는 항상 끝을 먼저 보고 싶어 했다. 내가 만드는 것의 완전한 모양새를 미리 보고 싶었다. 누군가 말하기를, '창업'은 절반의 아이디어와 나머지를 채우는 무수한 잔업으로 이루어진다는데 소설도 그와 별다르지 않다고 생각한다. 최초의 발상이 쓰레기로 여겨질 때까지 고치고 결국 그것이 어떤 물건이 될지도 모른 채 끝까지 가야만 하는 것. 그런 정직하고 묵묵한 작업이 글쓰기라는 것을 잘 몰랐던 것 같다. 완성의 기쁨보다는 자기가 만들어 놓은 세계에서 추방되는 기분만을 줄곧 느껴왔는데, 어떤 노동이 이와 크게 다를까 싶다.

그러나 바라는 건 오직 하나뿐이다. 그림이 그려지지 않는 도형의 일부를 오랫동안 붙잡고 깎으면서 나아가는 것. 지치지 않고, 질리지 않고.

2008년부터 거처 없던 소설들에 집이 생겼다. 장기임대주택이 마련된 것처럼 벅찬 일이다. 감사하게도 민음사에서 지금껏 부족한 소설을 정독해 주셨다. 어느 겨울 신사동의 길들은 심장에 박혔다. 내게 초심을 잃을 만한 여유가 생긴 적도 없었지만, 언제나 다짐한다. 바랐던 것들이 내게로 오는 것 같은 순간을 가장 조심하기를.

2014년 여름
박민정

불능의 가정 경제학

윤경희(문학평론가)

「실내극 이후」에서 Y는 서두에 대해 고민한다. 15년 전 세상을 떠들썩하게 했고 지금도 많은 이들이 기억하고 있는 어린이 유괴 사건의 피해 당사자이자 그 이전과 이후의 삶을 살아온 사람으로서, 타인들 앞에서 자기에 대해 이야기할 때, 어디에서 어떻게 시작해야 할지 신중하게 자문하는 것이다. 다시 말해 Y는 자기 생애에서 기원의 지위를 지닌 사건을 인과를 짚어 선별하고, 그 과정에서 사건의 의미를 주체적으로 해석하고, 그것이 생애에 끼친 파장을 직시하게 될 텐데, Y의 관심은 그것을 효과적으로 서사화할 수사법을 결정한 다음, 종국에는 그것에 합당한 정서를 만족할 만하게 표출하는 데 있다.

시작이 거의 모든 것을 결정하는 만큼 이야기는 결코 쉽고 빠르게 생성되지 않는다. 폭력과 외상의 이야기일수록 더욱 그렇다. 서두의 공백 언저리에서 발화자는 오랜 묵언을 감내해야 한다. 그의 이야기를 기다리는 경청자도 마찬가지다. 침묵 속에 자기만의 이야기 방식을 모색하면서 Y는 일단 집단 상담 동료들의 화법을 의혹하며 기각한다. 근친 강간을 멜로드라마처럼 각색해서 과장된 오열을 자동적으로 분출하거나, 가족 살해 목격이라는 끔찍하지만 고유한 체험을 마치 연구 사례인 양 지나치게 건조하게 대상화하는 등의 화법. Y는 그런 방식을 이해할 수 없고 공감할 수 없다. 이게 아니야. 그렇지 않아. 이건 옳지 않아. 마음의 가장 깊은 곳에서 Y는 분명 이렇게 말했을 것이다.

단호한 부정의 어법으로써 비로소 출구와 활로를 뚫는 이야기가 있다. 이야기하는 사람은 이 생산적 부정의 힘을 통해 세계를 표상하는 기존 서사의 오류를 바로잡으려는 윤리적 입장을 다짐과 동시에 전대미문의 새로운 서사를 만들어 내려는 미적 의지를 점화한다. 그의 이야기는 일종의 다시 말하기로서, 세계의 결함을 수정하거나 비극의 발생을 억제할 수는 없을지라도, 최소한 일어난 사건에 대한 기존의 시선과 언어를 보다 진실에 가깝게 변화시키려 한다. 그는 본질적으로 자기의 진실을 이야기하려 하므로, 이야기라는 그의 수행적 발화는 결국 한 사람의 삶을 불안정하게 파열시킨 비극의 기원에 대해 사후적으로나마 인식과 감정의 주체성을 확보하려는 각고의 시도와 같다. 나는 겪었고, 느꼈고, 알고, 말한다. 이야기는 따라서 죽음에 근접한 사건을 체험한 사람이 이후의 생존을 위해 할 수 있는 최선의 행위로 격상된다. 심리 치료 현장을 넘어 문학에서야말로 그렇다. 상투적 어법을 따르지 않으면서 자기 이야기의 서두를 찾으려는 Y의 고민이 이제 첫 소설집을 내는 신인 작가의 문학적 모색에 대한 알레고리로 읽히는 까닭은 이 때문이다.

한마디로, 사건이 있었다. 그런데 사건에는 시발점이 있다. 원인, 또는 기원이라 해도 좋겠다. 그것은 정확히 무엇이고, 그것의 이야기는 어떻게 시작할 것인가. 「유령이 신체를 얻을 때」에 실린 여덟 편의 단편은 근본적으로 동일한 문제의식에서 출발한다. 하나의 문제에 꾸준히 천착한 결과, 모색과 시도의 산물인 각각의 단편은 마치 변주곡 연작인 듯 느슨하되 유기적인 통일성을 유지하며 박민정 소설만의 고유한 특질을 형성해 내려는 참이다.

인물, 사건, 배경의 측면에서, 서로 다른 이야기를 누비며 반복적으로 출현하면서 소설집 전체에 거의 완결적인 통일성을 부여하는 요소들을 추려 보면 다음과 같다. 몇몇 단편에서 삼풍백화점 붕괴나 IMF 외환 위기 등 1990년대에 실제로 발생한 사건이 언급되는데, 그 외 소설에 결코 간과할 수 없는 사회적 함의를 더해 주는 소소한 시대 지표들에서 유추하자면, 대부분의 주인공은 대략 1980년대 초중반 이후에 태어나 1990년대에 유년기와 청소년기를 보낸 현 세대 청년이다. 그들의 현재 일상에 주요한 영향을 끼치는 인물은 동년배라기보다는 부모 세대다. 실제 부모, 양부나 유괴범 같은 부모 대체자, 아버지 역할을 대리하는 사제와 교수 등. 또는 부모와 주인공의 중간 세대로서 부모 못지않은 권력을 행사하는 형, 사장, 교장, 젊은 교수 등. 주변 연장자 누구에게나 부모 상이 덧입혀져 있으므로 박민정의 소설은 가족 서사의 테두리 안에 있다고 보아도 무방하다.

플롯은 청년과 부모 세대의 갈등에 초점을 맞춘다. 주인공은 유년기나 청소년기에 부모나 다른 성인의 과오로 인해 외상적 사건을 겪었고, 그 후유증은 현재까지 지속되며 그의 신체와 정신을 괴롭힌다. 사건이 아물지 않은 외상으로 남은 까닭은 폭력에 취약한 미성년자가 그것이 자기에게 가해질 것이라 예비하지 못한 순진한 무방비의 상태에 수동적으로 당했기 때문이다. 유괴, 학대, 구타, 무시, 성희롱은 물론 미성년자를 독립된 인격체로 존중하지 않고 연장자의 욕구를 충족시키기 위한 수단과 대상으로 격하하는 모든 종류의 폭력에. 그리고 국가 부도, 교통사고, 사업 실패 등 부모 세대에까지 직간접적 피해를 입히며 가정 안팎으로 더 심각한 파장을 남긴 집단적 사고에. 그는 속수무책이었다. 사건 발생 당시 주인공은 너무 어려 그것의 인과와 진행을 이해할 수 없었고, 지적으로 무력했고, 그것이 대부분 가장 가까운 사람인 부모에게서 비롯되었거나 그들의 삶마저 파괴했기에 상해로 인한 정서적 충격을 털어놓고 해소할 신뢰할 만한 대상도 찾지 못했다.

사건은 과거에 발생했지만, 당시 풀지 못한 지적 의문과 풀어내지 못한 감정은 현재까지 응어리져 잔존한다. 여기에 가계 파산과 빈곤까지 더해 현 세대 청년과 그의 부모 사이 신경증적 불만과 갈등의 원인이 된다. 게다가 청년이 사회에 진출해서 만나는 연장자들은 그에게 실질적 도움을 주거나 정서적 후원을 아끼지 않으면서 따르고 싶은 인생 선배의 모범을 보이기는커녕, 경제적으로 무능하거나 윤리적으로 타락했고, 그를 경제적으로나 성적으로 착취한다. 가정에서의 과실인-연장자와 희생자-미성년자 관계가 사회에서도 되풀이되고 있는 것이다. 이 같은 세대 간 문제의 미결과 갈등의 발현이라는 현 상황이 박민정 소설의 명목상의 서두다.

지난 세기 말의 가정에서 촉발해서 반 세대가 지난 현재 사회에서 재발하는 청년과 중장년 간 세대 문제는 사실 더 넓은 맥락에서 국가 경제 위기의 여파를 은유적으로 반영한다. 소설에서 주인공이 최초로 외상적 사건을 겪는 1990년대는 그에게는 정서적으로나 성적으로 가장 불안정하고 예민한 미성년기이자 국가적으로는 외환 지급 불능 사태가 일어났던 시대다. 현재 청년이 겪는 갈등과 위기는 마치 당시에 미처 결제하지 않은 어음, 상환하지 않은 외채, 변제하지 않은 채무, 탕감되지 않은 부채 등이 여전히 남아 효력을 행사하는 상황에 비유할 수 있다. 국가 부도 위기가 국민 개개인의 잘못에 기인하지 않았는데도 그 피해와 복구의 책임은 고스란히 그들의 몫으로 남듯, 가정에서 발생한 폭력적 사건은 젊은 주인공의 삶을 장기적으로 붕괴시키고 그의 정신을 압박한다. 청산하지 않은 빚이 있다는 중압감은 서사적으로 플래시백의 과잉으로 표현된다. 과거의 좋지 않은 기억 파편들이 현재에 불쑥불쑥 난입하면서 그 연약한 결에 칼자국을 내는 것이다. 마치 어린 Y의 눈앞에서 가윗날을 흔들며 손가락을 자르겠다고 위협하는 유괴범처럼.

과거에 발생한 사건이 해결되지 않았고 그것의 여파가 현재까지도 삶의 표면에 지속적으로 상흔을 긋고 있는 상황은 서양어 문법을 도입하자면 현재완료진행형으로 표현할 수 있다. The aftermath of the accident has still been working over the present. 어색하지만 보다 적확한 이 시제 번역을 통해 박민정의 소설은 주로 단순 과거에 의존하는 전통적 소설 관념에서 거리를 둔다는 점이 비로소 드러난다. 이러한 시간관은 기원적 폭력 이후 지금까지 주인공 개인의 삶에서든 가족 공동체 안팎에서의 감정과 자산의 흐름에서든 아무것도 치유되지 않았고 아무것도 회복되지 않았다는 사실을 효과적으로 항변한다. 오히려 일은 "더욱 나빠지고 말았"(「실내극 이후」, 30쪽)거나 여전히 "잘못되어 가고 있는 중"(「굿바이 플리즈 리턴」, 204쪽)이다. 어떻게 수습해야 할지 도무지 알 수 없는 붕괴와 해체의 현장에서 마침내 한 인물이 질문한다.

어디에서부터 잘못된 것일까.

— 「옛날 옛적 미국에서」, 120쪽

비극의 기원에 대한 앎의 열망과 서두 찾기의 서사적 도전이 이 상징적 질문 하나에 응집되어 있다. 박민정의 소설은 개인의 정신과 신체 및 가족 관계와 가정 경제 등이 모두 난파한 현재라는 명목상의 서두에서 출발해서 그것의 발단으로서의 진정한 서두를 향해 거슬러 올라간다. 그것은 개인의 생애뿐만 아니라 가정의 내력과 사회의 근과거를 끈질기게 헤집는 회고의 과정과 다르지 않다. 인물은 기억과 분석적 추적의 주체가 됨으로써 사건의 수동적 피해자 신분에서 벗어나는 첫걸음을 내딛는다. 물론 잘못의 원인은 한 번에 말끔하게 밝혀지지 않고, 따라서 서사는 현재에 거점을 두고 과거의 여러 순간들을 왕복한다. 종합하자면, 비극과 외상의 사후성, 악화의 장기 진행, 그리고 폭력의 기원을 향한 반복적 플래시백, 이 세 가지가 박민정 서사의 독특한 시간성을 구성한다. 이에 따라 서두를 찾아가는 자기 반영적 과정 자체가 이야기와 글쓰기의 근간을 이루게 되는 것이다.

어디에서부터 잘못된 것일까. 이것은 더 솔직하게 다음과 같이 다시 물을 수 있다. 누가 잘못한 것일까. 발생 시점에서 행위의 주체로 초점을 옮김으로써 사건의 기원에 대한 더 명확한 답을 얻을 수 있다. 사건의 후유증과 여파에서 그 누구도 자유롭지 않을 때, 일방적 피해자의 입장에서는 법적 담론에 의존하여 죄과의 주역을 한정하고 책임 소재를 가림으로써 자기의 심신을 치유하고 망가진 생활을 효율적으로 복구할 가능성이 생긴다. "모든 걸 제자리로 돌려"(「실내극 이후」, 28쪽)놓고 "다시는 망하고 싶지 않다"(「굿바이 플리즈 리턴」, 226쪽)는 만회의 욕망은 폭력의 기원으로 돌아가 그것의 주범을 징벌하는 환상을 전제로 하므로. 환상을 현실로 만들기 위해 질문을 제기하고 진실을 입증하는 과정에는 엄청난 지적 노고와 용기가 필요하다. 용기와 진실을 감당할 수 없다면, 남은 선택은 「굿바이 플리즈 리턴」에서 유진의 경우처럼 마취약에 몸을 맡기고 체념적 망각에 빠지는 수밖에 없을 것이다. 「옛날 옛적 미국에서」에서 제나의 어머니처럼 사건 이전의 원초적 무지를 희구하거나. 헛되이.

누가 잘못했는가. 누가 죄를 범했는가. 우리는 문학의 역사에서 이 질문을 처음으로 던진 사람을 알고 있다. 도시국가의 재난에

직면한 테베의 왕 오이디푸스다. 죄, 악, 폭력, 착오, 실책, 재해의 근원을 탐구하는 이 오래된 질문에 박민정의 소설은 오늘날 한국 사회를 살아가는 청년의 부모 세대라는 새로운 대답을 제시한다. 단도직입적으로, Y처럼 "엄마가 잘못했다고 생각하는"(「실내극 이후」, 27쪽) 것이다. 엄마뿐만 아니라, 딸이 낯선 사람을 고분고분 따라가고 있는 어처구니없는 사건의 발생 시점과 장소에 존재하지 않았던 아버지도 그 부재와 무위로 인해 잘못에서 자유롭지 않다.

소설집 전체에는 전후 베이비붐 세대에 속하며 현재 사회 각계 각층에 포진한 한국형 부모의 다양한 초상이 전시되어 있다. 그들은 교수나 공직자처럼 사회 변화에 그다지 위협받지 않는 안락한 지위를 누리고 있기도 하지만, 보세 옷 가게나 변두리 약국 등 보잘것없는 가계를 경영하기도 한다. 박사나 사제처럼 특정 분야의 권위자였다가 몰락하기도 하고, 자식에게 상당한 부동산을 증여하는 재력가도 있지만 사업 실패자인 경우가 더 많다. 박민정 소설을 하나의 세계 모형으로 가정하고 인구분포도를 그린다면 이처럼 중산층에서 서민층까지 아우른 40대 중반 이상 주변 인물들이 절대다수를 차지한다. 「생시몽 백작의 사생활」에서 J가 포털 사이트의 인물 DB를 검색해 100명의 공직자 목록을 만들 듯, 작가 역시 현실에 존재할 법한 중년 남녀의 다종다양한 유형을 수집해 허구 세계 속에 넘치도록 배치한다.

이처럼 나이 많은 주변 인물들이 수에서 현격하게 우세하며 주인공보다 훨씬 더 실감 나게 형상화된 이유는 다음과 같이 추정할 수 있다. 이들의 존재감과 권력이 실제적이든 상상적이든 청년의 의식과 무의식을 장악할 정도로 압도적이어서, 이에 따라 청년의 관심과 정념은 자기와 동세대의 삶보다는 부모 세대의 행위에 거의 강박적으로 집중되어 있지 않은지. J의 허위 전화처럼 관건은 결국 그들이 잘못했다는 것을 밝히고 자인 받는 데 있으므로, 청년 주인공은 피해자 또는 희생자로서의 자기의 지위를 입증하고 합당한 보상을 받기 위해서라도 부모 세대가 연루된 과거와 현재의 사건을 낱낱이 추적, 분석, 제시하려는 게 아닌지.

그렇다면 현재 한국 청년의 부모 세대는 구체적으로 무엇을 잘못했는가. 그들의 죄과는 정확히 무엇인가. 갈등의 주체가 한 가정의 부모와 자녀로 환원된다는 점과 비극의 기원이 자녀의 미성년기에 발단해 있다는 점으로 돌아가 본다면. 주인공의 관점에서 부모의 가장 큰 잘못은 무엇보다 자녀 양육의 책임과 의무를 올바르게 이행하지 않았다는 데 있다. 알프레트 아들러의 고전적 이론을 원용한다면, 박민정 소설에서 형상화된 부모들은 자녀를 방임하거나 과잉한 애정을 쏟음으로써 그를 성숙한 인격체로 성장시키는 데 실패한다. 애정 과잉은 방임의 대척점이라기보다는 실질적인 방임을 은폐하는 이면이나 과시적 허울에 가깝다. 소설집에서 대표적 애정 과잉 부모는 Y의 어머니와 제나의 부모다. Y의 어머니는 딸의 사교육에 물질적 후원과 관심 표현을 아끼지 않고, 제나의 부모는 딸의 언어 발달 장애를 고치려 특수 사립학교에 진학시키고 서슴없이 상당한 학비를 지불한다. 그러나 Y의 피아노 교습은 그녀의 예술적 재능과 자발적 욕망에 따른 것이 아니라 어머니가 한국 사회의 사교육 열풍과 속물적 유행에 무비판적으로 편승

한 것에 불과하다. 제나의 부모는 딸의 병인을 진심으로 이해하려 하는 대신 오히려 딸에게 그녀를 위한다는 노력을 과시하고 인정받으려 한다는 점에서 역시 속물적이다.

Y의 유괴와 제나의 성적 외상은 그들의 부모가 딸에게서 주의를 거두고 방임하는 시점에 발생한다. 두 소녀 모두 부모가 자기를 돌보지 않는다는 데 실망해서 자기 스스로를 재난에 방기했을 가능성도 농후하지만. 버려진 아이는 자신을 버림으로써, 다시 말해 상상 속에서 성인의 위치에서 아이인 자기를 대상으로 부모의 행위를 모방함으로써, 외상적 사건의 수동적 객체에서 능동적 주체로 탈바꿈하려는 경향이 있기 때문이다. 아이는 이미 돌이킬 수 없이 상연된 비극을 역할과 시점을 바꾸어 재연해 보면서 자기가 온몸으로 겪은 고통에 대한 사후적 이해와 지식을 구하려 한다. 그때 엄마 아빠는 나에게 왜 그랬을까. 나도 그렇게 해 보면 알 수 있지 않을까. 세대를 통해 반복되는 비극적 사건 및 동일하게 재발하는 폭력의 기제가 바로 이것이다.

Y의 어머니와 제나의 부모는 자기의 신체와 자녀의 신체를 동일시한다는 점에서도 유사하다. 자녀에 대한 애정 과잉은 본질적으로 부모의 자기애에서 비롯된다. 부모가 자기를 사랑하므로 자기와 다를 바 없는 자녀를 사랑하는 것이다.

상담 선생에게 가지 않고 하염없이 길을 걷다 돌아온 날, 어머니는 Y를 때렸다. Y를 때린 날 어머니는 칼로 손목을 그으려고 했다. 어머니에게는 Y의 몸에 손대는 것 자체가 자해나 다름없었다.

——「실내극 이후」, 28쪽

꾸물대는 제나를 보며 속 터지긴 했지만 아이에게 손을 댄 적은
없었다. 성추행이라니, 상상할 수도 없는 일이었다. 아이를 추행하다
니, 남자의 생각에 그건 자신의 몸을 추행하는 것과 같은 일이었다.
——「옛날 옛적 미국에서」, 128쪽

부모가 자녀의 몸을 자기의 것처럼 여기는 마음은 유전형질을
공유하는 생물로서의 본능이자 한 공간에서 오랜 시간을 함께 보
내는 공동체 구성원의 지극한 사랑임을 부정할 수 없다. 그러나 어
떤 가설에 따르면 인간 사회의 법은 아비어미와 아들딸의 몸이 섞
이는 것을 금하는 데서 정초되지 않았는가. 법과 문명은 두 세대
근친의 성적 결합을 금지할 뿐만 아니라 미성년 자녀의 신체적 독
립성과 정신적 자주성을 존중하고 함양시키는 것을 부모의 의무
와 책임으로 삼는다. Y의 어머니와 제나의 아버지는 딸을 제 몸처
럼 사랑하되, 딸의 몸을 자기의 몸과 분리된 것으로 여기지 않는
다는 점에서 무의식적으로는 언제나 딸과의 근친 결합 상태에 있
다. 성적인 함의 없이 단순히 자기 몸의 일부나 전체로 여긴다 한
들 자녀를 독립된 개체로 인정하지 않기는 마찬가지다. Y가 어머
니에게 막연한 반감을 느끼고 제나가 부모에게 증오를 내보이는
까닭은 부모의 상상 속에서 독립된 주체로서의 자신의 지위가 거
의 죽음의 상태라 할 수 있을 정도로 심각하게 위협당하기 때문이
다. 독자성을 인정받지 못하는 대상은 부재하는 것과 마찬가지다.

부모의 무의식 속에서 J와 제나는 존재하지 않는 아이, 생겨나지 않은 아이에 가까워진다.

> 아버지는 나를 구타했고, 어머니는 그걸 방관했지요.
> 어머니는 나를 구타했고, 아버지는 그걸 방관했지요.
> 두 분은 공범입니다.
>
> ──「옛날 옛적 미국에서」, 116쪽

제나의 환상은 부모가 그녀를 실제로 폭행했는지의 여부와 무관하다. 아버지가 딸을 사랑하여 딸의 몸을 자기의 것으로 여기는 이상, 이미 사촌 오빠들에게 유린 당한 경험이 있는 사춘기 소녀는 아버지의 태도에 성적인 불안과 공포감을 전이한다. 제나의 피해망상은 타인의 욕망을 충족시키는 도구로 전락시키는 위험한 유혹으로부터 자기의 신체와 정신을 방어하기 위해 생겨나는 것이다. 그것은 어리석기는커녕 처절하다.

잘못에 대한 탐구가 지난 세기 말부터 현재까지 한국 부모의 미성년 자녀에 대한 양육 방임을 지적하는 데 그친다면 소설은 이 일상 어휘에 내재한 법, 윤리, 미의 복합적인 문제를 충분히 깊이 있게 서사화하기보다는 단순히 세태를 고발하는 데 머무를 것이다. 박민정 소설에서 잘못은 보다 다면적으로 제시된다. 가정 관련 심리학을 넘어 라캉 정신분석학에서 활발하게 응용되고 있는 '아버지의 불능(carence du père)' 개념을 도입하면 박민정의 글쓰기가 증명하려 하는 잘못의 양태를 조금 더 세밀하고 명확하게 설명할 수 있을 듯하다.

번역은 한 낱말의 다의성을 희생시키고 그것을 단 하나의 기표에 복속시키는 한계를 지닌다. 희생된 다의성을 복구하기 위해서는 번역어 여백에서의 해설이 필요하다. '불능'은 'carence'의 번역어로서 여러모로 부족하지만, 그 결격 자체가 'carence'의 핵심적 속성이기도 하고, 다른 대안적 어휘들보다는 포괄적이라 여겨져서 잠정적으로 채택해 보았다. 'carence'는 '불능' 외에도 잘못과 관련된 다른 여러 중요한 개념으로 다시 번역될 수 있다. 이 독특하고 의미심장한 낱말이 쓰이는 상황을 하나씩 점검하면 다음과 같다. 'carence'는 무엇보다 결핍이다. 양분의 결핍과 부족, 발육 불량과 병을 일으키는. 'carence'는 또한 어떤 개인이나 집단이 마땅히 해야 할 임무와 직분을 수행하지 않는 태만의 상태를 뜻한다. 예를 들어, 심리학 용어인 '애정 결핍(carence affective)'과 '교육 무능(carence éducative)'은 'carence'의 두 가지 의미를 종합한 표현이다. 교육에 무능한 부모는 자녀에게 행위의 모범을 보이지 않아서 자녀가 결코 자기 동일시를 통한 성장의 모델로 삼을 수 없는 부모를 가리킨다. 애정 결핍과 교육 무능은 모두 아들러의 이론에서 방임의 유형들에 해당한다. 마지막으로 'carence'는 법과 경제의 영역에서 채무를 지불할 능력이 없는 상태다. 법 앞에서 주체는 무능하고, 그 무능과 불능으로 인해 법을 위반한다.

심리학에서 '부모의 불능(carence parentale)'은 한 가정에서 자녀의 부모가 사회적으로 요구되는 역할을 제대로 수행하지 않는 모든 상황을 지칭한다. 죽었거나, 병들었거나, 집을 버리고 떠났거나, 외도하거나, 폭행하거나, 가계 노동에 소홀하거나, 또는 외부 활동에 지나치게 몰두해서 양육에 무신경한 부모가 있지 않은가. 부모의 불능은 이처럼 실질적 부재에서 경제와 윤리에서의 의무 불이행까지 포괄한다. 라캉은 부모의 불능 개념을 특히 아버지의 기능에 초점을 맞추어 정신분석학적으로 재해석한다. 라캉에 따르면, 한 가정에서 아버지의 가장 중요한 기능은 자신의 배우자이자 아이의 어머니를 배타적이고 유일한 욕망의 대상으로 삼고, 그럼으로써 아이에게 어머니를 금지함과 동시에 가정 바깥에서의 다른 사랑의 가능성을 열어 주는 것이다. 아버지의 이름으로 행해지는 금지는 아버지 자신을 포함해서 가족 구성원 모두가 복종해야 하는 상징적 법을 이룬다. 아버지는 입법자이자 법 적용의 대상이다. '아버지의 불능'은 아버지가 실제로든 은유로든 이러한 이중적 법기능을 제대로 수행하지 않는 경우를 지칭한다.

박민정의 소설에서 부모의 잘못은 부재, 결격, 무능, 불능, 태만, 무책임, 부도덕, 위법 등 'carence'의 모든 층위에 걸쳐 있다. 예를 들어, 「생시몽 백작의 사생활」에서 J의 아버지, 「기념일들」에서 O의 부모, 「굿바이 플리즈 리턴」에서 유진의 어머니는 자녀가 어릴 때 사망해서 가정을 결손으로 남긴다. J의 어머니는 남편 없이 생업에 휘둘리느라 딸의 성장과 사회화에 무관심하고, 「유령이 신체를 얻을 때」에서 화자의 술꾼 아버지는 장애인 아들을 비열하게 학대하고 인격적으로 모독한다.

박민정 소설의 부모들은 법과 경제의 영역에서 가장 심각한 잘못을 저지른다. 현실적인 상황에서 가난은 부모가 자녀를 방임하게 되는 주요 요인이다. 사업 실패, 채무, 빈곤은 부모의 개인적 무능 때문만은 아니라 더 넓은 맥락에서 국가 경제의 위기나 사회 제도의 모순과 결부되어 있지만, 가정이 세계와 의식의 전체인 어린 주인공들은 경제적이고 정서적인 결핍에 대한 불만을 가정의 지배자인 부모에게 투사할 수밖에 없다. 미성년기의 불만은 성인이 되어서도 해소되지 않아서, 유진은 아버지가 "범죄라도 저질러"(「굿바이 플리즈 리턴」, 222쪽)서 파산한 가정을 일으켜야 했다고 여기고, J는 보세 옷 가게를 경영하는 어머니에게 감사하기보다는 "도무지 영업에 감각이 없"(「생시몽 백작의 사생활」, 87쪽)음을 탓한다. 무능한 부모에게 반감을 품은 자녀는 사회에서 부모의 이상적인 대체자를 찾으려 한다. 교수에게 이끌리는 J와 유진, 「고해 마지막 의식」에서 사제를 유혹하는 약국집 양녀, 기숙학교 교장을 신봉하며 집으로 돌아가기를 거부하는 제나 등은 모두 사회적으로 권위 있는 직함을 가진 연장자에게 의지함으로써 가정에서의 결핍을 환상적으로 만회하려 한다.

그러나 청년이 가정 바깥에서 만나는 부모 대체자들은, 그가 은밀히 바라는 바대로, 부모보다 더 큰 잘못을 저지르고 있다. 가정에서 부모는 그저 가난해서 자녀를 돌볼 여력이 없다는 게 잘못이지만, 사회의 연장자들은 돈을 벌기 위해 범법 행위를 서슴지 않는다. 사회는 경제의 최소 단위인 가정의 확장 공간이다. 청년의 직장은 어디든 "가정집에 대충 꾸며 놓은 협잡실"(「생시몽 백작의 사생활」, 88쪽)과 다르지 않고, 그곳에서 그들은 고용주의 지시에 따라 불법 협박 전화를 걸거나, 제도의 허점을 이용해 불법 소득을 올리거나, 불법 생체 실험에 몸을 맡긴다. 채무 지불의 소극적인 불능을 넘어 이러한 법의 적극적 위반과 윤리 의식의 부재야말로 부모 세대의 가장 위중한 'carence'다.

게다가 연장자들은 청년의 노동뿐만 아니라 신체 자체를 착취한다. 사회적으로나 물리적으로 자기보다 힘없는 사람을 성적 도구로 삼는 것이다. 「유령이 신체를 얻을 때」에서 화자의 형은 장애인 동생에게 자기를 대신해서 동거녀와 관계를 맺으라고 지시하면서 그를 명백히 성적 도구로 이용하고 있다. 유진이 참여하는 윤교수의 실험은 그녀의 여성으로서의 신체 기관을 훼손한다. 제나의 사촌 오빠들은 어린 그녀의 몸을 장난감처럼 학대한다.

문제는 소설에서의 인간관계가 부모와 자녀로 환원되므로 이러한 성적 폭력의 양상들이 가정 안에서 두 세대 근친 간의 위반이라는 함의를 띠게 된다는 것이다. 앞서 언급했듯 부모에게 성추행을 당했다는 제나의 환상은 물론이고, "제 아비가 밤마다 자신을 강간한다고 말하며"(「고해 마지막 의식」, 50쪽) 우는 소녀는 박민정 소설에서 젊은 세대가 겪는 정신적 위기의 모호한 근원을 가장 확연하게 드러낸다. 이처럼 아버지가 딸을 성적으로 이용하는 폭력의 기억 또는 환상이야말로 박민정의 글쓰기에 가장 깊이 숨겨져 있는 서두가 아닐까. 외상의 다양한 양상을 잇는 매듭이 아닐까. 수월히 말할 수는 없을지라도, 고해든 폭로든 억누를 수 없는 이야기의 욕망을 기어이 추동하는. 언어장애인 제나가 갑자기 유창한 문장력을 발휘하게 된 것은 자기를 성과 경제의 교환 수단으로

악용한 아버지의 죄과를 거침없이 드러낸 덕분이 아닌가.

아버지가 딸을 범하는 것은 라캉이 말하는 "아버지의 불능"의 표지다. 아버지 기능의 파기라 하면 더욱 정확할지도. 박민정 소설에서 가부장적 권력자에 해당하는 인물들은 아버지의 상징적 기능을 엄수하지 않는다. 자기의 이름으로 세운 근원적 법을 자기 스스로 어기는 것이다. 아버지는 아이의 어머니를 자기의 유일하고 배타적인 욕망의 대상으로 삼는 모범을 보여야 하는데, 박민정 소설의 가부장들은 배우자뿐만 아니라 아랫 세대 여성까지 자기의 것으로 취한다. J의 협박 전화가 100명 가까운 공직자들이 모두 외도를 저지르고 있다는 것을 증명하듯. 「유령이 신체를 얻을 때」에서 화자의 형은 동생에게 자기의 동거녀를 금하기는커녕 오히려 범하라고 명령한다. 가족 권력자는 딸 또래 여성뿐만 아니라 손아래뻘 남성의 사랑의 대상까지 탐한다. 「장물의 내력」에서 준혁이 후배의 애인을 몰래 훔치듯. 장물은 화자가 훔친 사장의 만년필만은 아닌 것이다.

이처럼 가족 권력자는 가까운 어린 여성의 신체를 물건 취급하고 세대 간 금기를 무시함으로써 가족의 성 윤리와 경제 질서를 동시에 위반한다. 가부장이 "가정을 예금처럼 생각"(「생시몽 백작의 사생활」, 92쪽)한다는 것은 가정의 근간이 되는 법과 윤리를 사적으로 유용한다는 뜻으로, 그의 위법 행위는 안전보장은커녕 가정 파괴를 야기한다. 가정을 박민정 소설의 가장 먼 배경인 국가로 확장할 때, 국가 부도 위기가 발생한 원인은 이와 얼마나 다를까.

그러므로 누가 잘못했는가. 오이디푸스의 질문으로 돌아가 보면, 박민정의 소설에서는 어머니와 동침한 아들이 아니라 딸을 금전처럼 탐한 아버지가 가장 명백한 죄인으로 밝혀진다. 박민정 소설에서 현 세대 청년과 중장년의 갈등에는 경제를 넘어 성과 신체가 밀접하게 결부되어 있다. 아버지는 경제법을 위반할 뿐만 아니라 근친의 신체 결합을 금지하는 법의 기원 자체를 부정한다. 입법자가 아닌 범법자로서의 아버지는 불능과 결격으로 인해 상징의 권위를 실추당한다. 그는 더 이상 아버지의 이름으로 불릴 수 없다. 「고해 마지막 의식」에서 K가 사제복을 벗는 것은 이러한 실추의 알레고리다. 사제는 '아버지(père)'의 이름으로 불리므로, 그리고 K는 "딸 같은 J를 건드렸"(「고해 마지막 의식」, 42쪽)다는 죄목으로 그 이름을 상실하므로. 아버지에게서 옷과 이름을 빼앗아, 상징의 보호막 없이, 적나라하고 외설적인 몸뚱이로 잘라 내치기야말로 폭력의 피해자가 잘못을 저지른 자에게 행할 수 있는 최고의 징벌이다. 당한 것처럼 되갚아 주는 것이다. 빚을 청산하는 것이다.

하지만 K 역시 미성년자와 마찬가지로 순진한 희생양일 뿐. 가정의 토대로서의 법을 파괴하는 실질적 권력자에게 청년은 어떻게 대응하는가. 상해 입은 자기의 심신과 생활을 어떻게 복구하는가.

박민정의 소설에서 상처 입은 미성년과 청년은 부모의 잘못을 만회할 대체자를 선망한다. 그들이 가정 바깥에서 어떤 연장자에게 이끌리는 까닭은 무엇보다 그가 자기를 방임한 부모와 달리 고유한 특질과 재능을 지닌 개인으로 인정해 주기 때문이다. 유괴범은 Y의 예쁜 이름을 칭찬하고, 장애인 화자의 형은 그에게 "병신이 아니"(「유령이 신체를 얻을 때」, 73쪽)라 인간이라는 주체적 자각을 일깨운다. K 교수는 촌스러운 J를 "글은 제법 쓰"(「생시몽 백작의 사생활」, 94쪽)는 학생으로 기억하고, 유진은 윤 교수의 친절에 "수많은 사람들 중 자신이 선택된 것 같"(「굿바이 플리즈 리턴」, 210쪽)아 기뻐하면서 가난 때문에 포기한 학구열을 되살린다. 이처럼 사회의 연장자들은 어린 사람의 이름을 정확히 부르고 장점을 알아봄으로써 미성년의 훼손된 자기애와 자기 존중감을 치유한다. 그들은 상처 입은 어린 마음을 알아보고 부른다. 시선과 목소리로 유혹한다. 부모에게 결여된 사랑의 능력이 있는 것이다.

방임과 무관심 대신 인정받고 선택되었다는 희열 때문에, 나이든 미성년인 박민정의 청년들은 유혹자의 언어를 마치 최면에 걸린 듯 무조건적으로 따른다. 유혹자가 사실은 부모보다 더 중대한 잘못을 저지르는 범법자라는 게 밝혀지더라도, 그의 위법적 명령에 절대적으로 복종하면서까지 갓 얻은 사랑의 낙을 지키려 안간힘을 쓴다.

그 결과로, 안타깝게도, 청년은 부모를 닮는다. 일시적인 애정과 약간의 경제적 보상과 교환한 대가로 자발성과 주체성을 정지시킨다. 수동적 불능과 적극적 위법의 인간이 된다. 자기의 삶을 방임한다는 점에서 부모의 잘못을 흉내 내고, 경제 질서의 교란에 가담한다는 점에서 기성세대의 잘못을 답습한다. 게다가 「생시몽 백작의 사생활」과 「고해 마지막 의식」에서 두 명의 J처럼 가부장의 대체자를 유혹함으로써 가정의 법적 구조를 깨뜨린다.

청년의 가장 나쁜 방임과 폭력은 아이를 향한다. 「유령이 신체를 얻을 때」에서 동거녀의 배를 차 유산시키는 형제, 「기념일들」에서 낙태 수술을 받는 O, 「굿바이 플리즈 리턴」에서 여성적 신체 자산을 희생시키는 유진 등. 아직 바깥 세상에 존재하지 않는 아이에게서 생성과 탄생의 가능성을 말소할 때, 박민정의 청년은 자기의 아이라기보다는 자기의 부모가 방임한 아이에게 폭력을 저지르고 있다. 다시 말해 그는 자기 자신을 죽이는 것이다. 부모가 자기를 독자적 주체로 인정하지 않았으므로, 부모의 무의식 속에서 자기는 지워져 있었으므로, 자기도 그저 자기의 일부일 뿐인 배 속의 아이를 지운다. 부모가 되지 않음으로써 부모의 불능을 가장 철저한 지점까지 완수한다.

그러므로, 다시, 누가 잘못했는가. 오이디푸스는 마지막으로 묻고, 박민정의 청년은 답을 망설인다. 그 모든 잘못이 마치 "내가 원하기라도 한 것처럼"(「굿바이 플리즈 리턴」, 225쪽), 비극의 기원을 파헤치면 파헤칠수록 자기는 온전히 순진한 피해자라기보다는 위법 행위의 공범이었다는 의혹에 불안해지기 때문이다. 탐색의 막바지에 이르러 청년은 자기에 관한 진실을 어렴풋이 엿본다. 그의 최초의 잘못은 아무래도 타인이 자기에게 원하는 것을 자기 스스로 원하는 것으로 착오했다는 데서 비롯되지 않았을지. 인식의 잘못에서 이후의 행위의 잘못들이 파생되어 나온 게 아닐지. 그러나 욕망하는 자의 죄의식 덕에 소설은 일방적 피해자의 시점에서 폭력을 단죄하고 원한을 해소하는 평면적 서사를 초월하여 모호한 아이러니의 두께를 부풀린다.

실내극 이후, 파국에 이르러, 소설을 통틀어 유달리 의문형 사유를 많이 하는 인물인 유진은 불안과 죄의식이 뒤섞인 채로 신체의 일부를 방임한다. 그렇게 읽을 수밖에 없다. 잘못의 기원에 대해 처음으로 질문한 자가 진실을 알고 나서 제 눈을 뽑았듯. 유진의 몸에서 추출된 그것도 아주 작고, 동그랗고, 귀중한 것이리라. 연민을 불러일으킬 정도로. 그것은 위법에 대한 자기 징벌이라기보다는 위법에의 연루와 가담이므로 비극은 아직 끝나지 않았다. 서두가 갓 시작되었을 뿐이다.

박민정

1985년 서울에서 태어났다. 중앙대 문예창작과와 동 대학원 문화연구학과를 졸업했다. 2009년 《작가세계》 신인상에 「생시몽 백작의 사생활」이 당선되어 등단했다. 소설집 『유령이 신체를 얻을 때』와 『아내들의 학교』가 있다. 김준성 문학상, 문지문학상을 수상했다.

유령이 신체를 얻을 때

1판 1쇄 펴냄 2014년 8월 22일
1판 2쇄 펴냄 2017년 12월 11일

지은이 박민정
발행인 박근섭·박상준
펴낸곳 (주)민음사

출판등록 1966. 5. 19. 제16-490호
주소   서울특별시 강남구 도산대로1길 62(신사동)
          강남출판문화센터 5층 (우편번호 06027)
대표전화 515-2000 | 팩시밀리 515-2007
홈페이지 www.minumsa.com

ISBN 978-89-374-8938-9 (03810)